Jessica Ravenwood

Lokis Fluch
der
Unsterblichkeit

Buch 1 – Das Geheimnis der Schriftrollen

Buch 2 – Elfenblut

Buch 3 – Feuer der Macht

Buch 4 – Blinder Hass

„Buch 1 - Das Geheimnis der Schriftrollen"
erschien bereits im Jahr 2009 in
Zusammenarbeit mit Mina Winter im
Gothic Bildband
„Extraordinary Gothic – between beauty
and beast"

Nach gründlicher Überarbeitung von Buch
1 bis 3, folgt nun mit Buch 4 die
langersehnte Fortsetzung von Alrik und
seiner Vampirsippe.

Überarbeitete Neuauflage 2021

Bibliografische Information der Deutschen
Nationalbibliothek:
Die Deutschen Nationalbibliothek verzeichnet
diese Publikation in der Deutschen
Nationalbibliografie; detaillierte bibliografische
Daten sind im Internet über http://dnb.dnb.de
abrufbar.

Coverdesign:
Jessica Ravenwood
Shutterstock-iStock-856675974

Lektorat:
Lektorat Steigenberger
https://www.lektoratsteigenberger.de/

Herstellung und Verlag:
BoD – Books on Demand, Norderstedt
ISBN Nr. 9783753440323

http://jessicaravenwood.jimdo.com/

„Danken möchte ich meinem Schatz, meiner Familie,
meinen Freunden und Kollegen, für die zahlreiche
Unterstützung und den Ansporn.

Einen Dank geht an das „Gamla Uppsala
Museum" und das „Schlosshotel Götzenburg" für
die freundliche Unterstützung bei meinen
Recherchen.

Ein besonderer Dank geht an das
Lektorat Steigenberger
für die tolle Unterstützung

Bloody Kisses
Jessica Ravenwood

Inhalt:

Lokis Fluch der Unsterblichkeit

Das Geheimnis der Schriftrollen

Buch 1

Es dämmerte bereits, als mein Flugzeug auf schwedischem Boden zur Landung ansetzte. Endlich war ich in Stockholm angekommen. Schon seit Langem hatte ich mich auf diesen Aufenthalt in Gamla Uppsala — also das alte Uppsala—gefreut, auch wenn ich hier war, um zu arbeiten und nicht um Urlaub zu machen.

Mein Tag hatte früh begonnen und mittlerweile spürte ich jeden Knochen im Leib. Ich sehnte mich nach einer erfrischenden Dusche und einem bequemen Bett. Aber das musste noch warten.

Für die restliche Strecke von Stockholm nach Uppsala musste ich den Bus nehmen. Da die Zeit knapp bemessen war, beeilte ich mich, um meinen Anschluss noch zu erwischen.

Kurze Zeit später saß ich abgehetzt, aber beruhigt im Bus und genoss die herrliche Landschaft Schwedens. Die untergehende Sonne tauchte die bewaldeten Hügel, Felder und Seen in ein verführerisches Licht und zauberte mir ein zufriedenes Lächeln aufs Gesicht. Ich freute mich auf die kommenden Tage und fieberte meinen künftigen Aufgaben entgegen.

Seit Wochen waren die Ausgrabungsarbeiten bei den Hügelgräbern von Gamla Uppsala in Gange. Mein Freund Björn leitete das dortige Museum und hatte mich gebeten, mir die Exponate der neuesten Ausgrabungen anzusehen.

Wir hatten gemeinsam an der Staatlichen Akademie der bildenden Künste in Stuttgart Restaurierung studiert. Seit jener Zeit waren wir beste Freunde.

Nach unserem Studium war er zurück nach Schweden gegangen, um im Museum von Gamla Uppsala zu arbeiten. Ich blieb in Karlsruhe und arbeitete nun seit fast zwei Jahren freiberuflich für verschiedene Museen als Restauratorin. Vor zwei Wochen hatten er mich angerufen: „Adelina! Wir haben sensationelle Funde gemacht! Das musst du dir ansehen!"

„Ich muss?", hatte ich spöttisch erwidert.

„Ja, du musst. Ich brauche deine gottgegebenen Fähigkeiten!"

Meine gottgegebenen Fähigkeiten … für mich waren sie eher Fluch als Segen. Ich hatte lange gebraucht, um zu verstehen, was da in mir vorging, warum ich anders war als andere.

In der Parapsychologie gab es einen Begriff für dieses Phänomen: Psychometrie beschrieb die Fähigkeit, durch Berührung von Gegenständen, Menschen oder Orten, Informationen über die Geschichte eines Objektes zu erhalten.

Sobald ich etwas oder jemanden mit der rechten Hand berührte, konnte ich dessen Gefühle wahrnehmen, ich sah Sequenzen aus der Vergangenheit oder hatte anderweitige Visionen. Doch die Macht, die in meiner linken Hand steckte, war noch tückischer. Mit ihr konnte ich Energie abgeben. Sogar tödliche Energie, wie ich erschrocken hatte feststellen müssen, als ich anfing, mit meinen Gaben zu experimentieren und aus Versehen eine meiner Ratten tötete.

Lange Zeit hatte ich die mir innewohnenden Kräfte verdrängt. Ich hatte mich von anderen Menschen isoliert, vor allem von Männern, zu groß war die Angst, jemanden zu verletzen. Deshalb trug ich Handschuhe. Handschuhe, die über die Handgelenke gingen, sodass niemand die beiden Male an meinen Handgelenken sehen konnte, die ich seit meiner Geburt trug.

Björn hatte in den Malen nordische Runen erkannt. Aus alten Überlieferungen und Aufzeichnungen wusste er um die Magie, die ihnen innewohnte. Er spornte mich an, zu forschen und zu experimentieren, soviel ich imstande war.

Am rechten Handgelenk trug ich die Rune Eihwaz, eine Rune Odins. Laut den Aufzeichnungen förderte sie Visionen und stellte eine Verbindung zur inneren Welt dar. Sie sollte einen vor Betrug und Täuschung bewahren. Eihwaz war ein Symbol des ewigen Lebens.

Am linken Handgelenk trug ich die Rune Ingwaz, eine Rune Freyrs. Sie sammelte, speicherte und transformierte Energien. Sie band und verstärkte Energien. Ingwaz wurde auch die Rune der Inspiration genannt.

Beide Runen schimmerten von innen heraus in einem tiefen Rubinrot mit silbernen Sprenkeln. Je nach Gemütszustand leuchteten sie heller oder schwächer.

Wie ich festgestellt hatte, war die Gabe für meinen Beruf von großem Vorteil. Oft war es mir möglich Artefakte genau zu datieren und zusätzlich erfuhr ich noch etwas über ihre Vorbesitzer.

Genau wegen dieser Fähigkeiten hatte Björn mich beauftragt die neuen Artefakte zu untersuchen.

Gut fünfundvierzig Minuten später hatte ich die Busfahrt nach Uppsala und die Fahrt zu meiner Pension hinter mich gebracht. Ich stieg aus und betrat die Unterkunft.

„Guten Abend, mein Name ist Adelina Nordström", sagte ich und begrüßte die ältere Dame, die hinter dem Empfangstresen stand.

„Willkommen Adelina! Ich bin Emilia Bergmann, du darfst mich gerne Emilia nennen. Ich werde mich die nächsten Tage um dich kümmern", sagte sie mit einem herzlichen Lächeln auf den Lippen. Sie reichte mir das Anmeldeformular und führte mich anschließend auf mein Zimmer.

Es war gemütlich eingerichtet und hatte alles, was es brauchte. Das Badezimmer mit der großen Eckwanne schien mir in diesem Moment jedoch das Interessanteste zu sein.

Schnell räumte ich den Inhalt meines Koffers in den Schrank und ließ Wasser in die Wanne ein. Ich dämpfte das Licht, zog mich aus und legte meine Handschuhe auf der Kommode ab. Dann ließ ich mich mit einem Glas Sekt aus der Zimmerbar in das herrlich entspannende Nass gleiten.

Eine Stunde später saß ich im Schneidersitz auf dem großen Bett und studierte die Speisekarte. Mittlerweile war ich hungrig wie ein Bär und wählte die Durchwahl zur Rezeption. Ich bestellte zwei Portionen überbackenen Toast mit Schinken, Käse und Ei. Emilia nahm meine Bestellung entgegen, und teilte mir mit, dass es ungefähr fünfzehn Minuten dauern würde. Diese Zeit wollte ich nutzen, um meine Mutter Liv anzurufen. Ich griff zum Telefon und wählte ihre Nummer.

„Hi Mum, ich bin es, Adelina", sagte ich.

„Hallo mein Schatz. Wie geht es dir? Wie war dein Flug?"

„Ich bin ziemlich gerädert", sagte ich, froh die Stimme meiner Mutter zu hören. „Der Flug und die Fahrt waren anstrengend, aber es hat alles gut geklappt. Und bei dir alles in Ordnung?"

„Ja, alles in Ordnung, mein Schatz. Ich bin auch erledigt. In der Praxis war heute die Hölle los. Ich werde auch noch etwas essen und noch einige Rechnungen durchsehen", sagte sie.

„Mach nicht mehr zu lange, gönn dir auch mal einen freien Abend. Ich ruf dich morgen wieder an", sagte ich, verabschiedete mich und legte auf.

Meine Mutter und ich hatten ein sehr gutes Verhältnis, ich vermisste sie jetzt schon. Meine Mutter war in Schweden geboren und aufgewachsen und gerne hätte ich Uppsala mit ihr gemeinsam erkundet. Mit ihren zweiundvierzig sah sie immer noch gut aus und wurde regelmäßig zehn Jahre jünger geschätzt. Über meinen Vater wusste ich nicht viel. Nur, dass beide eine kurze, aber heftige Beziehung gehabt hatten.

Von Beruf war meine Mutter Heilpraktikerin und sie hatte ein Faible für Tattoos. Runenmale, wie ich sie trug, hatte sie keine, aber sie verstand sich hervorragend auf Pflanzenheilkunde, TCM, Ayurveda und Aromatherapie.

Da klopfte es auch schon an der Tür. Ich stand auf, rückte den Bademantel zurecht und öffnete.

Frau Bergmann hielt ein Tablett mit köstlich duftendem Toast in den Händen, trat ein und stellte es auf dem Tisch ab.

„Bitte nimm Platz Adelina", sagte sie und öffnete eine Flasche Orangensaft. Gerade als sie im Begriff war, das Glas zu befüllen, entglitt ihr die Flasche. Geistesgegenwärtig riss ich die Hand hoch, um die Flasche abzufangen, dabei berührte ich jedoch Emilias Hand.

Augenblicklich durchfuhr mich ein Gefühl von unendlicher Freude und Dankbarkeit. Vor meinem geistigen Auge erschienen Sequenzen aus Emilias Leben. Ich sah ihren Mann, ihre Kinder und Enkelkinder. Sie liebte und wurde geliebt, sie war mit sich im Einklang. So schnell die Vision gekommen war, so schnell war sie vorbei. Ich blickte sie an und wieder schenkte sie mir Emilia dieses herzliche Lächeln, das sie so liebenswert machte.

„Danke Liebes, in meinem Alter lässt das Reaktionsvermögen langsam nach", sagte sie und schenkte ein. „Wenn du noch etwas brauchst, dann ruf ohne Scheu an." Sie wünschte mir guten Appetit und verabschiedete sich dann freundlich.

Nicht jede meiner Visionen verlief so positiv wie diese. Ich stand auf, ging ins Bad und zog die Handschuhe über. Danach machte ich mich über dieses herrlich duftende Stück Toast her. Kurze Zeit später schlief ich erschöpft, aber gesättigt ein.

Kaum hatte sich Alrik in sein Bett fallen lassen, kam der Traum und riss ihn wie jede Nacht fort.

Er schritt durch dichten Nebel, folgte einer Frau auf dem schmalen Pfad, der um die Hügelgräber herumführte.

Diese Nacht war er nur noch eine Armeslänge hinter ihr. Sein Blick fiel auf ihr rotes Haar, das ihr weit über den Rücken reichte. Von dort glitt sein Blick zu den einladenden, breiten Hüften.

Noch nie hatte er ihr Gesicht gesehen. Jedes Mal, wenn er auch nur versuchte, sie zu berühren, glitt seine Hand ins Leere, und er erwachte schweißgebadet. Auch heute wagte er den Versuch und streckte die Hand nach ihr aus.

Er erwartete, wie üblich ins Leere zu greifen, plötzlich jedoch stieß seine Hand auf Widerstand. Er berührte tatsächlich ihre Schulter. Augenblicklich fuhr sie erschrocken herum. Nur für den Bruchteil einer Sekunde blickte er in ihr Gesicht und in ihre grünen Augen. Da löste sie sich auch schon in Luft auf.

Wie jede Nacht erwachte er schweißgebadet.

Seit zwei Wochen träumte er von ihr, erst nur schemenhaft, dann immer klarer. Heute hatte er sie tatsächlich berühren und in ihr Gesicht sehen können. Er kannte sie nicht, und doch hatte sich der kurze Blick in ihre Augen in sein Gehirn gebrannt. Alrik wusste, dass seine Träume ihm etwas offenbaren wollten, doch noch waren die Weissagungen nicht deutlich genug. Er wusste nur, dass irgendetwas ganz und gar nicht in Ordnung war und dass es mit dieser Frau zu tun hatte.

Gegen halb acht klingelte mein Wecker und riss mich aus tiefem Schlaf. Die Reise hatte mich mehr mitgenommen, als ich gedacht hatte. Ich hatte einen seltsamen Traum gehabt, und mir war, als könnte ich immer noch eine Hand auf meiner Schulter spüren.

Ein Blick aus dem Fenster entschädigte mich jedoch für die unruhige Nacht, und ich genoss die herrliche Aussicht. Von meinem Fenster aus konnte ich die sanften Rundungen der drei Hügelgräber sehen, die sich malerisch in die Landschaft einfügten. Sie gehörten zur historischen Siedlung Gamla Uppsala, die auf das Geschlecht der Ynglinger zurückgingen. Überlieferungen zufolge waren sie Thor, Odin und Freyr geweiht. Bei Ausgrabungen an den Hügelgräbern hatte man Bootsgräber aus der

Wikingerzeit und weitere Gräberfelder aus der Eisenzeit entdeckt. Zur Linken der Gräber stand die kleine Kirche, die Überlieferungen zufolge auf einem alten, heidnischen Tempelgebäude stand. Daneben lag der Thinghügel, auf dem die Wikinger einst ihre Rechtsprechung gehalten hatten und das Gamla Uppsala Museum, das von Björn geleitet wurde.

Der Ausblick bot eine traumhafte Kulisse, von der ich mich nur schwer losreißen konnte. In knapp einer halben Stunde gab es Frühstück und gegen neun Uhr würde Björn mich abholen, ich musste mich also beeilen und ging ins Bad, um mich anzuziehen. Kurze Zeit später klingelte auch schon das Telefon.

Frau Bergmann teilte mir mit, dass ein Herr namens Björn Delling im Frühstücksraum auf mich wartete.

Mist! Ich war schon wieder zu spät, und Björn wie immer zu früh dran. Schnell schnappte ich mir meine Laptoptasche und die Kamera und verließ eilig das Zimmer.

Unten angekommen, fiel Björn mir um den Hals, hob mich hoch und wirbelte mich wild herum. „Adelina Nordström … Wehe, wenn du mich noch einmal so lange allein lässt!", sagte er und stellte mich wieder auf die Füße. Björn war ein Bär von einem Mann, fast zwei Meter groß, mit breiten Schultern. Sein langes blondes Haar hatte er zum Zopf gebunden. Es war ganz schön gewachsen, seit er mich vor gut neun Monaten in Karlsruhe besucht hatte.

Ich dachte, er würde mir nie verzeihen, dass ich nicht zu seiner Hochzeit hatte kommen können. Ich hatte damals einen dringenden Auftrag zu erledigen gehabt, der sich nicht verschieben ließ.

Er und Alva hatten sich im Museum kennen und lieben gelernt, und sich das Jawort sogar auf den Hügeln gegeben. Die Fotos, die er mir damals geschickt hatte, waren traumhaft gewesen. Die beiden waren so ein schönes Paar. Ich kannte Alva nur von unseren Telefonaten, doch auf den Fotos sah sie wie eine typische Schwedin aus: Groß, schlank, helle Haut und langes blondes Haar.

Wir setzten uns, und Frau Bergmann brachte Björn ein weiteres Gedeck. Sie stellte eine Kanne herrlich duftenden Kaffee auf den Tisch, und auf die Schnelle gönnten wir uns ein Frühstück mit leckeren Brötchen, Butter und selbstgemachter Marmelade.

Kurze Zeit später verließen wir die Pension und gingen zum Museum, das nur zwei Straßen entfernt lag.

„Da sich einige wichtige Investoren nur noch diese Woche in Uppsala aufhalten, mussten wir die Ausstellungseröffnung um eine Woche nach vorne verlegen", sagte Björn. „Die Eröffnung ist bereits morgen Abend."

Morgen schon, dachte ich. Da blieb mir nicht mehr viel Zeit, um alles durchzusehen.

Am Museum angekommen bekam ich von Björn gleich eine kurze Führung durch die laufende Ausstellung.

In den Vitrinen gab es vielseitige und interessante Ausstellungsstücke wie Armreifen und Ringe mit Runen, Fibeln oder kostbaren Goldschmuck zu bewundern, die alle in der näheren Umgebung gefunden worden waren. An verschiedenen Stationen wurde vor allem versucht, Kindern nicht nur bildlich, sondern auch praktisch die Geschichte ihrer Vorfahren näherzubringen.

Wir begegneten Alva, die gerade einen Workshop mit der hiesigen Kindergartengruppe abhielt, und gingen dann in Björns Büro.

Kurze Zeit später gesellte Alva sich zu uns.

„Hallo Adelina, es freu mich, dich endlich persönlich kennenzulernen", sagte sie und begrüßte mich mit einer innigen Umarmung.

„Hallo Alva, ich habe mich auch schon so lange auf dieses Treffen gefreut." Alva war die Anmut in Person und strahlte viel Wärme und Herzlichkeit aus.

„Hat Björn dir schon einen Überblick über die letzten Ausgrabungen gegeben?", fragte sie.

„Nein, bis jetzt habe ich Adelina nur die Objekte der aktuellen Ausstellung gezeigt", sagte er und wandte sich an mich. „Etwas westlich der Kirche wurden drei neue Gräber freigelegt, bei denen es sich anscheinen um die Grabstätten einfacher Sippenmitglieder oder Sklaven handelte. Neben Alltagsgegenständen und herkömmlichen Schmuckstücken wies das dritte Grab allerdings eine Besonderheit auf. Die junge Frau wurde mit einigen wertvollen Artefakten beigesetzt", sagte Björn. „Neben wertvollem Schmuck wurde auch eine kleine Schatulle mit Schriftrollen gefunden. Und hier kommst du ins Spiel Adelina, ich möchte das du den Schmuck und die Schriftrollen untersuchst. Du kannst durch das Berühren der Artefakte bestimmt noch weitaus mehr in Erfahrung bringen. Ich will wissen, wieso dieses einfache Grab so wertvolle Beigaben enthält."

Björn hatte mich neugierig gemacht. „Hast du dir die Schriftrolle schon angesehen?", fragte ich ihn.

„Ja, das habe ich. Sie sind in einem guten Zustand und wohl als Familiensaga einzustufen. Komm, lass uns ins Depot gehen, dort kannst du sie dir ansehen."

Gemeinsam gingen wir in den Depotraum. Björn sorgte dafür, dass wir nicht gestört wurden, nahm die Objekte des dritten Grabes aus dem Tresor und stellte sie auf dem Tisch vor mir ab.

Ich begann mir die einzelnen Schmuckstücke anzusehen. Meine Handschuhe behielt ich an, um die Artefakte erst einmal so zu bestimmen. Sie bestanden aus einigen Armreifen, ein paar Ohrringen, bunten Kugeln, Bernstein, Scheibenfibeln, Glas- und Tonbruchstücken, mehreren Nadeln und einem

Hornkamm mit feinen Schnitzereien. Dann weckte eine Kette mit dem Amulett einer männlichen Götterdarstellung mein Interesse.

„Ah, ein Amulett des Gottes Freyr", sagte ich nachdenklich. „Man erkennt ihn an seinem Schwert und dem Eber Gullinborsti. Er war Ahnherr der Ynglinger, dem ältesten schwedischen Königsgeschlecht. Freyr wurde neben Odin und Thor im Tempel von Gamla Uppsala als Fruchtbarkeitsgott verehrt. Ich würde den Anhänger auf das 9. Jahrhundert datieren."

Ich hatte bereits Amulette in ähnlicher Form gesehen. Solchen Schmuck trugen Frauen von Herrscherfamilien, doch wenn diese Frau zur Herrscherfamilie gehört hatte, wieso war sie dann auf eine derart einfache Art bestattet worden? Oder handelte es sich gar um ein uneheliches Kind? Ich wusste, dass ich an weitere Informationen nur auf eine Art … nur auf meine Art herankommen würde. Ich musste das Amulett berühren!

Da mich meine Visionen manchmal auch schwächten, wollte ich erst einen Blick in die Schriftrollen werfen. Ohne den Schutz meiner Handschuhe konnte ich höchstens zwei oder drei Dinge berühren. Manchmal war ich bereits nach einer Vision total erschöpft und brauchte ein paar Stunden, um mich zu erholen. Nicht jede Vision war gleich stark, manche jedoch waren sehr ermüdend.

„Ich möchte erst einmal einen Blick auf die Schriftrollen werfen und danach das Amulett berühren", sagte ich und öffnete die Schatulle. „Du hast dir die Rollen doch bestimmt schon angesehen, oder?"

„Ja, die erste Rolle habe ich gelesen. Sie erzählt von Erik Segersäll VIII., einem König der Ynglinger und seinen beiden unehelichen Kindern."

„Uneheliche Kinder?", fragte ich verblüfft. In den alten Königshäusern war es sicherlich üblich gewesen, sich Nebenfrauen, Geliebte oder Sklavinnen zu nehmen und mit ihnen Kinder zu zeugen. Schriftliche Erwähnung fanden diese Kinder jedoch selten. Konnte die Frau mit den reichen Grabbeigaben Eriks Tochter sein?

Möglich wäre es.

Ich nahm die erste Rolle aus der Schatulle und rollte das Pergament vorsichtig auf.

Anhand der Beschaffenheit und des Zustandes des Pergaments vermutete ich, dass es erst Jahrhunderte später angefertigt worden war. Die Niederschrift war in Runen erfolgt, und ich wurde das Gefühl nicht los, dass hier eine Verschlüsselung stattgefunden hatte. Gerade dieser Umstand weckte meine Neugierde.

Björn verabschiedete sich, er musste noch einige Vorbereitungen für die Eröffnung treffen. So verzog ich mich mit der ersten Rolle auf eine Couch, die in der hinteren Ecke des Zimmers stand, und begann zu lesen.

Auf einem seiner letzten Raubzüge verschleppte Erik VIII. die junge Heilerin Jondis. Da sie von atemberaubender Schönheit und herausragender Klugheit war, machte er sie zu seiner Sklavin. Fortan teilten sie Heim und Herd. Jondis war eine hervorragende Heilerin, und auch das Töpfern und Tuchmachen beherrschte sie in einzigartiger Weise. Nach einiger Zeit gebar sie Erik zwei Kinder aus einer Frucht.

Nun lag es bei Erik, die Kinder am Leben zu lassen oder sie zu töten. Doch des Nachts erschien Erik die Göttin Freya und hieß ihn an, die Kinder am Leben zu lassen, ihnen würden die Gaben der Götter innewohnen.

Er solle das Mädchen zu Freyrs Ehren in den Tempel bringen und den Knaben zu einem Kämpfer ausbilden. Am nächsten Tag tat Erik wie ihm geheißen. Nach alter Sitte nahm er die Kinder einzeln auf, reckte sie gen Himmel und besprengte sie mit Wasser. Den Knaben nannte er Alrik und das Mädchen Tora. So verbrachten die Kinder ihre ersten Lebensjahre im Schutze der Sippe.

Um jedoch den Frieden im Land zu wahren, nahm Erik Sigrid Storråda zum Weib, welche ihm zwei freie Kinder schenkte. Nach geraumer Zeit nahm er Gunnhild von Polen zum Eheweib, welche ihm eine weitere Tochter gebar. Jondis, Alrik und Tora hatten es zu jeder Zeit sehr schwer. So entschied Erik, die drei in die Freiheit zu entlassen, jedoch mit der Bedingung, sich in die Sippe einzubringen.

Sie bekamen ein kleines Stück Land zugeteilt. Als Freie durfte sie Waffen tragen und waren rechtsfähig. Tora und ihre Mutter versorgten die Sippe mit Tonwaren, Tuch und den verschiedensten Heilkräutern, die sie anpflanzten oder in den umliegenden Wäldern sammelten. Tora besuchte den Tempel, um von den Priesterinnen auf ihre Aufgaben vorbereitet zu werden, während Alrik zu einem exzellenten und kraftvollen Kämpfer ausgebildet wurde.

Alrik und Tora waren anders als alle anderen Kinder der Sippe. Beide waren schön von Gestalt. Toras Haut war weiß wie Milch, und ihr Haar glänzte wie pures Gold. Alrik war größer als die anderen Jünglinge in seinem Alter, und sein aschblondes Haar fiel ihm weit über die breiten Schultern. Tora hatte eine Begabung im Deuten der Runen und in der Verarbeitung von Heil- und Zauberkräutern.

In Träumen sprachen die Götter zu Alrik und ließen ihn in die Zukunft blicken. Alrik unterwies Tora im Schwertkampf, und Tora lehrte ihn den Gebrauch der Runen. So wie es einst Freya Odin gelehrt hatte.

Beide wussten, dass sie ihre Gaben von den Göttern erhalten hatten. Bald kam die Zeit, zu der Alrik mit den Kriegern auf große Fahrt ging. Er war nun fünfzehn Jahre alt, und aus ihm war ein stattlicher Krieger geworden. Während der langen Monde auf See sehnte sich Alrik nach seiner geliebten Schwester, die nach dem Tod der Mutter dauerhaft in den Tempel gegangen war, um dort den Göttern zu dienen.

Hier endete die erste Schriftrolle.

Ich legte sie zurück in die Truhe und beschloss, zu Björn zu gehen.

Er saß hinter seinem Schreibtisch und hielt ein Vergrößerungsglas über eine alte Münze, um sie genauer zu betrachten. Als ich eintrat, blickte er auf und grinste mich an.

„Kaffee? Du siehst aus, als könntest du einen gebrauchen", sagte er, stand auf, ging zur Anrichte und schenkte mir eine Tasse ein. „Dreimal Milch und zweimal Zucker, wie früher?", fragte er.

Ich nickte und nahm ihm die Tasse dankend ab.

„Und, was sagst du zu der ersten Rolle?", fragte er.

„Sie fasziniert mich, ich will so schnell wie möglich weiterlesen. Doch vorher will ich es wagen, den Anhänger zu berühren. Kannst du während dieser Zeit bei mir bleiben?"

„Ja, natürlich, ich weiß ja, dass deine Visionen unberechenbar sein können", sagte er und ging mit mir zurück ins Depot.

Ich setzte mich, während er das Amulett holte. Ich zog meinen rechten Handschuh aus, und Björn legte mir den Anhänger auf die Handfläche.

Plötzlich stand ich im Inneren eines prächtigen Tempels. Inmitten der großen Säulenhalle wurde eine mächtige Esche von hunderten von Kerzen in ein mystisches Licht getaucht. Vor einem Altar stand eine Priesterin und brachte Opfergaben an die Götter dar. Die Frau war wunderschön! Ihre weiße Haut und ihr langes goldenes Haar schimmerten so intensiv, das sie sogar die Kerzen überstrahlten.

Plötzlich bemerkte ich eine Schlange, die sich unaufhörlich der jungen Frau näherte. Sie war zu vertieft in ihr Ritual, um die drohende Gefahr zu bemerken, und mit einer rasch nach vorn schnellenden Bewegung biss die Schlange zu. Die junge Frau ging zu Boden und versuchte, vor dem Tier zu flüchten. In Panik schrie sie auf und versuchte unter Schmerzen von der Schlange wegzukriechen.

Unvermittelt materialisierte sich hinter der Schlange ein Mann. Er war von strahlender Schönheit, blondes, wallendes Haar fiel in das Gesicht eines Engels. Ein Engel mit stechenden Augen und einem teuflischen Grinsen auf den Lippen. Er ergriff die Schlange und schien sie zu liebkosen, dann packte er sie in einen Beutel und befestigte ihn an seinem Gürtel.

Er lachte laut auf und sah mit einem verächtlichem Blick auf die junge Frau hinab. „Nun bist du des Todes, du törichtes Frauenzimmer. Mich abzuweisen, war dein größter Fehler, kein Mensch wagte es je mich abzuweisen. Du wirst meine Rache spüren und nicht gleich sterben, das Gift wird dich langsam töten. Die Schmerzen, die es dir zufügen wird, werden dich an den Schmerz erinnern, den du mir durch Deine Zurückweisung zugefügt hast", sagte er.

Sie rief seinen Namen, den ich nur noch schwach vernahm. Denn im selben Moment verblassten die Farben, die Vision ließ nach und ich kam wieder zu mir.

„Loki? … Loki, das war Loki", war das Einzige, was ich im ersten Moment herausbrachte.

Björn sah mich entgeistert an. „Wie … Loki?", fragte er.

In diesem Moment fiel es mir wie Schuppen von den Augen. „Die Frau im Grab muss Tora sein. Ihre Beschreibung in der Schriftrolle und die Vision sind eindeutig. Sie muss Lokis Avancen zurückgewiesen haben, woraufhin er sie aus Rache vergiftete."

„Loki hat sie vergiftet? Das wird ja immer mysteriöser", sagte er.

Ich musste unbedingt die nächste Schriftrolle lesen. Ein Blick auf die Uhr sagte mir, dass es bereits kurz nach Mittag war, doch ich wollte … Ich musste weiterlesen!

Björn und Alva wollten in die Stadt fahren, um dort einen Happen zu essen. Ich teilte ihm mit, dass ich lieber hierbleiben wollte, um weiterzulesen. Als beide gegangen waren, griff ich mir die zweite Rolle und begann zu lesen.

Während seiner letzten Seereise plagten Alrik schreckliche Albträume. Seit dem Tod seiner Mutter fiel es ihm schwer,

Tora allein zurückzulassen, obwohl er wusste, dass sie im Tempel gut aufgehoben war.

Seit Tagen plagte ihn jedoch ein ungutes Gefühl. Irgendetwas war nicht in Ordnung.

Er musste zu Tora!

Da sie auf ihrem Raubzug sehr erfolgreich gewesen waren und das Langboot voll beladen war, steuerten sie bereits den Heimathafen an. In den letzten Jahren hatte Alrik sich mehr als würdig erwiesen und war von seinem Vater schon früh zum Anführer ernannt worden. Seine Mannschaft stand treu zu ihm, und viele wurden ihm über Jahre zu Blutsbrüdern.

Endlich erreichten sie Gamla Uppsala. Sogleich machte Alrik sich auf den Weg zum Tempel, um seine Schwester aufzusuchen, doch seine schlimmsten Befürchtungen bewahrheiteten sich. Tora lag im Fieber. Ein Gift breitete sich langsam in ihrem Körper aus, und sie wurde immer schwächer. Die Priesterinnen waren machtlos, und so beschloss Alrik, den Rat der Völva einzuholen.

Er suchte die Seherin in ihrer Behausung auf und sie befragte die Runen für ihn. „Segle nach Eisland und suche in einer heiligen Grotte nach einer Rose. Nur mit dieser Rose kannst du das Leben deiner Schwester retten."

Alrik tat, wie ihm geheißen und stellte eine Mannschaft zusammen, die ihn bei seinem waghalsigen Unterfangen begleiten sollte.

Seine treuesten Freunde begleiteten ihn, obwohl sich einige auf ihre Frauen und Kinder gefreut hatten. Die restliche Mannschaft bestand aus Sippenmitgliedern und aus Sklaven. Insgesamt zählte die Besatzung achtundzwanzig Mann. Nachdem sie sich am nächsten Morgen von ihren Familien verabschiedet hatten, stießen sie in See.

Alrik hoffte, dass er rechtzeitig zu Tora zurückkehren würde. Tage später erreichten sie die Ufer Eislands. Alrik machte sich allein auf den Weg, denn dies war sein Kampf. Er war seinen Brüdern dankbar, dass sie ihn begleiteten, doch diesen Weg musste er allein gehen. Er machte sich auf in die Trollbehausung und sah sich nach der rettenden Rose um. Es war gerade hell genug, um sie auf einem Absatz über ihm zu erkennen. Er kletterte nach oben und betrachtete die Rose eingehend.

Sie sah zerbrechlich aus und war ganz und gar durchsichtig. In ihrem Innersten pulsierte eine rubinrote Flüssigkeit, die von silbernen Sprenkeln durchzogen war. Nie hatte er etwas Schöneres gesehen. Doch die Dornen der „Blutrose", wie er sie später nannte, glichen scharfen Krallen. Als er die Rose an sich nahm, drangen ihre Dornen tief in sein Fleisch. Er überwand den gewaltigen Schmerz. Er musste sich beeilen, Tora benötigte diese Rose.

Alrik stieg nach unten und betrachtete das Blut, das sich in seiner Handfläche sammelte. Die Dornen hatten tiefe Wunden in sein Fleisch gerissen. Er legte sie in eine kleine, mit edlem Stoff ausgelegte Schatulle und ging zurück zum Boot.

Er gesellte sich zu seinen Brüdern und zeigte ihnen die Rose. Alle waren erfreut über die erfolgreiche Mission. Doch Alrik war in Sorge, er befürchtete, dass er zu spät kommen würde. Einer seiner Freunde, Halfdan, bemerkte die blutende Wunde an Alriks Hand und war überrascht,

28

welch hässliche Wunden die Dornen gerissen hatten. Doch diese Wunden waren nichts im Vergleich zu den Schlachten, die sie geschlagen hatten. Alrik war bereit, alles auf sich zu nehmen, nur, um seine Schwester zu retten.

Diese Geschichte war der Wahnsinn. Sie zog mich immer weiter in ihren Bann, und die Puzzleteile setzten sich langsam zusammen. Was mochte es mit dieser Blutrose auf sich haben? Würde Alrik noch rechtzeitig kommen, um seine Schwester zu retten? Ich war erschöpft und beschloss, eine kurze Pause zu machen. Björn und Alva waren noch nicht vom Essen zurück.

Ich ging zu Björns Sekretärin Hanna, um Bescheid zu geben, dass ich das Depot für eine Weile verließ und sie es abschließen solle.

Dann ging ich nach draußen, genoss die Sonnenstrahlen, die mein Gesicht erwärmten, und beschloss, einen kleinen Spaziergang zu den Hügelgräbern zu machen. In Gedanken versunken folgte ich dem Weg, der um die Hügel herum führte und ließ den Inhalt der Schriftrolle und der Vision noch einmal Revue passieren. Plötzlich blieb ich stehen, zog einen Handschuh aus und betrachtete die Rune an meiner Hand nachdenklich. Eine rubinrote Flüssigkeit, die von silbernen Sprenkeln durchzogen ist, dachte ich. Die Ähnlichkeit der Blutrose mit meiner Rune überraschte mich. Die Sache wurde immer mysteriöser.

Als ich bei der kleinen Kirche mit dem hölzernen Glockenturm und angrenzendem Friedhof angekommen war, drehte ich mich im Kreis und bewunderte die vielen alten Bäume. Sie neigten sich in verschiedene Richtungen, was auf Wasseradern und Energieadern schließen ließ. Zuletzt ging ich auf den Thinghügel, setzte mich und ließ die Landschaft und die Energien auf mich wirken. Ein leichtes Kribbeln durchfuhr meine Körper und schien meine Energien zu erden und wieder aufzuladen.

Kurze Zeit später erreichte ich entspannt das Museum. Björn und Alva waren zwischenzeitlich vom Mittagessen zurückgekehrt und hatten mir einen Salat mit Putenstreifen mitgebracht.

Ich schnappte mir das Essen und erzählte den beiden nebenbei vom Inhalt der zweiten Schriftrolle.

„Habt ihr bei den Ausgrabungen eine kleine Schatulle mit einer Rose gefunden?", fragte ich Björn.

„Nein, von einer Rose weiß ich leider nichts", sagte er.

Die Sache wurde immer spannender. Hätte die Schatulle nicht auch im Grab sein müssen?

Mittlerweile waren wir in den Ausstellungsraum gegangen, in dem die neuen Exponate morgen Abend in drei Vitrinen präsentiert werden sollten.

Eine Vitrine war jedoch noch leer.

Hier sollten die Fundstücke des dritten Grabes ausgestellt werden. Die Kette, der restliche Schmuck und vielleicht die Schriftrollen, da war sich Björn noch nicht ganz sicher. Ich musste noch vier Schriftrollen lesen. Selbst wenn ich heute noch zwei oder drei Rollen lesen konnte, würde es bis spät in die Nacht hinein dauern. Das Museum schloss um siebzehn Uhr, und auch für die Angestellten hieß es dann, Feierabend zu machen.

„Es ist bereits kurz vor sechzehn Uhr. Mir bleibt nicht mehr viel Zeit. Eine Schriftrolle kann ich jetzt noch lesen. Aber morgen die restlichen drei vor der Eröffnung zu schaffen, könnte knapp werden, vor allem, wenn ich sie noch berühren möchte."

„Das sehe ich genauso", sagte Björn. „Deshalb wirst du die Rollen mit in deine Pension nehmen, um dort noch so viele zu lesen, wie du schaffen kannst. Nach der Ausstellungseröffnung hast du noch Zeit, alles in Ruhe anzusehen."

Ich war sprachlos.

„Du bist verrückt", sagte ich. Ich kann doch nicht einfach jahrhundertealte Schriftrollen mit in meine Pension nehmen."

„Wenn du die Klimaanlage in deinem Zimmer auf zwanzig Grad einstellst und vom Museum einen tragbaren Luftbefeuchter mitnimmst, könntest du eine Luftfeuchte von fünfzig Prozent gewährleisten. So sollte den Pergamenten nichts passieren. Für den Transport habe ich eine dafür vorgesehene Box."

Björn hatte wirklich an alles gedacht. Es schien ihm genauso wichtig zu sein wie mir, mehr über die Schriftrollen zu erfahren, also nahm ich sein Angebot an. Wir gingen ins Depot, wo er die kleine Transportbox und einen Luftbefeuchter aus dem Regal nahm. Doch ich wollte keinesfalls alle Rollen mitnehmen. Das Risiko wäre zu groß, und so entschied ich mich, die Rollen drei bis fünf mitzunehmen. Zum Glück waren die Rollen gekennzeichnet, sonst würde mir beim Lesen der Zusammenhang fehlen. Die Letzte konnte ich morgen früh noch lesen. Ich legte die Pergamente vorsichtig in die Box und verschloss sie fest.

Im selben Moment kam Alva zu uns ins Depot. Sie hatte schon ihren Mantel übergezogen und reicht Björn seine Jacke. „Wir sollten langsam aufbrechen. Ich habe einen Tisch für uns reserviert", sagte sie. Wir verstauten alles im Auto und fuhren nach Uppsala in ein hübsches kleines Restaurant.

Mir war es zu unsicher, die Box im Auto zu lassen, deshalb nahm ich sie mit und platzierte sie neben mir auf der gepolsterten Sitzbank. Da ich ja erst gegessen hatte, bestellte ich mir nur einen kleinen Teller mit regionalen Vorspeisen und dazu ein Glas Rotwein. Wir plauderten über dies und das, und die Zeit verging wie im Flug.

Knapp zwei Stunden später stellte Björn den Temperaturregler in meinem Zimmer ein und den Luftbefeuchter auf. Jetzt musste ich nur noch warten, bis das Zimmer die richtige Temperatur und Luftfeuchte hatte.

Alrik ging nervös im Zimmer auf und ab.

Irgendetwas stimmte nicht, er konnte es in seinen Eingeweiden spüren. Schon seit Tagen träumte er von dieser rothaarigen Schönheit. Wer war sie? Was wollte sie von ihm? Er spürte, dass sich eine große Bedrohung zusammenbraute.

Alrik ging zum Fenster und blickte hinaus auf den See. Er hatte die Villa in Mälarhöjden, einem Vorort im Südwesten Stockholms, erst vor zwei Jahren als Sippenhaus gekauft. Er wollte versuchen, in die Gedanken dieser Frau einzudringen und so mehr über sie herauszufinden, vor allem ob eine Gefahr von ihr ausging.

Alrik konzentrierte sich, schloss die Augen, und ließ seine Gedanken treiben. Sie führten ihn durch lange Gänge auf einen Raum zu, der einem Museumsdepot glich. In den Regalen erkannte er verschiedene Artefakte, und an der Wand konnte er das Poster einer Ausstellungseröffnung erkennen. Er kannte dieses Museum. Es befand sich bei den Grabhügeln seiner früheren menschlichen Sippe.

Plötzlich sah er sie, die rothaarige Schönheit, die ihn in seinen Träumen verfolgte. Sie saß auf einem Sofa und war in eine Schriftrolle vertieft. Da traf es ihn wie ein Schlag: Sie hielt eine seiner Schriftrollen in den Händen.

Es riss ihn förmlich aus der Trance. Er wich einen Schritt zurück, ging zu seinem Schreibtisch, nahm das Telefon, wählte die Nummer und wartete, bis sein Gegenüber abnahm.

„Halfdan ... Es gibt Probleme. Sie haben die Schriftrollen entdeckt", sagte er. „Ich werde mich sofort nach Gamla Uppsala begeben, um das Schlimmste zu verhindern. Informiere du vorsichtshalber die anderen und versetze alle in Alarmbereitschaft", sagte er, beendete das Gespräch und verließ das Haus.

Nach einem Telefonat mit meiner Mutter, überprüfte ich die Anzeigen an den Geräten. Mittlerweile zeigten sie die richtige Temperatur an. Ich nahm die Box mit ins Bett, öffnete sie, griff mir die dritte Schriftrolle und begann zu lesen.

Sie waren bereits drei Tage auf See, als sich Alriks Gesundheitszustand erheblich verschlechterte. Die Wunde an seiner rechten Hand hatte sich entzündet, ein schwarzes Muster zog sich bereits über seinen Unterarm. Das Muster glich keiner herkömmlichen Blutvergiftung. Immer deutlicher bildete sich die Abbildung einer Rosenranke, die jeden Tag weiterzuwachsen schien.

Am fünften Tag hatte sie bereits seine Schulter erreicht und er hatte Schwierigkeiten, die Mahlzeiten bei sich zu behalten. Am sechsten Tag hungerte er nach rohem Fleisch. Er hatte Schweißausbrüche, Schüttelfrost, und seine Brüder machten sich ernsthafte Sorgen um ihn. In der siebten Nacht verschwanden zwei der Sklaven spurlos.

Alrik spürte, wie sich etwas in ihm veränderte, er fürchtete, den Verstand zu verlieren. Er konnte seine Brüder reden hören, obwohl sie weit von ihm entfernt waren. Sein Blick schärfte sich, sodass er ohne Mühen im Dunklen sehen konnte. Er hatte Visionen und blutige Träume, in denen er seinen Brüdern die Kehlen aufriss. Mit einem Gebiss wie das eines Wolfes riss er sie wie ein wildes Tier.

Am achten Tag zog sich die Rosenranke bereits bis auf seine Brust. Sie vervollkommnete sich zu einer rubinroten Rose, die nun auf seiner rechten Brust zu sehen war. In ihrem Inneren schien sie zu pulsieren, gleich der, die er in der Schatulle aufbewahrte. In der neunten Nacht quälten ihn unsagbare Schmerzen, und im Morgengrauen hörte sein Herz auf zu schlagen.

Er war tot, und dennoch stand er aufrecht und war bei klarerem Verstand als je zuvor. Als die ersten Strahlen der Sonne den Horizont blutrot färbten, setzte sein Herzschlag wieder ein. Jedoch in einem langsameren Rhythmus, nicht so, wie er es gewohnt war. Er vernahm ein leises, stetes Summen in seinem Blut.

Und es dürstete ihn ... Aber nicht nach Met, sondern nach Blut! Ihm fiel nur ein Wort dafür ein ... Draugr ... und dann ging er hinaus zu seinen Brüdern.

Ich sah verdutzt auf die letzten Zeilen, die ich gerade gelesen hatte. Draugr ... Ich kannte diesen Begriff nicht. Schnell legte ich die Rolle zurück in die Box und griff mir mein Laptop. Ich wählte mich ins Internet ein und gab die Buchstaben ein.

Ein Draugr ist in der skandinavischen Mythologie ein Toter, der in seinem Grab weiterlebt, es verteidigt oder es des Nachts verlässt. Nach skandinavischem Volksglauben kann ein Draugr in seinem Körper mit voller Lebenskraft weiterexistieren. Er besitzt übermenschliche Kräfte und magische Fähigkeiten. Er kann sich in ein Tier verwandeln, und es ist ihm möglich, sich durch Erde und Fels fortzubewegen. Man kann ihn nur durch Köpfen oder Verbrennen vernichten. Laut verschiedenen Sagas kann er eine temporäre Dunkelheit und Nebel erzeugen. Er verfügt über spitze Fänge und scharfe Klauen.

Ich stutzte. Ich überflog die Artikel noch einmal. Bei diesen Draugr handelte es sich um Tote, die aus dem Grab wiederkehrten, gleich Wiedergängern, Nachzehrern und dergleichen aus anderen Mythologien.

Ich musste mehr erfahren und das konnte ich nur, indem ich die restlichen Schriftrollen las. So nahm ich die vierte Rolle und begann erneut zu lesen.

Das Langboot war mit Blut getränkt, mit dem Blut seiner Brüder. Entsetzt sah Alrik sich um und registrierte, was er getan hatte. Überall lagen Leichen, nur ein paar seiner Brüder waren noch am Leben, obwohl sie eher dem Tode nahe waren und bald ihre Reise nach Walhalla antreten würden. Er hob die Hände gen Himmel und verfluchte die Götter, wie sie ihn so hatten strafen können. Im nächsten Moment materialisierte sich eine Frauengestalt vor ihm. Er erkannte sie. Er hatte ihr Bildnis oft genug im Tempel gesehen, es war die Göttin Freya.

„Mein heldenhafter Krieger, zürne nicht", sprach sie. „Du bist getäuscht worden. Loki war es, der dir diese Schmach zufügte. Er begehrte deine Schwester, doch als sie ihn abwies, schwor er ihr bittere Rache und vergiftete ihr Blut durch Schlangengift. Für deine Schwester gibt es keine Rettung mehr, Alrik. Sie wird diese Nacht nicht überleben. Loki hat jedoch auch dich in seiner grenzenlosen Rachsucht getäuscht und dich auf die Suche nach der Rose geschickt. Er hat dich mit des Draugrs Blut vergiftet und durch Nidhöggs Blut bist du nun der Blutgier verfallen. Die Gier nach menschlichem Blut wird dein weiteres

37

Dasein bestimmen. Du hast vielen deiner Brüder das Leben genommen. Du musst gegen diese Gier ankämpfen. Nimm nur so viel, wie du zum Überleben brauchst. Dann verschließe die Wunde, indem du mit der Zunge darüberfährst, und lösche ihre Erinnerung an das Geschehene. Falls du die Wunde nicht schließt, werden sie dahinsiechen. Solltest du ihnen aber dein Blut darreichen, werden sie sich zweifelsohne in Deinesgleichen verwandeln. Sie werden jedoch nicht deine Kraft und deine Macht besitzen. Deine Brüder können den Fluch gleichermaßen weitergeben, aber ihre Nachkommen werden, je dünner ihr Blut wird, nicht mehr im Lichte Sols wandeln können. So müsst ihr im Verborgenen existieren. Ich will dich an einen geheimen Ort bringen, den kein Sterblicher finden kann. So, dass du lernst, deine Fähigkeiten zu gebrauchen", sprach sie.

Ehe er sich versah, stand er mit ihr in einer großen Höhle und mit ihm seine Brüder, deren Lebensfaden noch nicht gerissen war.

„In dieser Höhle findet ihr Zuflucht und unsagbare Schätze, alles, was ihr für euer Überleben benötigt und um eure Existenz zu sichern. Acht deiner Brüder haben noch Leben in sich. Nun liegt es bei dir, sie nach Walhalla gehen zu lassen oder sie auf deine Seite zu ziehen."

„Lokis Tun ist böse und heimtückisch. Die Götter missbilligen sein Tun. Ich konnte Lokis Fluch nicht brechen, doch ich habe der Rose eine geheime Beigabe zugefügt, die dir Fähigkeiten gibt, über die deine Brüder nicht verfügen werden oder nur in einer schwächeren Form", sagte Freya.

„Und Alrik … Hüte die Rose gut, denn sie gab dir dein neues Leben. Du bist nun unverwundbar, aber die Zerstörung der Rose würde euch alle vernichten. Deine Nachkommen jedoch sind noch auf andere Weise zu vernichten. Das Abtrennen ihrer Köpfe oder das restlose Verbrennen ihres Fleisches wird sie töten", sprach sie und verschwand im selben Moment.

Alrik betrachtete die Körper zu seinen Füßen. Seine Brüder … Konnte er sie nach Walhalla ziehen lassen?

Er befragte seine Brüder, ob sie mit ihm ziehen wollten und reichte jedem bereitwillig seinen Arm, wenn er sich dazu entschied zu bleiben.

Alrik parkte unweit vom Museum und ging den restlichen Weg zu Fuß. Mit der Kraft seiner Gedanken setzte er die Alarmanlage außer Betrieb und öffnete mit der gleichen Methode die Hintertür, um ins Museum zu gelangen. Er entriegelte die Depottür und trat ein. Geradewegs steuerte er auf die Truhe mit den Schriftrollen zu, die er auf einem kleinen Tisch in der Ecke stehen sah.

Alrik öffnete sie und stellte entsetzt fest, dass drei Schriftrollen fehlten. Er stellte die Truhe wieder ab und durchsuchte wutentbrannt den ganzen Raum. Er sah auch in den Ausstellungsräumen und in einem kleinen Tresor im Büro nach, doch es war nichts zu finden.

Er blieb vor dem Plakat mit der Ankündigung der Ausstellungseröffnung stehen, dann schnappte er sich die Truhe mit den restlichen Rollen und verließ vor Wut schäumend das Museum.

Ich legte die Schriftrolle beiseite, zog mir den Bademantel über und ging hinaus auf den Balkon, um eine Zigarette zu rauchen. Tief sog ich den Rauch ein und blies ihn langsam wieder aus.

Vampire, dachte ich.

Ich hatte noch nie von Vampiren in der nordischen Mythologie gehört. Elfen, Trolle und Riesen ... ja, aber noch nie von Vampiren.

Aber das konnte doch nicht sein. Es gab vieles im Land der Mythen und Legenden, und jede Legende hatte irgendwo ihren Ursprung. Aber Wikinger-Vampire, das konnte ich mir nun wirklich nicht vorstellen. War diese Saga reine Fiktion? Aber wieso machte sich dann jemand erst die Mühe, sie zu schreiben und später in einem Grab zu deponieren? Ich machte die Zigarette aus, ging hinein, legte mich wieder ins Bett und begann, die fünfte Rolle zu lesen.

Die Wandlung seiner Brüder ging schneller vonstatten als seine eigene. Sie hatten sich bereits nach einer Nacht völlig verwandelt. Die Bisswunden am Hals waren verschwunden, und zurück blieb eine kleine Blutrose, die der Seinen glich.

Wie Freya gesagt hatte, waren die Fähigkeiten seiner Brüder nicht so stark ausgeprägt. Sie konnten wie Alrik am helllichten Tag im Freien wandeln. Aber nur er konnte sich wie durch Zauberhand von einem Ort zum nächsten bewegen, auch seine Stärke war götterglich. Seine Brüder konnten sich ebenfalls mit übermenschlicher Geschwindigkeit bewegen und große Entfernungen durch Sprünge meistern. Sie konnten ihre Opfer gedanklich unter Kontrolle halten und sie tun lassen, was sie wollten, ohne dass diese sich daran erinnerten.

Alrik und seine acht Brüder festigten den Zusammenhalt ihrer Sippe und schlossen sich zu einem Rat zusammen. Sie legten den Eid ab, keinem Menschen ernsthaften Schaden zuzufügen, es sei denn, die Sippe wäre in Gefahr. Ihresgleichen durften nur mit Einwilligung des Rates geschaffen werden. Der Rat bestand aus Alrik und seinen acht gewandelten Brüdern, die da waren: Halfdan, Einar, Sollvar, Yngvarr, Gilling, Oddur, Ragi und Borka.

Sie hielten sich in der Höhle versteckt und gingen nur des Nachts auf die Jagd. Alrik fand ein sicheres Versteck für die Rose. Oft war er kurz davor, sie zu zerstören, doch er wollte Freyas Rat, sie gut zu hüten, nichtmissachten.

Er hatte nur noch seine Brüder. Er war ihr Oberhaupt, und sie schworen ihm bedingungslosen Gehorsam. Zwei seiner Brüder baten um Erlaubnis, ihre Frauen in die Sippe zu holen.

Sie konnten nicht ohne ihre Frauen leben und würden sich bei dem Gedanken an ein Leben ohne sie lieber gegenseitig die Köpfe abschlagen. Der Rat tagte lange, denn war es den Frauen überhaupt zumutbar, in diesem Zustand und in ihrer kargen Behausung zu leben?

Mit der Zustimmung des Rates wandelte Einar schließlich sein Weib Gerda und Oddur sein Weib Rakel. Beide besaßen die gleichen Kräfte wie ihre Männer, doch sie konnten sich, wie Freya prophezeit hatte, nur einige Stunden in der Sonne aufhalten. Jede Minute zu viel verbrannte ihre Haut, und sie brauchten Tage, um zu genesen. Die Nachmittagssonne war besser verträglich als die Morgen- und Mittagssonne, und so legten sie ihre Aktivitäten auf die Abendstunden.

Die Schätze, die Freya ihnen versprochen hatte, waren von so enormem Ausmaß, dass sie diese nutzen wollten, um in den Süden zu ziehen, um in einer der großen Siedlungen unerkannt unter den Menschen zu leben. So machten sie sich auf und zogen mit den Frauen gen Süden.

Ich legte die letzte Schriftrolle zurück in die Box und verschloss sie sorgfältig. Diese Saga könnte als Drehbuch für eine Vampirgeschichte der Wikingerzeit dienen. Solch eine Vorlage war bis dato noch nicht dagewesen, doch leider war es kein Drehbuch. Die Schriftrollen waren real, und wer hätte sich zu jener Zeit schon solch eine Geschichte ausdenken können?

Geschichten über Vampirismus reichten weit zurück, aber nicht in solch einer detailgetreuen Darstellung. Durch meine Gabe wusste ich, dass es Dinge auf dieser Welt gab, die mit rationalem Verstand nicht zu fassen waren. Wieso sollte es da nicht auch Vampire geben, die verborgen vor der Menschheit existierten?

Ich löschte das Licht und hing noch lange meinen Gedanken nach, bis ich endlich einschlief. Mein Schlaf war unruhig und plagte mich mit Albträumen von Wikingern, die mich in wilder Jagd durch die Wälder hetzten.

Am nächsten Morgen schreckte ich hoch, als der Wecker meines Handys mich unsanft aus dem Schlaf riss. Nachdem ich gefrühstückt hatte, bekam ich einen Anruf von Björn. „Hallo Adelina, wir haben gerade einen Anruf von Hanna bekommen. Heute Nacht ist ins Museum eingebrochen worden", sagte er. „Wir sind auf dem Weg und treffen uns gleich dort."

Ich schnappte mir sofort meine Sachen und machte mich auf den Weg.

Als ich am Museum ankam, stiegen Björn und Alva gerade aus ihrem Wagen.

Hanna kam völlig aufgelöst auf uns zu. „Ich bin so froh, dass ihr hier seid. Als ich aufschließen wollte, habe ich festgestellt, dass die Tür aufgebrochen wurde. Ich habe mich nicht hineingetraut."

„Keine Angst, wir sind ja jetzt da", sagte Alva und nahm Hanna beruhigend in den Arm. „Die Einbrecher sind bestimmt nicht mehr da. Björn wird nachsehen, ob sie weg sind."

„Ihr bleibt hier", sagte Björn. „Ich werde nachsehen. Noch nie hatten wir derartige Probleme, dafür haben wir schließlich eine Alarmanlage."

„Ich komme mit dir", sagte ich und folgte ihm Richtung Museum.

An der Tür blieb er stehen und überprüfte die Alarmanlage. „Die Alarmanlage ist aus. Die Einbrecher müssen sie deaktiviert haben und an der Tür sind deutliche Einbruchsspuren zu sehen. Sie hatten es bestimmt auf den Tresor und somit die Kasseneinnahmen abgesehen" sagte er und ging in sein Büro, wo er entsetzt feststellte, dass der Tresor offen stand. „Jemand hat den Tresor durchsucht, das Wechselgeld scheint aber unangetastet zu sein", sagte er verwundert.

Eine dunkle Vorahnung überkam mich. „Die Schriftrollen", sagte ich und ging mit Björn zum Depot. Auch hier stand die Tür offen und mir stockte der Atem, als mein Blick auf die leere Stelle fiel, an der gestern noch die Truhe standen hatte.

Jemand hatte in sämtlichen Regalen gewühlt und alles durcheinandergebracht. Ich ging zu der Box, in der Toras Schmuck lag. Den Göttern sei Dank … er war noch da, doch die Schriftrollen waren verschwunden. Hatte der Einbrecher nur danach gesucht?

Um uns erst einmal von dem Schock zu erholen, hatten wir uns im kleinen Café zusammengesetzt, um das weitere Vorgehen zu besprechen.

„Der Verlust der Schriftrollen ist eine Tragödie", sagte Björn. „Ich werde gleich mit der Polizei telefonieren. Die werden bestimmt jemanden zur Spurensicherung vorbeischicken. Ich hoffe, dass wir heute Abend pünktlich öffnen können."

„Du willst tatsächlich eröffnen?", fragte ich ihn.

„Ja, das müssen wir. Es hängt zu viel davon ab. Wichtige Sponsoren haben sich angemeldet und wir sind dringend auf ihre Spendengelder angewiesen. Zum Glück habe ich die Entdeckung der Schriftrollen noch nicht bekannt gegeben, und wir haben immer noch drei Rollen. Wir sollten die Ausstellung heute Abend mit den drei verbleibenden Schriftrollen eröffnen, niemand wird wissen, dass sie unvollständig sind", sagte Björn.

Niemand … Außer dem Dieb, dachte ich.

In meiner Magengegend zog sich alles krampfhaft zusammen. Ich malte mir aus, wie eine Horde blutrünstiger Vampire die Eröffnung stürmte, die restlichen Rollen an sich nahm und mit den Anwesenden ihr eigenes blutiges Buffet eröffnete. In Gedanken versunken blickte ich auf die Box mit den restlichen drei Rollen, als Björn mich anstieß und nach dem Inhalt der Rollen fragte.

Ich schüttelte den Kopf und sagte: „Das glaubst du mir sowieso nicht." Ich sah die beiden an und berichtete, was ich gelesen hatte.

Alva war die Erste, die das Wort ergriff. „Adelina, du glaubst doch nicht, dass diese Geschichte wahr ist, oder? Vampire in Schweden, nein, das kann ich nicht glauben", sagte sie.

„Natürlich glaube ich das nicht", sagte ich, doch sicher war ich mir da nicht. Ich hatte dieses Gefühl, dass irgendetwas Wahres an dieser Geschichte sein könnte. Doch meine Vermutung, dass Vampire die Schriftrollen gestohlen hatten, wollte ich ihnen nicht mitteilen. So beschloss ich, heute Abend sehr wachsam zu sein. Und ich wollte einen Versuch unternehmen, eine der Rollen zu berühren.

Nachdem wir unsere Kaffeetassen geleert hatten, machten wir uns daran, das Chaos zu beseitigen und die Ausstellung vorzubereiten. Währenddessen empfing Björn die Polizeibeamten, die die Spuren sicherten und eine Anzeige aufnahmen. Der Eröffnung heute Abend stand glücklicherweise nichts im Wege. Die Zeit verging wie im Flug. Der Getränkelieferant schob gerade die Kisten in den Vorratsraum, als auch schon die Cateringfirma eintraf, um das Buffet aufzubauen.

Ich informierte Björn über mein Vorhaben, eine der Rollen zu berühren. Wir zogen uns ins Depot zurück, um ungestört zu sein. Sicherheitshalber verschlossen wir die Tür. Ich wollte nicht den Schrecken im Gesicht einer der Serviererinnen sehen, wenn sie in meine Augen blickte. Während der Visionen verfärbten sich meine Pupillen immer in ein helles Weiß mit silbernen Sprenkeln, wie mir Björn berichtet hatte, denn selbst sehen konnte ich es natürlich nicht. Leider war es uns auch nie gelungen, es zu fotografieren.

Ich machte es mir auf der Couch bequem, zog den Handschuh aus, und Björn reichte mir eine Rolle.

*P*lötzlich *befand ich mich in einem Zimmer.*

An einem großen, massiven Tisch saß vornübergebeugt ein Mann. Sein Gesicht konnte ich nicht sehen, da er mir den Rücken zugewandt hatte. Aschblondes Haar fiel ihm weit über die breiten Schultern.

Auch ohne ihn zu berühren, wusste ich, dass er unsägliche Qualen litt. Er war einsam und verzweifelt.

Er hielt gerade ein Pergament hoch, rollte es zusammen und legte es beiseite, als eine junge Frau den Raum betrat.

Dann stand er auf und ging auf sie zu. Er war groß und trug ein prächtiges Fell über seinen breiten Schultern, darunter eine Tunika, eine Hose aus Leinen und Lederstiefel. Die junge Frau trug ein einfaches Gewand mit Überkleid, das mit bronzenen Scheibenfibeln zusammengehalten wurde.

Er zog sie in seine Arme, neigte ihren Hals zur Seite und biss abrupt zu.

Sie krallte die Finger in seine Schultern. Über ihre Lippen kam nur ein leises Stöhnen, dann verlor sie das Bewusstsein. Er hob sie hoch und ließ sie auf ein Lager in der gegenüberliegenden Ecke gleiten.

Entsetzt sah ich ihren blutverschmierten Hals. Dann verwischte die Vision mit der Wirklichkeit, und ich blickte mich erschrocken im Depot um.

Björn sah mich besorgt an und nahm mir die Rolle ab. „Was hast du gesehen?", fragte er. Ich verschwieg ihm den blutigen Teil der Vision und erzählte nur von dem Mann am Tisch und dem Pergament, das er beschrieben hatte. Er würde mir ohnehin nicht glauben. Björn war zwar aufgeschlossen, was die Welt der Magie betraf, doch Vampire wollte ich ihm nicht zumuten.

Ich brauchte dringend frische Luft und beschloss, nach draußen zu gehen. Björn hatte noch einiges zu erledigen, denn die Eröffnung war in knapp einer

Stunde. Ich lief den Weg um die Hügel herum und hing meinen Gedanken nach.

Um mich abzulenken, telefonierte ich mit meiner Mutter. Sie bemerkte gleich, dass mit mir etwas nicht stimmte. Um sie zu beruhigen, erzählte ich ihr, dass ich mich mit den Visionen etwas übernommen hatte. Ich versprach ihr, mich die nächsten Tage etwas zu schonen.

Als ich zum Museum zurückkam, hatte die Eröffnung bereits begonnen. Vor dem Museumseingang standen ein Dutzend Menschen, die an ihren Gläsern nippten und die Gratishäppchen verputzten. Das war ein mir wohlbekannter Prozess bei Eröffnungen. Zuerst wurde das Buffet und die Bar gestürmt, und erst danach kam die Kunst. Ich beschloss, mich unter die Besucher zu mischen und nach Verdächtigen Ausschau zu halten.

Hanna hatte im Shop allerhand zu tun. Anscheinend waren mehr Gäste gekommen, als Björn gedacht hatte. Er hatte mit fünfzig bis hundert Besuchern gerechnet. Aber nun drängten sich gut dreihundert Besucher, Sponsoren und die Presse in den Räumen, um die neuen Artefakte zu begutachten. Die Presseleute führten Interviews und fotografierten, was das Zeug hielt.

Ich steuerte durch die Menschenmenge auf die Vitrinen zu und blieb vor den Schriftrollen stehen. Alva hatte die letzte Vitrine hervorragend dekoriert. Die Ersatzkiste mit den verbleibenden drei Rollen stand neben der Kette, die auf einer kleinen Büste drapiert war. Auch ein paar der Ohrringe und Armreifen hatten ihren Platz gefunden.

Plötzlich spürte ich, wie die Stelle zwischen meinen Schulterblättern heiß wurde, was ein eindeutiges Zeichen dafür war, dass mich jemand beobachtete.

Unauffällig sah ich mich um. Ich konnte nichts Auffälliges erkennen und doch wusste ich, dass sich jemand mit einer enormen Macht im Raum befand. Die Luft schien zu vibrieren.

Sie stand vor einer Vitrine und hatte ein leichtes Lächeln auf den Lippen. Alrik hatte sie bereits gespürt, noch ehe sie den Raum betreten hatte. Er konnte ihren Duft bis in die dunkle Ecke wahrnehmen, in die er sich zurückgezogen hatte. Sie umgab ein leicht erdiger und süßlicher Hauch von Patschuli und Magnolie.

Dieser Duft kam keineswegs von irgendeinem Parfüm. Es war ihr eigener Duft. Ein Wohlgeruch, wie er einer Elfe würdig war, verführerisch und sinnlich.

Die langen roten Locken umschmeichelten ihren wohlgeformten Körper. Ihr schwarzes Shirt legte sich eng um die prallen Brüste, und die Hüften kamen in ihrem enganliegenden, langen Rock gut zur Geltung und machten wohl jeden Mann verrückt.

Sie war genau der Typ Frau, den Alrik bevorzugte. Nicht zu groß und mit vielen weiblichen Attributen ausgestattet. Die Handschuhe, die sie zu ihrem Outfit trug, verliehen ihr etwas Elegantes.

Sie blickte sich um, gerade so, als könnte sie seine Blicke spüren. Ihre Augen waren von einem leuchtenden Grün, und ihre Lippen von einer Sinnlichkeit, wie er sie nie zuvor gesehen hatte.

Ein Verlangen erwachte in ihm. Er musste diese Frau besitzen. In seinen Träumen hatte er sie bereits gesehen. Als er festgestellt hatte, dass einige seiner Schriftrollen fehlten, hatte er in ihr eine Bedrohung für die Sippe gesehen. Doch jetzt, wo ihr Duft und ihr Anblick seine Sinne benebelten, wollte er sie in seine Arme ziehen und sie zu der seinen machen.

Er war immer ohne Gefährtin gewesen, nie hatte er daran gedacht, eine seiner Gespielinnen in die Sippe aufzunehmen.

Wer war diese Frau, die ihn so in seinen Grundfesten erschütterte?

Ich musste den Ausstellungsraum verlassen, da mich die Energie aufzufressen begann. Ich holte mir eine Tasse Kaffee, ging nach draußen und genoss die kühle Brise dieser herrlichen Nacht. Tief sog ich die Energie in mich auf.

Der Mond war fast voll und stand hoch über den Gräbern, die er so in ein mystisches Licht tauchte.

Ich hatte meine Tasse fast gelehrt, als Alva auf mich zukam.

„Ah, Adelina, da bist du ja. Du sollst bitte zu Björn kommen. Er hat einen vermögenden Sponsor kennengelernt, den er dir unbedingt vorstellen will. Er ist Vorstand der Stiftung zur Pflege des schwedischen Kulturguts, die das Museum in Zukunft mit einer hohen Summe unterstützen will."

Alva zog mich ins Museum und hielt nach Björn und dem neu gewonnenen Gönner Ausschau.

Sie entdeckte die beiden Männer etwas abseits im hinteren Teil der Ausstellung. Björn unterhielt sich angeregt mit einem Mann.

Einem wirklich verdammt gutaussehenden Mann. Bei einem Gönner der Stiftung zur Pflege des schwedischen Kulturguts hätte ich mir einen älteren Herrn mit grauem Haar und exakt sitzendem Anzug vorgestellt. Dieser Typ jedoch schien eher einem Gothic-Magazin entsprungen zu sein. Er war ganz in Schwarz gekleidet, langer Ledermantel, Lederhose, Rüschenhemd, sein langes, blondes Haar hatte er zum Zopf gebunden. Seine Lippen umrandete ein wohl geschnittener Henriquatre, auch Kriegerbart genannt.

Als wir auf ihn zugingen, konnte ich ein Augenbrauenpiercing erkennen, dass er über seinen leicht geschminkten, blauen Augen trug. Er war fast so groß wie Björn und hatte eine unglaublich gute Figur.

Alva fiel den beiden ins Wort, um mich vorzustellen.

„Herr Andersson, darf ich vorstellen … Adelina Nordström", sagte sie. „Mein Mann und Adelina haben zusammen in Deutschland studiert. Sie ist Restaurateurin und zu Besuch hier, um uns bei der Bestimmung der Artefakte zu unterstützen. Adelina, darf ich vorstellen … Rick Andersson", sagte sie und grinste mich an.

Mir hätte fast die Stimme versagt, als Rick Andersson meine Hand nahm und einen Handkuss andeutete. Er fixierte mich dabei mit seinen hellblauen Augen und lächelte mich an. Nur stotternd bekam ich ein „Freut mich" heraus und kam mir dabei unglaublich dämlich vor.

Ich hatte nie viel Glück mit Männern gehabt. Meist war ich zu schüchtern und zu verklemmt gewesen, was auch mit meiner Figur zusammenhing. Gerade jetzt fühlte ich mich wieder, als würde mein Shirt über den viel zu großen Brüsten platzen und jedes

Pfund zu viel auf den Hüften würde meinen Rock aus den Nähten platzen lassen.

Seine warme, angenehme Stimme jedoch ließ mich meine Selbstzweifel vergessen. „Und Adelina, du bist extra aus Deutschland angereist? Meinen Glückwunsch zu den neuen Fundstücken. Habt ihr etwas Interessantes gefunden?", fragte Rick.

„Es wurden ein paar schöne und wertvolle Stücke geborgen. Unter anderem ein Anhänger, der den Gott Freyr zeigt und vermutlich aus dem 9. Jahrhundert stammt." Das Geheimnis der Rollen behielt ich jedoch für mich. Wir gingen zum Buffet, holten uns etwas zu trinken, und gingen dann nach draußen, wo wir uns angeregt unterhielten.

Alva war inzwischen nach drinnen gegangen, da sie gleich eine Führung machen würde.

„Du bist also Vorstand der Stiftung zur Pflege des schwedischen Kulturguts? Betreust du viele Museen?", fragte ich ihn.

„Ja, das bin ich und ja, es sind schon ein paar. Wir unterstützen Museen und Künstler in Stockholm, Göteborg und Malmö. Jetzt strecken wir unsere Fühler nach Uppsala aus und suchen Projekte, die wir unterstützen können."

„Ich glaube Björn würde sich auf eine Zusammenarbeit mit deiner Stiftung sehr freuen", sagte ich und grinste Björn an.

„Ja, das würde ich sehr gern", sagte Björn. „Weiteres müssen wir allerdings auf später verschieben, da ich gleich ein Interview geben muss. Wenn ihr mich also entschuldigt", sagte Björn und verschwand nach drinnen.

„Wollen wir ein paar Schritte gehen?", fragte Rick.

Es war angenehm, sich mit ihm zu unterhalten. Ich stimmte also zu, und so entfernten wir uns immer weiter von den Geräuschen, die vom Museum zu uns herüberklangen.

Da es zwischenzeitlich abgekühlt hatte, legte Rick mir ganz gentlemanlike seinen Mantel um die Schultern. Sein Duft hüllte mich ein. Ein herber, sinnlicher Duft, der mir zu Kopf stieg und die geheimsten Sehnsüchte in mir weckte.

Wie es sich wohl anfühlen würde, von ihm berührt zu werden oder in seinen Armen zu liegen? Schnell verdrängte ich den Gedanken.

„Was ist los, Adelina, du bist so still?", fragte er, blieb stehen und stellte sich vor mich. Das Mondlicht spiegelte sich in seinen Augen und tauchte sie in ein mystisches Licht. Schweigend sah er mich an, dann zog er mich in die Arme und küsste mich.

Ich war zu überrascht, um mich zu wehren, und insgeheim wollte ich mich auch gar nicht wehren. Seine Lippen fühlten sich so gut an. Sein Kuss wurde fordernder, seine Zunge öffnete meine Lippen und drang ein. Er umspielte die meine, und ich ließ es geschehen. Ich gab mich ihm ganz und gar hin und diesem Gefühl, das plötzlich in mir entflammte.

Meine Hände glitten über seinen Rücken und ich konnte jeden einzelnen seiner starken Muskeln fühlen.

Seine Hände glitten zu meinem Hintern und kneteten ihn kräftig. Sein Kuss wurde wilder und sein Griff fester.

Was tat ich hier?

Normalerweise war ich nicht so. Ich ließ mich nicht einfach von einem Fremden küssen und doch … Da war etwas an ihm, das mich in den Bann zog.

Ich drückte ihn sanft von mir weg und sah ihn ernst an. „Wer bist du, was willst du von mir?"

„Dich will ich", sagte er. „Ich habe mein ganzes Leben nach einer Frau wie dir gesucht. Deine Augen, dein Körper, dein warmes Lächeln und deine liebevolle Art, du raubst mir den Verstand. Schon als ich dich vorhin im Museum sah, wusste ich, dass du etwas ganz Besonderes bist", sagte er.

Ich war verwirrt. Er kann sich doch nicht einfach so in mich verlieben, dachte ich.

Wieso dachte ich denn gleich an Liebe? Wahrscheinlich wollte er nur eine einzige Nacht und würde dann schneller verschwinden, als er auf der Bildfläche erschienen war. Er schien meine Unsicherheit zu spüren.

„Komm, lass uns zurück zum Museum gehen", sagte er, nahm meine Hand und ging los. Den restlichen Weg liefen wir schweigend nebeneinander her.

Kurz bevor wir den Eingang erreichten, nahm er mich in den Arm. „Verzeih mir, ich wollte dich nicht vor den Kopf stoßen, aber manchmal bin ich etwas zu ungestüm. Gib uns eine Chance. Du bist etwas ganz Besonderes, und ich würde dich gern besser kennenlernen", sagte er und sah mir tief in die Augen.

Diesem Blick konnte ich nicht widerstehen und nickte zustimmend.

Beim Betreten des Foyers stellten wir fest, dass bereits viele der Gäste gegangen waren. Björn und Alva standen am Shop und feierten mit Sekt die gelungene Eröffnung. Rick und ich gesellten uns zu ihnen.

Björn prostete mir zu und rief einen Toast auf mich aus. „Ein Hoch auf Adelina, ohne dich hätten wir nie so viel über die Rollen herausbekommen. Deine Gabe ist ein Geschenk der Götter. Zur Belohnung werde ich dir einen ganzen Satz neuer Handschuhe kaufen."

Mist, dachte ich. Er sollte doch kein Wort über die Rollen fallen lassen und schon gar nicht über meine Gabe. Er hatte wohl das ein oder andere Glas Sekt zu viel getrunken. Instinktiv verbarg ich die Hände hinter meinem Rücken.

Rick war die Bewegung nicht entgangen. „Eine Gabe? Was für eine Gabe?", fragte er Björn.

Ich warf Björn einen warnenden Blick zu, den er auch registrierte, und alles sofort auf meine exzellente Ausbildung schob. Damit hatte er das Ruder gerade noch herumgerissen.

Rick drang nicht weiter in ihn, sondern lud uns alle für morgen Abend in einen exklusiven Gothic Club in Stockholm ein. Björn und Alva sagten sofort zu. Er besorgte sich Zettel und Stift und reichte vorsichtshalber Alva den Zettel mit der Adresse des Clubs. Wir wollten uns um dreiundzwanzig Uhr treffen.

Die Damen vom Buffet hatten ihre Aufräumarbeiten beendet, und nachdem Alva die Rechnung beglichen hatte, waren alle bis auf uns vier nach Hause gegangen. Die restlichen Aufräumarbeiten verschoben wir auf morgen. Wir mussten jedoch noch die verbliebenen Schriftrollen aus der Vitrine nehmen, denn Björn konnte sie keinesfalls hier im Museum lassen. Die Gefahr eines weiteren Einbruchs war viel zu groß, deshalb wollte er sie mit nach Hause nehmen.

„Könntest du bitte die Haube abnehmen, Rick? Ich fühle mich dazu nicht mehr imstande", sagte Björn.

Während Rick die schwere Glashaube der Vitrine anhob, nahm ich die erste Rolle heraus. Als ich sie berührte, traf mich ein leichter Stromschlag und ich wich erschrocken zurück.

„Wow, was war das?", fragte ich verdutzt. So etwas hatte ich bis dahin noch nie erlebt. Irgendetwas musste die Energien gebündelt haben. Ich wollte nicht das Risiko eingehen, dass die Rollen durch die Energien in Flammen aufgingen, zog die Handschuhe aus und reichte sie Alva. „Könntest du bitte, Alva?"

Sie hatte keine Probleme, nahm die Rollen entgegen und legte sie in die dafür vorgesehene Box. Dann gab mir meine Handschuhe wieder.

Beim Anziehen musste ich entsetzt feststellen, dass Rick auf die Male an meinen Handgelenken starrte. Sie leuchteten und pulsierten in einem tiefen Rubinrot. Schnell drehte ich mich etwas zur Seite, um ihm den Blick darauf zu versperren.

Der entsetzte Ausdruck auf seinem Gesicht jedoch sprach Bände.

Björn riss ihn aus seiner Starre. „Rick, du könntest Adelina doch zu ihrer Pension begleiten. Sie ist gleich um die Ecke", stammelte Björn sichtlich angeheitert.

„Ich bringe Adelina gerne in ihre Pension und ich versichere euch, dass ich sie gut abliefern werde", sagte er. Wir verabschiedeten uns und verließen das Museum.

Als wir vor der Pension angekommen waren, drückte er mir einen sinnlichen Kuss auf die Lippen. „Ich freue mich auf morgen."

„Ich freue mich auch", sagte ich und ging nach drinnen. Noch lange hing ich meinen Gedanken nach und schlief dann erschöpft ein.

Nach knapp einer Stunde Fahrt war Alrik im Stockholmer Sippenhaus angekommen und direkt in seine Gemächer gegangen, um Halfdan anzurufen.

Halfdan war nicht nur Mitglied des Rates und Alriks bester Freund, er war auch der Leiter der Sicherheitszentrale und Chef der Huskarlar. Der Sitz der Zentrale befand sich in Heidelberg, Deutschland. Von hier aus koordinierte Halfdan alle Einsätze. Die Huskarlar waren die Soldaten der Sippe. Sie waren für die allgemeine Sicherheit der Sippe und der Zivilisten, in den Sippenhäuser zuständig.

Alrik griff zum Telefon und erzählte Halfdan, was er in Uppsala erreicht hatte. Danach wählte er die Durchwahl zu Esters und Elias Gemächern. Die Runen an Adelinas Handgelenken hatten ihn total aus der Fassung gebracht. Er musste unbedingt mit Ester sprechen, denn sie trug ebenfalls eine Rune in ihrem Nacken. Elias war Einars Sohn und Ester seine im Blute verbundene Gefährtin. Sie bewohnten die Räume im Erdgeschoss des Sippenhauses. Alrik und Ragnar, einer von Halfdans Huskarlar, wohnten in der ersten Etage, während im Dachgeschoss noch Gästezimmer zur Verfügung standen.

Kurze Zeit später saß er im Wohnzimmer des Paares. „Entschuldigt, dass ich euch zu so später Stunde störe. Ich hätte ein paar dringende Fragen an dich Ester."

„Gerne Alrik, was liegt dir auf der Seele?", fragte Ester.

„Nach Toras Tot habe ich unsere Geschichte in Schriftrollen niedergeschrieben und in ihr Grab gelegt. Die Schriftrollen wurden nun entdeckt und sollten im Museum von Gamla Uppsala ausgestellt werden.

„Was, sie wollen die Schriftrollen ausstellen? Oh mein Gott, was wenn man uns nun enttarnt?", fragte Ester aufgebracht.

„Genau darum war ich gestern Nacht im Museum. Ich konnte leider nicht alle Rollen zurückholen. Drei Rollen sind immer noch im Museum. Deshalb war ich heute bei der Ausstellungeröffnung. Ich habe dort eine Frau kennengelernt. Eine äußerst attraktive und mysteriöse Frau. Ihr Name ist Adelina, sie ist Restauratorin und extra aus Deutschland angereist, um bei den Untersuchungen zu helfen. Als sie die Schriftrollen aus der Vitrine nehmen wollte, bekam sie einen Schlag und zog ihre Handschuhe aus. Ester, ich traute meinen Augen kaum, aber an ihren Handgelenken trug sie Runen. Runen wie sie Götterkinder tragen."

Ester stand auf und ging nachdenklich im Zimmer auf und ab. „Du denkst, dass sie ein Götterkind ist? Ich habe schon lange kein Götterkind mehr getroffen. Früher war es gang und gäbe, dass sich die Götter mit Menschen paarten und diese einzigartigen Kinder zeugten. Jedes Götterkind trug ein oder mehrere Runenmale und verfügte über magische Fähigkeiten, die sich bei jedem anders auswirkten. Ich trage die Rune Laukaz und kann die Gedanken von Menschen und unseresgleichen lesen, und sie zu meinen Gunsten beeinflussen. Weißt du, welche Runen Adelina trägt?", fragte Ester.

„Sie trägt die Runen Eihwaz und Ingwaz. Björn hat gesagt, dass er ohne Adelina nie so viel über die Schriftrollen herausgefunden hätte. Er wollte ihr einen neuen Satz Handschuhe kaufen", sagte er.

„Adelina muss über sehr starke Fähigkeiten verfügen, wenn sie ihre Hände schützt. Vielleicht ist sie eine Energieleiterin, jemand, der Energien aufnehmen und weitergeben kann? Eventuell ist sie auch der Psychometrie mächtig und kann so die Herkunft von Gegenständen durch Berührung erfühlen", sagte sie.

„Das muss es sein", sagte Alrik. Wie viel wusste sie bereits über ihn und seine Brüder? Hatte sie ihn gar in einer Vision gesehen? Aber sie hätte jedoch anders reagiert, wenn dem so gewesen wäre. Alrik dachte über ihre Male nach, und plötzlich sah er noch ein anderes Mal vor seinem geistigen Auge, ein Mal, dessen Existenz er lange vergessen, gar verdrängt hatte.

„Meine Mutter hatte auch ein Runenmal, sie trug es auf ihrem Rücken", sagte er. „Sie war eine begabte Heilerin. Ihre Rune war Uruz."

Ester sah ihn lächelnd an. „Dann bist du der Nachkomme eines Götterkindes", sagte sie. „Deine Fähigkeiten sind nicht so stark, und du dürftest kein Mal tragen. Hattest du bereits vor deiner Wandlung außergewöhnliche Fähigkeiten?", fragte sie ihn.

„Ja", sagte er. „Und ich habe sie immer noch, es sind meine Träume."

„Alrik", sagte sie, „wenn sich ein Götterkind und einer der Unseren begegnen, kann das starke Gefühle hervorrufen. Es ist gerade so, als würden sie sich gegenseitig anziehen", sagte sie und schenkte Elias ein wissendes Lächeln.

„Da hat sie recht", sagte Elias und strich ihr mit einer zärtlichen Berührung über den Handrücken. „Als ich Ester zum ersten Mal sah, hat sie mich regelrecht verzaubert. Ich hatte nur noch Augen für sie. Da sie meine Gefühle in gleichem Maße erwiderte, gab es kein Zurück mehr und wir vollzogen die Blutsverbindung", sagte Elias.

„Ich habe Adelina und ihre Freunde für morgen Abend in den Cave Club eingeladen", sagte Alrik. „Vielleicht könntet ihr morgen in den Club kommen. Du könntest Adelinas Gedanken erforschen und herausfinden, was sie weiß.

„Das machen wir gerne", sagte Ester.

„Dann danke ich euch für euere Zeit und verabschiede mich. Wir sehen uns dann morgen Abend", sagte Alrik.

Als ich am nächsten Morgen erwachte, war es bereits halb zehn durch. Björn und Alva hatten mittags einen Termin und so beschlossen wir, dass ich mir die Zeit bis siebzehn Uhr allein vertreiben würde. Am Abend wollten wir uns zum Essen treffen.

Ich genoss mein spätes Frühstück und beschloss, mir dann ein paar Sehenswürdigkeiten in Uppsala anzusehen.

Ich besichtigte den Eriksdom, eine wunderschöne Kathedrale im gotischen Stil. Anschließend besuchte ich das Schloss und gönnte mir danach eine erholsame Pause im Botanischen Garten. Schließlich setzte ich mich noch in ein kleines Café und genoss das rege Treiben auf den Straßen. Gegen sechzehn Uhr kehrte ich in mein Zimmer zurück, duschte und hatte dann die Qual der Wahl mit der Suche nach dem richtigen Outfit.

Ich entschied mich für einen schwarzen Satinrock im Fishtail-Schnitt, oben eng geschnitten und ab den Knien weit ausgestellt. Dazu wählte ich eine schwarze Satinbluse und eine schwarze Korsage mit

Schnürung. Die lange Mähne bändigte ich zum Zopf, und natürlich durften die Handschuhe nicht fehlen. Als kurz vor siebzehn Uhr das Telefon klingelte, griff ich meine Sachen und ging nach unten, wo mich Björn und Alva bereits erwarteten.

Beide hatten sich ebenfalls ausgehfertig gemacht. Björn trug eine Lederhose und dazu das Shirt einer hiesigen Deathmetal-Band. Alva hatte ein äußerst gewagtes Outfit an. Sie trug einen kurzen Schottenrock, der etwa zweimal so breit war wie ein Gürtel. Dazu Netzstrümpfe, hohe Stiefel und ein rotes Shirt mit schwarzem Netzüberzug und einem äußerst freizügigen Dekolleté. In diesem Outfit würde sie Björn heute wohl besonders im Auge behalten müssen.

Björn hatte im Odinsborg einen Tisch für uns reserviert. Das kleine Restaurant neben den Königsgräbern war mit viel Liebe zum Detail im Stil der Wikingerzeit restauriert worden. Normalerweise schloss es um achtzehn Uhr, aber heute Abend war es für eine Veranstaltung länger geöffnet. Wir tranken Met aus Hörnern und gönnten uns schwedische Spezialitäten vom Buffet. Ganz begeistert war ich von den belgischen Waffeln mit hausgemachter Marmelade und Sahne. Wir saßen noch bis kurz vor zweiundzwanzig Uhr zusammen, bezahlten und machten uns dann auf den Weg nach Stockholm.

Knapp eine Stunde später erreichten wir Stockholm.

Der Club lag auf der Insel Södermalm. Die Häuser waren traumhaft. Malerisch schlängelten sich die Gassen durch die Stadt.

„Ich liebe Kirchen und alte Stadtteile, wie diesen hier", sagte ich.

„Das ist die Katharinenkirche. Sie ist im Jahr 1990 ausgebrannt und wurde zum Glück restauriert, sodass sie jetzt wieder in ihrem alten Glanz erstrahlt", sagte Björn.

„Sie ist atemberaubend", sagte ich.

Wenn Rick nicht auf uns gewartet hätte, wäre ich ausgestiegen und hätte ein paar Fotos geschossen.

Ich ging nirgends ohne meine Kamera hin, man konnte ja nie wissen, was einem so vor die Linse kam. Aber wie ich mir eingestehen musste, konnte ich es gar nicht erwarten, ihn wiederzusehen. Ich war aufgeregt wie ein Teenager vor dem ersten Rendezvous. Endlich bogen wir in die Straße ein, in der sich der Club befand. Wir parkten, stiegen aus und gingen in Richtung Eingang.

Ich sah Rick schon von Weitem. Er unterhielt sich gerade mit dem Türsteher. Er und Alva waren schon einige Male hier gewesen, und sie fanden den Club spitze. Björn hatte mir erzählt, dass beim ersten Betreten des Clubs ein Mitgliedsbeitrag fällig war. Rick begrüßte erst Alva, dann Björn und nahm mich zur Begrüßung in den Arm, küsste mich aber nicht.

Er wollte mich vor den anderen wohl nicht in Verlegenheit bringen, indem er mir seine Zunge in den Hals steckte.

Rick sah einfach umwerfend aus. Er trug einen eleganten schwarzen Gehrock, ein schwarzes Rüschenhemd und eine schwarze geschnürte samtene Hose. Er wirke wie einen Gentleman aus dem 18. Jahrhundert. Sein Haar trug er offen. Eigentlich fehlte nur noch ein Gehstock, um das Bild zu vervollständigen.

Der Türsteher warf Alva einen anzüglichen Blick zu, als wir auf ihn zugingen. Rick gab ihm ein Zeichen, und er ließ uns ohne zu bezahlen in den Club.

Über eine Treppe ging es hinunter in ein Kellergewölbe. Ich warf einen Blick in verschiedene Räume, die allesamt eine Gewölbedecke besaßen und sehr gemütlich wirkten. Jeder Raum wirkte wie ein kleine bequeme Höhle, in der sich Sessel und Sofas verteilten und unzählige Kerzen alles in ein romantisches Licht tauchten. Wir setzten uns abseits der Tanzfläche an einen Tisch, der etwas im Dunkeln stand. Die Männer nahmen unsere Bestellungen entgegen und gingen zur Bar, um Getränke zu holen.

Als er zurückkam, reichte Rick mir ein Glas Wein und setzte sich neben mich.

„Und hast du heute etwas Interessantes gemacht?", fragte Alrik.

„Einen Stadtbummel durch Uppsala. Ich habe mir das Schloss, den Botanischen Garten und den Eriksdom angesehen. Auf der Herfahrt sind wir an der Katharinenkirche vorbeigekommen. Was für eine schöne Kirche. Die würde ich mit Vergnügen einmal fotografieren."

„Ich biete mich gerne als dein persönlicher Fremdenführer an", sagte er.

„Danke für das Angebot", sagte ich und dachte insgeheim, dass ich gerne etwas Zeit mit ihm allein verbringen würde. Björn und Alva schienen meine Gedanken gelesen zu haben und verließen uns in Richtung Tanzfläche.

Rick rückte näher an mich heran, legte den Arm um mich und griff sich meine Hand, die er zärtlich streichelte. „Du siehst heute absolut zauberhaft aus", sagte er, zog mich an sich und küsste mich. Seine Lippen glühten vor Verlangen, und er brachte mein Innerstes zum Erbeben.

Noch nie war ich so geküsst worden, zumindest hatte ein Kuss noch nie solche Gefühlswallungen in mir ausgelöst. Das musste Seelenverwandtschaft sein. Ich zitterte, als er wieder etwas Luft zwischen uns ließ. Aus den Augenwinkeln sah ich, wie Björn und Alva auf uns zusteuerten. Beide konnten natürlich eins und eins zusammenzählen und grinsten wie die Honigkuchenpferde, als sie sich setzten.

Rick löste sich aus unserer Umarmung, stand auf und ging zu einem jungen Paar, das an der Bar stand. Die Frau war schlank und größer als ich. Ihre Haut war fast so hell wie meine, und ihr schwarzes Haar fiel wie ein Umhang über ihre Schultern. Der Mann an ihrer Seite war fast so groß wie Rick und hatte kurzes blondes Haar. Sie unterhielten sich und kamen zu uns an unseren Tisch.

Die Frau setzte sich neben mich. „Hallo, ich bin Ester und das ist mein Mann Elias", stellte sie sich vor. Wir sind Ricks Mitbewohner."

„Hallo", sagte ich. „Ich bin Adelina und das sind Alva und Björn."

„Es freut mich dich kennenzulernen, Adelina", sagte sie.

Ester hatte ein offenes Wesen und war mir sofort sympathisch. Ihr Blick jedoch ging mir durch und durch. Mir war, als könnte sie auf den Grund meiner Seele blicken, und dennoch verschloss ich mich nicht vor ihr.

Kurze Zeit später saß ich mit ihr allein am Tisch.

„Rick hat mir von deinen Malen erzählt", sagte sie plötzlich. „Würdest du sie mir zeigen?", fragte sie.

Ich war sprachlos und starrte sie an.

Sie schien meine Verunsicherung zu spüren, drehte sich zur Seite und schob ihr Haar beiseite.

Mein Blick fiel auf ein Mal, das sie im Nacken trug. Es war, wie bei mir, eine Rune. Deutlich konnte ich sehen, wie sie zu pulsieren begann, bevor Ester sich wieder zu mir drehte.

Sprachlos starrte ich sie an und brachte kein Wort heraus.

„Du bist wie ich, ein Götterkind", sagte sie. „Es gibt nicht viele Menschen wie uns. Die Runen kennzeichnen uns als Menschen mit besonderen Fähigkeiten. Gaben, die wir von den Göttern erhalten haben", sagte sie.

Sie ergriff meine Hände und zog die Handschuhe leicht zurück, um meine Male zu betrachten. „Schon seit ich denken kann, kann ich Gedanken lesen. Ich besitze die Gabe, den Willen der anderen nach meinen Wünschen zu formen, nur wenn ich das möchte und für nötig halte, natürlich", sagte sie. „Welche Gabe besitzt du Adelina? Wieso trägst du Handschuhe? Hat es etwas mit Berührung zu tun?", fragte sie.

Ich nickte. „Mit der rechten Hand kann ich Energie aufnehmen und mit der linken transportieren. Durch die Berührung eines Gegenstands kann ich etwas über seine Vergangenheit erfahren. Ich kann Gefühle von Menschen spüren, wenn ich sie berühre. Ich trage die Handschuhe, um mich und andere zu schützen, denn durch die Macht in meiner linken Hand bin ich fähig zu töten. Aber wie kann das sein?", fragte ich. „Mein Leben lang dachte ich, ich würde verrückt werden. Nie hätte ich gedacht, dass es noch jemanden wie mich gibt, jemanden, der auch diese Runen trägt", sagte ich. „Aber seit ich nach Schweden gekommen bin, überschlagen sich die Ereignisse. Ich lese diese verrückte Geschichte in den Schriftrollen, die mich an meinem Verstand zweifeln lässt, dann lerne ich Rick kennen und nun dich", sagte ich.

„Du empfindest etwas für Alrik?", fragte sie und ergriff meine Hand. „Ich glaube, du hast ihm auch ganz gehörig den Kopf verdreht, noch nie habe ich ihn in so einem Zustand gesehen", sagte sie.

„A… A… Alrik?", stotterte ich.

Mein Gehirn schien zu explodieren.

Alrik … Rick!, dachte ich.

Das konnte nicht sein. Alrik hieß dieser Vampir aus der Saga. Vor meinen Augen drehte sich alles, und mir wurde schwarz vor Augen.

Ich musste hier raus, ich musste an die frische Luft! Ich schnappte meine Tasche, stand ohne ein Wort zu sagen auf und lief nach draußen.

Tief sog ich die kühle Luft ein und zog mich in eine dunkle Ecke zwischen zwei Häusern zurück, in der ich nervös auf und ab ging. In meinem Kopf überschlugen sich die Gedanken.

Ester, was ist passiert? Wieso ist Adelina so abrupt nach oben gegangen?", fragte Alrik.

„Wir haben uns unterhalten. Ich habe ihr meine Rune gezeigt. Du hattest recht, sie ist ein Götterkind. Sie kann Energien leiten und verfügt über die Fähigkeit der Psychometrie. Was sie in den Schriftrollen gelesen hat, scheint sie sehr zu verwirren. Als ich dich dann Alrik genannt habe, ist sie wie vom Blitz getroffen aufgesprungen und nach oben gerannt", sagte sie.

Alrik fluchte innerlich und ging nach draußen, um nach Adelina zu sehen. Er sah sie in einer dunklen Häuserecke auf und ab gehen und ging langsam auf sie zu.

Ich schrak zusammen, als jemand meinen Namen rief.

Rick kam auf mich zu.

„Lass mich in Ruhe. Was ist das hier für dich? Irgendeine verrückte Freakshow? Wieso hat sie dich Alrik genannt?", blaffte ich ihn an. „Wieso nennt sie dich genauso wie diesen Typen aus den Schriftrollen? Bist du der Typ aus dieser Saga? Hast du die Rollen gestohlen? Ich glaube, ich drehe gleich durch", sagte ich und musste die Tränen unterdrücken.

Er zog mich in seine Arme. Ich versuchte, ihn wegzudrücken, es gelang mir jedoch nicht.

„Alles ist wahr!", sagte er. „Alles. Ich bin Alrik. Ich habe die Schriftrollen geschrieben. Als ihr sie gefunden habt, musste ich handeln und sie in Sicherheit bringen. Eigentlich sollte sie nie jemand zu Gesicht bekommen. Ich hätte sie nie schreiben dürfen. Doch dann kamst du. Ich hätte auf meine Träume hören sollen, schon, als ich dich zum ersten Mal in meinen Träumen sah, hätte ich es wissen müssen. Du bist ein Traum … mein Traum! Nie hätte ich es für möglich gehalten, dass ich einer Frau so verfallen würde", sagte er.

Ich sah ihn schweigend an. Mir gingen tausend Fragen durch den Kopf. „Du willst mir also sagen, dass du ein über tausend Jahre alter Vampir bist und … Du hast von mir geträumt … Schon bevor ich nach Schweden kam?", fragte ich ihn verdutzt.

„Ja", sagte er. „Meine Mutter trug ebenfalls eine Rune. Sie hat mir die Gabe der Träume vererbt."

„Ich kann das alles nicht glauben, das kann doch gar nicht sein", sagte ich. „So etwas gibt es nicht … Vampire!"

„Und deine Gabe?", fragte er. „Die gibt es doch auch. Du hast diese Macht, und eigentlich dürfte es so etwas auch nicht geben, oder? Weshalb sollten nicht welche wie die meinen existieren?", fragte er.

Mit einem fragenden Blick sah er mich an, zog mich enger an sich und küsste mich abermals. Sein Kuss war leidenschaftlich und fegte augenblicklich mein Hirn leer.

Ich spürte nur noch das Feuer, das er in mir entfachte. Mir wurde heiß und kalt zugleich. Seine Lippen lösten sich von den meinen. „Du brauchst einen Beweis für meine Existenz", sagte er und lächelte mich an.

Im selben Moment wurde mir schwindlig, alles um mich herum verschwamm. Ich schloss die Augen. Als ich sie Sekunden später wieder öffnete, standen wir unter einer Reihe von hohen Bäumen. Ich sah die Kirche vor mir, an der wir auf der Herfahrt vorbeigekommen waren. Wir standen direkt vor der Katharinenkirche.

„Was zum … Wie hast du das gemacht? Zwick mich bitte mal, dass ich nicht träume. Aua", schrie ich und blickte Alrik erbost an, während ich mir den Oberarm rieb.

„Schau mich nicht so böse an, du wolltest doch, dass ich dich zwicke", sagte er und grinste mich frech an.

Ich drehte mich im Kreis. „Das gibt es doch nicht, wie hast du das gemacht?", fragte ich ihn.

„Das ist einer der kleinen Nebeneffekte, wenn man über meine Gaben verfügt", sagte er. „Ich kann mich in Sekunden von einem Punkt zum anderen teleportieren." Er nahm mich an der Hand und lief mit mir über den parkähnlichen kleinen Friedhof auf die Kirche zu. Die wenigen Lichter tauchten alles in ein mystisches Licht, und der Mond spiegelte sich auf den Grabsteinen. Ich vergaß alles um mich herum, zog wie automatisch meine Kamera aus der Tasche und schoss ein paar Bilder.

Es gab herrliche alte Gräber. Ich fotografierte den Mond, wie er durch die Krone einer großen, alten Eiche fiel. Dann lehnte ich mich an den mächtigen Stamm und schloss die Augen, um seine Energie in mich fließen zu lassen. Blitzschnell öffnete ich sie, als ich bemerkte, wie Rick sich gegen meinen Körper drückte. Seine Lippen berührten die meinen und augenblicklich schossen die Energien nur so durch meinen Körper. Ich absorbierte sie förmlich und schien innerlich fast zu verbrennen. Sein Kuss, sein Körper, alles an ihm, fühlte sich so gut an. Er bedeckte meinen Hals mit zärtlichen Küssen. Sein ganzer Körper schien unter Spannung zu stehen. Ich konnte seine Erregung deutlich spüren, als er sich fester an mich drückte. Mir wurde ganz heiß, und wenn er nicht aufhörte, mich zu küssen, würde ich ihm die Kleider vom Leib reißen und über ihn herfallen.

Plötzlich drehte sich wieder alles. Abrupt standen wir mitten in einem dunklen Raum, wie von Geisterhand gingen unzählige Kerzen an.

Er hatte sich wieder teleportiert und dieses Mal direkt in sein Schlafzimmer. Schwere Brokatvorhänge hingen vor den Fenstern, ein teurer Teppich lag vor einem großen Mahagoni-Bett, das mit rotem Samt bezogen war. Alles war teuer und prunkvoll ausgestattet. Er zog mir die Tasche von der Schulter und ließ sie mitsamt meinem Mantel zusammen zu Boden gleiten. Er hob mich hoch, trug mich zum Bett und ließ mich langsam in die Kissen sinken. Schnell zog er sich den Gehrock und die Schuhe aus und setzte sich auf den Bettrand.

Er schob meinen Rock hoch, öffnete den Reißverschluss an meinen Stiefeln und zog mir einen nach dem anderen aus. Langsam ließ er seine Hände über meine Beine nach oben gleiten, während er sich über mich beugte und mich küsste. Er setzte sich rittlings auf meine Beine, öffnete die Schnürung meiner Korsage und ging dann zu den Knöpfen meiner Bluse über. Nun begann er, meine nackte Haut mit seinen Küssen zu bedecken. Seine Berührungen versetzten mich derart in Ekstase, dass ich den Rücken durchbog, um mich noch näher an seine Lippen zu bringen.

Mit den Händen fuhr ich unter sein Hemd, um seine erhitzte Haut zu fühlen. Sein Körper glühte förmlich, und jeder Muskel war angespannt. Ich zog ihm das Hemd über den Kopf, sodass er mit nacktem Oberkörper über mir saß. Mein Blick fiel auf die Rosenranke, die sich tatsächlich von seiner Brust aus bis zu seiner Hand zog. Sie schien genau wie meine Male zu pulsieren und leuchtete in einem dunklen Purpur mit Silbersprenkeln.

Ich gab meinem Drang nach, sie zu berühren und fuhr vorsichtig die Konturen nach, sogleich fingen meine Fingerspitzen an zu kribbeln. Bei meiner Berührung warf er den Kopf zurück und stieß ein leises Stöhnen aus.

Dann ergriff er meine Hände und versuchte, mir die Handschuhe abzustreifen. Erschrocken zog ich die Hände weg, doch Alrik schüttelte den Kopf und zog meine Hände an sich, um mir die schützenden Handschuhe auszuziehen.

„Du wirst mich nicht verletzen. Das weiß ich", sagte er und legte meine Handflächen auf die pulsierende Rose.

Die Energie schoss mit einer solchen Wucht durch meinen Körper, dass ich mich aufbäumte. Auch er wurde von den Wogen erfasst, hielt meine Hände jedoch fest an sich gepresst. Die Energie bahnte sich ihren Weg durch unsere Körper, doch anstatt uns zu verbrennen, vereinte sie sich in einem Strudel der Begierde. Ich fühlte, was er fühlte und was ich fühlte, war pure Lust und eine tiefe Liebe, die mir die Tränen in die Augen trieb. Mein Körper sehnte sich nach ihm, ich wollte ihn spüren, seine Hände, seine Lippen.

Er öffnete den Verschluss meines BHs und entblößte meine Brüste. Als seine feuchten, warmen Lippen meine Haut berührten, durchfuhr mich ein wohliger Schauer. Er neckte mich abwechselnd mit der Zunge und den Zähnen, indem er mich sanft biss. Langsam bahnte er sich den Weg nach unten und er begann, mir Rock und Slip auszuziehen, bis ich nackt vor ihm lag. Sein Blick ruhte auf mir, und dann begann er, mich zu streicheln. Langsam glitt seine Hand zwischen meine Schenkel und ich stöhnte auf, als seine Finger in mich drangen. Eine Lust überkam mich, wie ich sie noch nie gefühlt hatte. Er drückte meine Schenkel auseinander und liebkoste mich mit der Zunge. Ich bäumte mich auf und vergrub die Finger fest in seinem Haar.

Dann ein stechender Schmerz.

Sein Biss in meinen Venushügel und seine Berührungen schienen meine Empfindungen noch zu verstärken und ließen mich zu einem heftigen Höhepunkt kommen. Ich gab mich diesem Gefühl ganz und gar hin.

Als er zu mir hochkam, blickte ich in sein Gesicht und sah ihn in seiner ganzen Wildheit. Das Blau seiner Augen hatte einen hellen Silberton angenommen, und deutlich konnte ich die spitzen Fänge hinter seinen Lippen erkennen. Er legte sich auf mich. Wir küssten uns leidenschaftlich. Als er sich von mir löste, drehte ich ihn auf den Rücken und setzte mich auf seine Schenkel. Langsam öffnete ich seine Hose, er half mir, sie abzustreifen.

Im höchsten Maß erregt lag er vor mir. Vorsichtig berührte ich ihn an seiner empfindlichsten Stelle, und als ich meine Hand um seinen harten Schaft legte, bäumte er sich auf und krallte seine Finger in die Bettdecke. Ich neigte mich nach vorne und begann, ihn mit meiner Zunge und den Lippen zu liebkosen. Sein Stöhnen wurde lauter und meine Bewegungen immer schneller.

„O Gott, Frau, was machst du mit mir?", schrie er, und dann kam auch er.

Meine Finger glitten über seine Brust. Die Rose schienen aufzuleuchten an jenen Stellen, an denen ich sie berührte. Er streichelte meine Brüste, und die Energie, die ich in ihn fließen ließ, bewirkte, dass er sogleich wieder von Lust durchströmt wurde. Alrik packte mich an den Hüften, hob mich hoch und ließ mich langsam auf seine Erektion gleiten.

Er füllte mich ganz und gar aus. Unsere Bewegungen waren rhythmisch und wurden immer schneller. Ich bäumte mich auf. Er warf mich auf den Rücken und drang immer tiefer in mich ein. Er liebte mich mit einer Wildheit und Härte, wie ich sie noch nie erlebt hatte. Und mein Körper wollte immer mehr.

Ich sehnte mich danach, seine Zähne an meinem Hals zu spüren. Er schien mein Verlangen zu spüren und begann, meinen Hals mit immer fester werdenden Bissen zu übersäen. Dann spürte ich einen kurzen stechenden Schmerz, als er mein Fleisch durchbrach und die Zähne fest in meinen Hals stieß.

Der Schmerz ließ schnell nach und verwandelte sich in pure Lust. Begierig nahm er mein Blut in sich auf. Mein Blut und das Gefühl, wie er von mir trank, ließ uns beide explosionsartig zum Höhepunkt kommen.

Zärtlich fuhr er mit der Zunge über die Wunde an meinem Hals und blieb erschöpft in meinen Armen liegen.

„Werde ich jetzt wie du ein Vampir?", fragte sie ihn.

„Nein, wirst du nicht, denn ich habe die Wunde wieder verschlossen", sagte er.

Da fiel mir wieder ein, was ich in einer der Rollen gelesen hatte. Ich würde mich nur verwandeln, wenn er die Wunde nicht schließen würde und mich von seinem Blut trinken lassen würde.

„Nur, wenn du mein Blut trinkst, werden wir eins werden. Du wärst als meine Gefährtin für immer mit mir verbunden sein", sagte er und sah mich fragend an.

„So wie deine Brüder?", fragte ich.

Wollte ich das? Ein Vampir werden und mit einem Mann verbunden sein, den ich doch eigentlich nicht kannte? Einem Mann, der mir gab, was mir nie jemand zuvor gegeben hatte und der mich verstand wie kein anderer?

„Was wird mit meinem bisherigen Leben? Meinem Job? Meiner Mutter?", fragte ich ihn.

„Du würdest hier bei mir in Stockholm leben, und deine Mutter könntest du hierherholen. Sie würde unter den Schutz der Sippe gestellt werden."

„Und was ist mit Björn und Alva? Du wirst ihnen doch nichts antun?", fragte ich.

„Nein, wenn es nicht nötig ist. Du könntest die restlichen Rollen von Björn besorgen und ich würde ihm eine etwas abgeänderte Form zurückgeben. Unsere Existenz muss auf jeden Fall geheim gehalten werden", sagte er.

„Und was passiert dann mit mir? Ich meine, muss ich dann auch über Menschen herfallen, um ihr Blut zu trinken und mich tagsüber verstecken?", fragte ich ihn.

Er strich mir zärtlich über die Wange. „Du wirst dich gelegentlich an einem Menschen nähren müssen, aber du musst niemanden töten. Du nimmst nur so viel Blut, wie du benötigst. Wenn du mein Blut trinkst, bist du genauso mächtig wie meine Brüder und kannst dich wie sie im Tageslicht aufhalten. Seit jener Zeit in der Höhle habe ich nie wieder jemanden gewandelt", sagte er nachdenklich.

Tausend Gedanken schossen mir durch den Kopf. Ich setzte mich auf und betrachtete ihn. Er war so schön, so perfekt. Wir waren füreinander bestimmt, das wurde mir jetzt bewusst. Ich wollte ihn nicht verlassen, nie wieder.

Langsam ließ ich meine Finger über seinen Körper wandern. Beugte mich über seine Brust und biss ihn zärtlich abwechselnd in die eine, dann in die andere

Brustwarze. Meine Hand glitt zu seinem Schritt, und mit festem Griff verhalf ich ihm zu einer erneuten Erektion. Verblüfft sah er mich an, als ich mich aufsetzte und ihn tief in mich aufnahm.

„Dann tue es … jetzt", sagte ich und begann, mich immer schneller auf ihm zu bewegen.

„Meine Liebste … ich hätte nicht mehr die Kraft, dich gehen zu lassen, du bist mein Leben", sagte er. Er zog mich an sich und grub die Zähne oberhalb der linken Brust in mein Fleisch. Als sich seine Lippen lösten, trat ein kleines Rinnsal aus der Wunde und bahnte sich seinen Weg über meine Brust. Genüsslich leckte er es mit der Zunge auf.

Er setzte sich auf und zog meine Hüften mit heftigen Stößen gegen seinen Unterleib. Ich bäumte mich auf und vergrub meine Zähne mit festen Bissen in seinem Hals. Es machte ihn dermaßen rasend, dass er mich abermals auf den Rücken warf. Sogleich schlug er die Zähne in meinen Hals und trank in tiefen Zügen. Dann ließ er von meinem Hals ab und fügte sich mit dem Fingernagel eine Wunde an der Brust zu, aus der ein Schwall seines roten Lebenssafts trat.

Er zog mich hoch und führte meine Lippen an die Wunde. Das feuchte Nass bedeckte meine Lippen. Es schmeckte warm an meinen Lippen, und pure Energie durchströmte mich, als ich sein Blut in mich aufnahm. Es rann mir die Kehle hinab, und ich spürte, wie es sich mit dem meinem vereinte.

Er stöhnte auf, zog meinen Kopf zur Seite und biss mich abermals, um unsere Verbindung zu besiegeln. Der gemeinsame Höhepunkt war so heftig, dass ich glaubte, mein Herz würde einige Takte aussetzen.

Erschöpft schliefen wir ein, und ich wusste, wenn ich am nächsten Morgen erwachen würde, wäre alles anders.

Als ich erwachte, dämmerte es bereits.

Alrik stand am Fenster und schloss gerade die Läden. Er drehte sich um, kam zu mir und setzte sich aufs Bett. „Wie fühlst du dich?", fragte er.

Wie fühlte ich mich? Ich konnte nicht sagen, dass etwas anders war. Ich stand auf, ging zum Spiegel, der über einer Kommode hing, und blickte hinein. Das Grün meiner Augen schien etwas heller und ich war etwas blasser als sonst, aber ich fühlte mich gut und ausgeruht.

Mein Blick fiel auf die Stelle unterhalb meines Ohrs, an der sich nun das Mal einer kleinen Rose befand. Sie schimmerte in den gleichen Farben wie die Male an meinen Handgelenken. Ich öffnete den Mund und fuhr mit der Zungenspitze über die obere Zahnreihe. Nichts … keine langen Fangzähne.

Alrik war inzwischen aufgestanden, hatte seine Arme um mich gelegt und lächelte mich im Spiegel an. „Sie fahren erst aus, wenn du Nahrung aufnehmen musst oder erregt bist", sagte er. „Wenn du mein Blut trinkst, werden sich deine Gaben verstärken und du wirst eventuell neue dazubekommen, aber das werden wir mit der Zeit herausfinden. Heute Abend werden wir deine Sachen holen. Der Rat und deine Mutter müssen informiert werden. Ich kann für sie ein Häuschen kaufen, und wenn wir mit Björn reden, besteht bestimmt die Möglichkeit, dass du im Museum freiberuflich arbeitest. Ich habe auch viele Kunden, für die du arbeiten könntest", sagte er.

Nachdenklich sah ich in den Spiegel. „Moment mal", sagte ich. „Du musst den Rat informieren? O mein Gott, du hast mich ohne die Zustimmung des Rates gewandelt. Wirst du jetzt meinetwegen Ärger bekommen?"

Er lächelte mich an und schüttelte den Kopf. „Sie werden mir nicht den Kopf abschlagen", sagte er. „Ich bin ihr Anführer und ich bin unsterblich! Aber sie werden überrascht sein, dass ich mir nach so langer Zeit und vor allem so schnell eine Gefährtin genommen habe", sagte er.

Seit einer Stunde lief ich eine Kuhle in Alriks teuren Teppich, der vor seinem Schreibtisch lag. Ich zerbrach mir den Kopf, wie ich meiner Mutter erklären sollte, dass ich nicht zurück nach Deutschland kommen würde. Vorher würde mich Alrik allerdings noch dem Rat vorstellen.

Bereits am Vormittag hatte er mir den Aufbau der Sippe erklärt. Neben ihm gab es seine acht Brüder, die ihm seit Jahrhunderten treu als Ratsmitglieder zur Seite standen. Jedes Ratsmitglied lebte mit den Mitgliedern seiner Familie in einem gut gesicherten Sippenhaus. Ich war verblüfft darüber, dass sich die meisten eine Gefährtin genommen hatten und auch Nachwuchs zeugen konnten.

Vampirischer Nachwuchs!

Allerdings war es den Frauen nur in bestimmten Jahren und zu Neumondmöglich schwanger zu werden.

Es gab Sippenhäuser in Stockholm, Deutschland, London, Paris, Reykjavík, Alesund, Rom, Portland und Vancouver. Die komplette Sippengröße belief sich auf fast vierhundert Mitglieder.

Acht von ihnen würde ich in wenigen Minuten gegenüber stehen, wenn auch nur virtuell. Alrik stellte bereits die Verbindung zu den anderen Räten her. Gebannt starrte ich auf den großen Monitor, der sich in acht einzelne Bildschirme teilte, als auch schon die Verbindung zustande kam und Alrik das Wort ergriff.

„Ich danke euch meine Brüder, dass ihr meinem Aufruf so schnell gefolgt seid. Wie euch Halfdan bestimmt schon informiert hat, wurden die Schriftrollen gefunden und ich musste handeln und sie in Sicherheit bringen. Das beinhaltete auch, dass ich das Museum in Gamla Uppsala aufsuchte. Dort traf ich eine bemerkenswerte Frau, die mit der Untersuchung der Rollen beauftragt worden war. Wie sich herausstellte, ist sie ein Götterkind und verfügt über außergewöhnliche Fähigkeiten. Ihr wisst, dass ich mir in all den Jahrhunderten nie eine Gefährtin genommen habe. Diese Frau jedoch veränderte meine Sichtweise gewaltig. So gewaltig, dass ich letzte Nacht die Blutsverbindung mit ihr eingegangen bin. Verzeiht mir, dass ich sie euch nicht vorher vorgestellt habe. Das will ich nun nachholen", sagte er und reichte mir die Hand. „Darf ich euch Adelina vorstellen?", sagte er und zog mich in seine Umarmung.

„Ähm … hallo", brachte ich nur heraus. „Es freut mich, euch kennenzulernen und ich hoffe, dass ihr Alrik jetzt nicht einen Kopf kürzer macht. Oder mich", sagte ich gerade, als einige der Ratsmitglieder in Gelächter ausbrachen. Sie gratulierten uns und freuten sich über Alriks Entscheidung. Ich hatte mir also völlig umsonst Sorgen gemacht. Nachdem Alrik mir alle Ratsmitglieder vorgestellt hatte, beendete er das Gespräch.

Ein weiterer Anruf stand mir allerdings noch bevor. Ich musste endlich meine Mutter anrufen. So griff ich zu meinem Handy und wählte ihre Nummer um einen Videoanruf zu starten.

„Hallo Mum, ich bin es. Wie geht es dir?"

„Mir geht es gut und dir?", sagte sie.

„Mir geht es gut, aber es gibt da etwas, dass ich dir sagen muss. Ich habe jemanden kennengelernt. Sein Name ist Alrik, und Mum, ich werde hier bei ihm in Schweden bleiben", sagte ich und wartete auf ihre Reaktion.

„Du wirst was? Bist du verrückt geworden?"

„Ich weiß, es klingt verrückt, aber wir haben uns Hals über Kopf ineinander verliebt. Du weißt, dass ich mich nicht so schnell verliebe, aber Mum, er ist etwas ganz Besonderes", sagte ich und zog Alrik in Sichtweite der Kamera. „Darf ich dir Alrik vorstellen?"

„Du bist verrückt. Ihr seid verrückt. Wovon wollt ihr leben?" fragte sie.

„Guten Tag, Liv. Ich verstehe, dass wir dich mit unserer Entscheidung überrumpeln, aber du brauchst dir keine Sorgen zu machen. Ich arbeite als Vorstand für eine Museumsstiftung und habe ein Haus in Stockholm. Adelina wird es an nichts fehlen. Vielleicht kann sie sogar bei Björn im Museum arbeiten", sagte Alrik.

„Du kennst Björn?", fragte meine Mutter.

„Ja, unsere Stiftung wird künftig mit seinem Museum zusammenarbeiten."

„Mum, ich weiß es kommt sehr überraschend, aber es ist uns wirklich ernst", sagte ich.

„Dann muss ich mich wohl damit abfinden. Du bist schließlich erwachsen. Aber ich erwarte, dass du mich weiter jeden Abend anrufst, nicht dass du noch irgendwo verbuddelt in einem einsamen Waldstück landest."

„Das werde ich, keine Sorge", sagte ich. Ich habe dich lieb, Mum."

„Ich dich auch mein Schatz."

Kurze Zeit später machten wir uns auf den Weg nach Gamla Uppsala, holten meine Sachen aus der Pension und fuhren dann zu Björn und Alva.

„Ich freue mich für euch", sagte Björn. Wenn du möchtest, kannst du gerne freiberuflich für das Museum arbeiten."

„Es wäre mir eine Freude mit euch zusammenzuarbeiten", sagte ich. „Und wenn es dir nichts ausmacht, würde ich mir gerne morgen noch einmal die restlichen Schriftrollen ansehen", sagte ich, denn ich brauchte eine Möglichkeit, die verbleibenden Schriftrollen heimlich gegen Kopien auszutauschen. So wäre es für alle Beteiligten am sichersten.

Kurz nach Mitternacht hatte ich all meine Sachen in Alriks Schlafzimmer und Bad verstaut und stellte meinen Laptop auf den kleinen Tisch neben der Balkontüre. Zu Alriks Wohnung im ersten Stock gehörten ein großer Wohn- und Schlafbereich mit begehbarem Kleiderschrank, ein geräumiges Bad mit großem Whirlpool und sein Büro mit Bibliothek.

Im Erdgeschoss gab es eine Küche und ein Wohnzimmer zur gemeinsamen Nutzung, sowie eine große, herrliche Terrasse.

Alrik lag auf dem Bett und beobachtete jede meiner Bewegungen. Ich hatte mich heute nicht anders gefühlt als sonst auch. Wie lange es wohl dauern würde, bis sich meine Sinne schärfen würden? Ich fühlte mich fit, und mein Verstand schien etwas besser zu arbeiten.

Als er mich anblickte, spürte ich, wie sein Hunger erwachte.

Oder war es meiner?

Wie von Zauberhand gingen sämtliche Kerzen an und das elektrische Licht erlosch.

Ich betrachtete ihn und mit seinen Blicken schien er mich auszuziehen. Langsam öffnete ich den Reißverschluss an meinem Rock und ließ ihn inklusive Slip nach unten gleiten. Dann ging ich zu den Knöpfen meiner Bluse über. Ich öffnete jeden Einzelnen in Zeitlupentempo und ließ den seidigen Stoff über meine Schultern gleiten.

Ich schob erst den rechten, dann den linken Träger meines BHs nach unten, griff dann nach hinten, um ihn zu öffnen, und ließ ihn neben mir auf den Boden fallen. Ich spürte, wie Alrik sich anspannte. Seine Augen glitten begierig über meinen Körper. Langsam ging ich auf das Bett zu, stellte mein Bein auf den Bettrand und begann damit, ganz langsam meine halterlosen Strümpfe abzustreifen. Die Strümpfe in der Hand stieg ich aufs Bett und kroch langsam auf ihn zu. Ich setzte mich auf seinen Schoß und legte die Strümpfe neben mich. Meine Hände glitten unter seinen Pullover. Ich zog ihn über seinen Kopf und warf ihn in hohem Bogen hinter mich.

Dann legte er die Hände an meine Hüften.

Ich jedoch hatte anderes im Sinn.

Ich griff nach seinem linken Arm, nahm einen der Strümpfe und fesselte ihn an die Rückenlehne des Bettes. Genauso verfuhr ich mit seinem rechten Arm und zog mir zu guter Letzt meine Handschuhe aus. Gefesselt lag er vor mir und blickte mich mit unergründlichem Blick an. Ich ließ meine Finger über seinen Oberkörper gleiten, und die Stellen, an denen ich die Rosenranke berührte, fingen an, heftig zu pulsieren. Im selben Moment explodierten silberne Blitze in seinen Pupillen, die sich daraufhin zu dem gleichen Silberton verfärbten wie beim ersten Mal.

Ich beugte mich nach vorne und ließ meine Zunge über seine rechte Brustwarze wandern. Er sog die Luft ein und bäumte sich auf, mir entgegen.

Um für Gleichberechtigung zu sorgen, verfuhr ich mit der linken Brustwarze auf die gleiche Weise. Tief sog ich seinen Geruch ein. Einen moschusartigen, erdigen Geruch. Die Beule in seiner Hose nahm schon einen gewaltigen Platz ein. Hier musste ich Abhilfe schaffen, knöpfte seine Hose auf und zog sie ihm aus. Er grinste mich in freudiger Erwartung an. Ich beugte mich nach vorne und strich mit der Zunge langsam über seinen harten Schaft. Ich legte die Lippen um ihn und nahm ihn langsam in mich auf. Alriks Atmung wurde schneller. Er hob die Hüften und zog sie wieder zurück. Als wir unseren Rhythmus gefunden hatten, verkrampfte er sich mit festem Griff am Bettgeländer.

Ich ließ von ihm ab, setzte mich auf und führte ihn langsam in mich ein. Mit langsamen, rhythmischen Bewegungen begann ich ihn zu reiten. Ihn in mir zu spüren schürte das Feuer, die Gier und den Hunger in mir.

Oder war es in ihm?

In meinem Magen breitete sich ein Gefühl aus, welches ich bis dato nicht gekannt hatte. In meinen Adern begann es zu vibrieren, und ich vernahm ein leises Summen in den Ohren, das immer lauter wurde.

Mein Blick fiel auf die schwellende Ader an seinem Hals.

Sie schien mich zu locken.

Ich beugte mich nach vorn und fuhr mit der Zunge darüber. Sie schien zu pulsieren und ich spürte den steten Fluss des Blutes unter meiner Zungenspitze. Sanft biss ich ihn und bemerkte, wie meine Zähne ausfuhren und zu spitzen, scharfen Fängen wurden. Ich fuhr mit der Zunge über die Haut, setzte die Lippen auf sein Fleisch und biss ihn mit sanftem Druck, wobei er sich aufbäumte und heftig stöhnte.

„Ja, meine Geliebte, tu es, trinke", sagte er.

Im selben Moment schlug ich die Zähne in seinen Hals, und spürte wie sein Blut heiß und feurig in meinen Mund schoss. Schon das erste Mal, als ich von ihm getrunken hatte, war bewegend gewesen. Aber wie sein Blut jetzt durch meinen Körper schoss, warm und nährend, war so überwältigend, dass ich augenblicklich zum Orgasmus kam.

Er kam kurz nach mir, und da ich immer noch in tiefen Zügen von ihm trank, bat er mich, innezuhalten. Ich müsse aufhören. Ich sollte die Wunde nun mit meiner Zunge wieder schließen. Widerwillig ließ ich von ihm ab, strich mit der Zunge über die Wunde und brach erschöpft auf ihm zusammen.

Einige Stunden später stand ich mit Alrik im parkähnlichen Garten hinter dem Haus, um meine erste Lehrstunde im neuen Vampirdasein zu erhalten.

Der Garten war von außen nicht einsehbar. Die hohe Mauer, die mit Kameras und Bewegungsmeldern gesichert war, wurde zusätzlich durch hohe, blickdichte Bäume gesäumt. In der Mitte lag ein See, drumherum waren Wiesen und Beete angelegt.

Alrik wies mich an, mich umzusehen und im Dunklen irgendetwas zu erkennen. Meine Augen schienen sich automatisch der Dunkelheit anzupassen, und ich erspähte in einiger Entfernung einen Uhu hoch oben in einem Baum. Dann sollte ich die Lektion lernen, mich schnell von einem Ort zum anderen zu bewegen. Nach einigen Stürzen, einer Kollision mit der Hauswand und einer mit einem Baum, hatte ich den Dreh langsam raus. Alrik führte mir vor, wie er mit nur einem Sprung auf einen Baum gelangte oder am Stamm nach oben glitt.

Ich war froh, dass uns niemand beobachtete. Denn wie ich mich beim Auf-den-Baum-Klettern auf meinen Allerwertesten setzte, war sicherlich keine Kür. Aber auch das hatte ich nach einigen Versuchen raus, und besonderen Spaß machte es mir, an der Hauswand entlang aufs Dach zu gleiten.

Eine halbe Stunde später stand ich unter der großen Dusche und genoss das entspannende Nass auf meiner Haut. Alrik dürstete auch nach Entspannung, aber einer Entspannung der anderen Art. Frech und dreist, wie er war, stieg er zu mir unter die Dusche und verführte mich zu Stellungen, die ich nie für möglich gehalten hätte. Im Bett gönnte er sich noch ein kleines Frühstück am Buffet Adelina und schlief dann befriedigt ein.

Als ich am Nachmittag erwachte, war es dunkel im Zimmer.

Nur gedämpftes Licht drang durch die Jalousien. Der Platz neben mir war leer. Ich stand auf, schlüpfte in etwas Bequemes und schlich auf leisen Sohlen zu Alriks Büro. Als ich die Tür öffnete, hörte ich, dass er mit jemandem telefonierte.

Ich betrat das Büro und ging auf ihn zu. Er winkte mich zu sich und wies mich an, sich auf seinen Schoß zu setzen. Mein Blick fiel auf den linken Monitor und somit auf den Mann, mit dem Alrik telefonierte.

„Adelina, Halfdan habe ich dir ja schon vorgestellt. Er ist der Chef unserer Sicherheitszentrale. Der Sitz unserer Zentrale befindet sich in Heidelberg. Von dort aus koordiniert er die Einsätze der Huskarlar. Wie Soldaten sorgen sie für den Schutz der Sippe."

„In Heidelberg?", fragte ich verdutzt. „Willst du damit sagen, dass es nicht einmal fünfzig Kilometer von Karlsruhe entfernt, Vampire gibt?" fragte ich verdutzt.

„Ja, die gibt es, und wir leben schon lange unentdeckt unter euch", sagte Halfdan mit einer tiefen Stimme, die mir einen Schauer über den Rücken jagte. Er hatte eine düstere Ausstrahlung und markante Gesichtszüge. Die langen rotblonden Haare hingen ihm wirr ins Gesicht. Wie Alrik trug er einen Henriquatre. Seiner war jedoch länger, und er hatte drei Reihen Zöpfe und Perlen hineingeflochten. Was ihn jedoch besonders gefährlich aussehen ließ, waren seine stechend blauen Augen, Augen, mit denen er mir auf den Grund deiner Seele zu blicken schien. Wachsam und ohne Gnade, der geborene Krieger.

Nachdem sie die Verbindung beendet hatten, begrüßte Alrik mich erst einmal richtig und küsste mich intensiv. Da fiel mein Blick auf ein kleines Kästchen, das mir bekannt vorkam. Ich griff danach, öffnete den Deckel. „Das sind die Rollen, die du aus dem Museum gestohlen hast", sagte ich und nahm die oberste Rolle heraus. „Das ist die sechste Rolle, die ich noch nicht gelesen habe." Ich blickte Alrik an. „Darf ich sie lesen?"

„Natürlich darfst du sie lesen", sagte er. „Ich habe auch bereits die Kopien der originalen Schriftrollen angefertigt, die wir gegen Björns' austauschen müssen.

Er zog die Schublade zu seiner rechten auf und nahm eine zweite kleine Box heraus. Er öffnete sie, und mein Blick fiel auf die Rollen, die er kopiert hatte. „Wir sollten Björn auch fragen, wie er die Gräber überhaupt gefunden hat. Ich glaube nicht, dass die Entdeckung ein Zufall war, dazu sind die Gräber zu weit abseits der bisherigen Ausgrabungsstätte", sagte er.

Ich schmiegte mich an seine Schulter, rollte das Pergament aus und begann die letzte Schriftrolle zu lesen.

Im Jahr 1005 siedelte sich die Sippe in Haithabu an. Die Stadt hatte sich prächtig entwickelt und zählte mit über tausend Einwohnern zu den großen Handelsmetropolen. Mittlerweile hatten sie gelernt, sich unter den Menschen zu bewegen, ohne großes Aufsehen zu erregen. Sie lebten etwas abseits vom Stadtkern und besaßen drei Langhäuser mit verschiedenen Stallungen. Sie bauten Gemüse an und hüteten Vieh, das auf dem Markt verkauft wurde. Da sie den Schein wahren mussten, konnten sie nicht von leeren Tellern essen.

So aßen und tranken sie kleinere Mengen, wenn sie in menschlicher Gesellschaft waren. Dieses Essen nährte sie nicht, aber es bewahrte sie vor verfänglichen Situationen. Die Männer jagten und verkauften die Felle an einen der zahlreichen Händler. Eigentlich war ihr Leben noch fast dasselbe, mit dem Unterschied, dass sie sich vom Blute der Menschen nähren mussten. Mit der Zeit verfeinerten sie ihre Jagdfertigkeiten bis zur Perfektion. Sie nährten sich des

Nachts in den Metschenken an so manch williger Maid oder ließen so manchen Betrunkenen zu Ader. Sie tranken nur des Nachts, da es tagsüber gefährlicher war entdeckt zu werden. Sie hielten sich Sklaven, die sie eine Zeit lang zur Ader ließen und dann nach gegebener Zeit in die Freiheit entließen.

Die im Blute verbundenen Paare verfügten über eine besondere Bindung, was dem gegenseitigen Blutaustausch zuzuschreiben war. Die nicht gebundenen Brüder konnten sich entscheiden, nur von einer Blutwirtin zu trinken oder auch den Beischlaf mit ihr zu vollziehen. Nach einer wilden Nacht würden sich die Frauen an nichts erinnern. Die Jahre vergingen, und im Jahr 1014 stellten Gerda und Rakel verwundert fest, dass sie Kinder unter den Herzen trugen. Neun Monate später gebar Rakel ihren Sohn Finnvid und Gerda ihren Sohn Magnus. Die Kinder wurden von ihren Müttern genährt, bis sie im Alter von neun Jahren allein auf die Jagd gehen konnten. Im Jahr 1023 gebar Gerda ihre Tochter Isa und im Jahr 1032 Rakel ihren Sohn Elias.

Anscheinend konnten die Frauen nur im Abstand von neun Jahren gebären und auch nur in einer Neumondnacht ein Kind empfangen. So war ein sicheres Heranwachsen der Kinder gewährleistet. Die Kinder alterten bis zum 25. Lebensjahr, dann kam das Altern zum Erliegen. Auch die anderen Sippenmitglieder alterten nach ihrer Wandlung nicht weiter. Sie konnten jedoch ihr Äußeres durch den Fluch älter oder jünger wirken lassen und sich so den jeweiligen Gegebenheiten anpassen. Während ihrer Zeit in Haithabu nahm sich Gilling die isländische Sklavin Auður zum Weib. Die Sippe harmonierte gut, und die Kinder entwickelten sich prächtig.

Einars Sohn Magnus jedoch brachte die Sippe durch seine unbeherrschte, rücksichtslose Art immer wieder in Gefahr. Er fiel Menschen an, ließ sie fast ausbluten oder nahm ihnen nicht die Erinnerung an das Erlebte. Er war boshaft und linkisch wie Loki.

Halfdan musste des Öfteren ausgeblutete Leichen im Moor verschwinden lassen oder verwirrten Menschen das Gedächtnis löschen. So kam es, dass sie Magnus unter Beobachtung stellten und sein vergifteter Geist auf Rache sann. In jener Zeit plagten Alrik katastrophale Träume, in denen Haithabu in Flammen aufging und der Sippe große Gefahr drohte. Er informierte die Sippe über die Gefahr, und gemeinsam beschlossen sie im Jahr 1050, Haithabu zu verlassen und in ihre Heimat zurückzukehren.

Alrik und Halfdan blieben noch in Haithabu, um den Sippensitz aufzulösen, während die anderen sich mit einem Schiff auf den Weg nach Sigtuna machten. Dort, unweit ihrer einstigen Heimat Gamla Uppsala wollten sie sich niederlassen. Einige Nächte später bewahrheiteten sich Alriks Vorahnungen. Haithabu wurde von König Harald, dem Harten angegriffen. Alrik und Halfdan wollten den Sitz gerade verlassen, als sie Magnus mit einer Fackel in der linken und mit einem Schwert in der rechten Hand, die Langhäuser in Brand setzen sahen.

Wie war er entkommen?

Sie hatten sich selbst davon überzeugt, dass er sicher geknebelt und verschnürt auf dem Schiff lag, doch nun stand er vor ihnen, das Gesicht von purem Hass und

Wahnsinn gezeichnet. Er lachte sie aus und spottete, dass sie sich verkrochen hätten wie die Hasen, obgleich sie doch die mächtigste Spezies auf Erden waren. Sie müssten die Menschheit unterwerfen und über sie herrschen. Dann ging er zum Angriff über, und sie lieferten sich einen erbitterten Kampf. Beim Kampf stolperte Magnus und krachte rücklings durch die Tür in eines der brennenden Langhäuser.

Seine Kleidung fing sofort Feuer, das augenblicklich auf seinen Körper übergriff. Seine Schreie waren ohrenbetäubend, wurden immer leiser, bis sie schließlich ganz verstummten. Magnus war der Erste ihrer Art, den sie verloren hatten, und laut Freyas Worten gab es für ihn keine Chance auf Rettung. Diese Verletzung konnte er nicht überleben. Gemeinsam verließen Alrik und Halfdan ihr ehemaliges, brennendes Heim und machten sie sich auf den Weg zu ihren Brüdern und Schwestern.

Jahre später zogen die Brüder und ihre Familien nach und nach aus Sigtuna fort, um eigene Sippensitze zu gründen, während Alrik zurück nach Gamla Uppsala ging, um den Verlust seiner geliebten Schwester zu verarbeiten.

Mit Tränen in den Augen blickte ich ihn an.

„O mein Gott", sagte ich. „Du hast so sehr gelitten? Du hast deine Schwester wirklich sehr geliebt." Ich legte die Schriftrolle zurück in die Box, nahm sein Gesicht in meine Hände und küsste ihn innig.

Er zog mich an sich und erwiderte den Kuss. „Das ist Vergangenheit, jetzt habe ich dich, und ich gebe dich nie wieder her.

„Wir müssen jetzt zu Björn und Alva", sagte ich. „Und ich möchte ihnen sagen, was passiert ist. Björn ist mir zu wichtig, um ihn anzulügen. Er hat immer zu mir gehalten und mir vertraut", sagte ich. In Alriks Gesicht konnte ich ein Zögern erkennen.

„In Ordnung, ich vertraue dir und werde mich auf deine Menschenkenntnis verlassen. Das Museum schließt um achtzehn Uhr, sodass wir die beiden kurz danach zu Hause antreffen werden."

Nach einem kurzen Telefonat mit Björn machten wir uns auf den Weg nach Gamla Uppsala. In meinen Händen hielt ich die Box mit den kopierten Schriftrollen und ich überlegte angestrengt, wie ich es ihnen das alles beibringen sollte.

Eine Stunde später saßen wir in Björn und Alvas Wohnzimmer. „Ihr wisst ja, dass ich die Schriftrollen aus Toras Grab gelesen habe und dass sie allem Anschein nach von einem Vampir namens Alrik handeln. So verrückt es sich auch anhört, aber es ist alles wahr. Vampire existieren und Alrik ist in das Museum eingebrochen, um die Schriftrollen zu stehlen", sagte ich und drückte Alriks Hand. Ich sah ihn an: „Alrik, willst du dich nicht vorstellen?"

„Verzeiht mir, dass ich euch getäuscht habe, aber ich bin Alrik. Mein Pseudonym Rick Andersson benutze ich als Deckname. Ich musste die Rollen in Sicherheit bringen, um eine Aufdeckung der Sippe zu verhindern. Leider habe ich nur drei Rollen gefunden und so war ich gezwungen, zur Eröffnung zu kommen. Im Museum traf ich dann auf Adelina. Ich habe ihre Runenmale gesehen, die sie zu etwas ganz Besonderem machen. Ich habe euch in den Club eingeladen, um mehr über den Verbleib der restlichen Rollen zu erfahren und um mehr über Adelina und ihre Gabe zu erfahren", sagte Alrik und verschloss seine Finger fest mit den meinen.

„Und in jener Nacht hat er sich mir offenbart und mich in seinesgleichen verwandelt", schloss ich meine Erzählung. Ich schwöre, in diesem Moment hätte man die berühmte Stecknadel fallen hören.

Björn sah mich ungläubig an. Alva sah zur Decke, als ob es dort etwas wirklich Spannendes zu beobachten gäbe.

Ich blickte zu Alrik und nickte ihm zu. Im selben Moment teleportierte er sich auf die andere Seite des Raumes.

Alva sprang erschrocken auf.

„Euch droht keine Gefahr. Ich wollte nur, dass ihr Bescheid wisst. Björn, ich brauche die restlichen Rollen. Es ist zu gefährlich, sie der Öffentlichkeit zugänglich zu machen. Alrik hat von den Rollen Kopien erstellt und die Stellen mit den Vampiren entfernt, sodass sie nur eine normale Geschichte erzählen."

Björn stand auf und ging zu seinem Schreibtisch. Er tippte eine Kombination ein, und die Tür sprang auf. Er holte die Schatulle mit den restlichen drei Schriftrollen heraus und reichte sie mir.

„Adelina Nordström ... Du warst schon immer der sonderbarste, aber auch liebenswerteste Mensch, der mir je begegnet ist. Du bist mehr als eine Freundin. Du bist für mich wie eine Schwester. Wenn du dich nun in einen Vampir verliebt hast, soll das eben so sein", sagte er.

Ich sprang auf und fiel ihm in die Arme. Ich hatte gewusst, dass er zu mir stehen würde.

Alva war noch etwas ängstlich, das legte sich aber während des restlichen Abends.

„Wie seid ihr eigentlich auf die drei Gräber aufmerksam geworden? Sie liegen schließlich nicht im eigentlichen Ausgrabungsgebiet", sagte Alrik.

„Ich habe einen Brief erhalten. Jemand hat mir einen Tipp gegeben, wo wir graben sollen."

Alrik sah ihn sprachlos an. „Hast du den Brief noch?

„Natürlich", sagte er und ging noch einmal zum Schreibtisch, zog eine Schublade auf und wühlte in einem Stapel Briefe. Als er den gesuchten Brief gefunden hatte, reichte er ihn Alrik.

Alrik schlug ihn auf und las die Nachricht. „Ohne Absender und die Schrift kenne ich nicht", sagte er und sah mich an.

Ich blickte auf den Brief und bekam sogleich eine Gänsehaut. Mit einem unguten Gefühl zog ich meinen Handschuh aus und hielt ihm meine leere Handfläche hin. Im selben Moment, in dem das Papier meine Haut berührte, kam auch schon die Vision.

Ich sah mich an einem Tisch sitzen. Ein Stück Papier vor mir ausgebreitet, auf das ich eine Nachricht schrieb. Es war jener Brief, den ich in Händen hielt.

Ein Blick auf meine Hände zeigte mir feine, schlanke Männerhände, geschmückt mit silbernen Ringen. Ich stand auf und zog ein kleines Etui mit dünnen Zigaretten aus der Hosentasche, nahm eine aus dem Etui und steckte sie mir lässig in den Mundwinkel. Ich schritt ans andere Ende des Raumes, strich ein Streichholz ab und führte es zu den Lippen.

Im selben Augenblick sah ich auf und blickte in mein fremdes Spiegelbild.

Genüsslich sog mein Gegenüber den Rauch ein und fing an zu lachen. Es war ein teuflisches, böses Lachen. Im nächsten Moment sah ich, wie sich um mein Spiegelbild eine Feuersbrunst auftat, die mich bei lebendigem Leib zu verzehren schien, und dann schrie ich, und schrie und schrie …!

Alrik hatte mir den Brief abgenommen und schüttelte mich, um mich aus der Vision zu bekommen. Er nahm mich in den Arm und strich mir sanft übers Haar.

Björn ging besorgt auf und ab. „Noch nie habe ich erlebt, dass sie derart heftig auf eine Vision reagiert."

Langsam wurde ich wieder klar. Ich setzte mich auf und berichtete ihnen von meiner Vision. Einer Vision, bei der ich zum ersten Mal durch fremde Augen gesehen hatte und zum ersten Mal Schmerz verspürt hatte.

„Wie sah der Mann aus?", fragte Alrik.

„Er war schwarz gekleidet, hatte tiefschwarzes, schulterlanges Haar. Blasse Haut mit zarten Gesichtszügen, und über seinem schmalen Kinnbart hatte er rechts an der Lippe einen Piercingring. Seine hellgrünen Augen jedoch waren stechend und kalt."

Alrik war fassungslos. „Das kann nicht sein. Ich kenne diesen Mann. Er kann nicht am Leben sein. Er ist im Jahr 1050 bei lebendigem Leib verbrannt. Das hatte ich zumindest angenommen."

Ende von Buch 1

Lokis Fluch der Unsterblichkeit

Elfenblut

Buch 2

Durch ein Klopfen an der Tür wurde ich aus meinen Gedanken gerissen. „Ja bitte." Die Tür ging auf und Elli kam mit einem Tablett bewaffnet in mein Behandlungszimmer.

„Liv, du musst jetzt unbedingt etwas essen", sagte sie. „Es ist schon Mittag durch und du hast bis auf Kaffee noch nichts zu dir genommen. Der Tag ist noch lang, deshalb habe ich dir mein berühmtes Rührei mit Salat gemacht", sagte sie und stellte den Teller vor mir ab. „Mach dir keine Gedanken um Adelina. Sie weiß schon, was sie tut. Iss jetzt, in einer halben Stunde kommt dein nächster Termin."

„Was würde ich nur ohne dich tun, Elli. Du bist einfach meine gute Fee."

„Ich weiß", sagte sie lächelnd und verließ das Zimmer.

Der Duft von Ellis Rührei stieg mir in die Nase. „Ach Elli, du bist zu gut zu mir." Ich schob mir eine Gabel voll in den Mund. „Oh, das ist so gut, dafür hat sie wirklich einen Preis verdient", sagte ich und verputzte die ganze Portion.

Elli wusste, was mir guttat. Sie war die gute Seele meiner Praxis. Ich kannte sie bereits seit meiner Kindheit. Natürlich hatte ich ihr von Adelinas Entscheidung erzählt.

„Liv, du warst genauso impulsiv, als du so alt warst wie sie. Erinnere dich nur an die Zeit mit Adelinas Vater", hatte sie versucht, mich aufzumuntern.

Adelinas Entscheidung, bei Alrik in Schweden zu bleiben, hatte mich schockiert. Sie war mein einziges Kind und wir standen uns sehr nahe. Ich würde sie sehr vermissen.

Halfdan war auf dem Rückweg vom Heidelberger Sippenhaus zur Zentrale der Huskarlar. Beide Häuser lagen nur zehn Autominuten voneinander entfernt, an gegenüberliegenden Uferseiten des Neckars. Er war für die Sicherheit der im Sippenhaus wohnenden Zivilen Vampire verantwortlich. Einer der dort stationierten Huskarlar hatte ihn informiert, dass William, einer der Bewohner, seit Tagen nicht ins Sippenhaus zurückgekehrt war.

Ab und zu kam es vor, dass ein Vampir sich nicht an die Sippenregeln hielt. Das rief dann Halfdan und seine Huskarlar auf den Plan. Sie beseitigten blutige Schauplätze und zogen abtrünnige Vampire aus dem Verkehr. Von Heidelberg aus leitete er seine Einsätze und entsandte seine Männer in die Sippenhäuser, um sie vor Ort abzusichern. Ihre Aufgabe war es die Existenz der Sippe verschleiern und die Menschheit vor abtrünnigen Vampiren schützen.

Was Halfdan jedoch zu denken gab, war, dass in letzter Zeit immer wieder junge Vampire spurlos verschwunden waren. Es gab sogar vereinzelt Übergriffe von Vampiren, die nicht offiziell in die Sippe aufgenommen worden waren. Er wusste nicht, woher diese Vampire kamen und wer sie erschuf. Doch er würde es herausfinden.

In seinen Adern konnte er es spüren. Irgendetwas braute sich zusammen. Die Entdeckung der Schriftrollen war kein Zufall gewesen. Dann tauchten unbekannte Vampire auf. Und jetzt begannen seine Leute zu verschwinden.

Er wollte Alrik kontaktieren und ihn über die Vorfälle informieren. Und er wollte sich ein Bild von Adelinas Mutter Liv machen. Vielleicht war es notwendig, die Menschenfrau unter den Schutz der Sippe zu stellen. Er fühlte sich ausgelaugt und wollte erst einmal unter die Dusche gehen, um den Kopf freizukriegen.

Zu lange schon hatte er sich nicht genährt. Er sah es als notwendiges Übel an und trank nur, wenn es sein musste. Sein Kontakt zur menschlichen Spezies beschränkte sich auf ein Minimum. Zu Sex mit menschlichen Frauen kam es nur äußerst selten, nur, wenn seine Dominanz und sein Blutdurst zu groß wurden. Dann nahm er sich, was er brauchte und verführte seine Blutwirtin.

Mit den Daten, die Alrik ihm gegeben hatte, gab Halfdan den Namen von Adelinas Mutter in die Suchmaschine ein und landete einen Treffer. Sie war Heilpraktikerin und wohnte in Frauenalb, einem kleinen Dorf eine Autostunde südlich von Heidelberg. Der Ort hatte eine alte Klosterruine und Liv betrieb dort eine Praxis.

Er sah die Angebote durch, die von Pflanzenheilkunde, TCM, Ayurveda, Aromatherapie bis hin zu autogenem Training, Hypnosetherapien und Massagen reichten. Er wollte sich die Dame genauer ansehen, griff zum Telefon und wählte die Nummer.

Sie nahm ab, und er vereinbarte für halb sechs einen Termin für eine Massage. Um sie nicht zu verschrecken, wählte er nicht wie sonst Lederhose und Ledermantel, sondern zog sich eine schwarze Jeans und einen Rollkragenpullover über. Die Haare band er locker im Nacken zusammen. Er schnappte sich den Schlüssel seines Jeeps und machte sich auf den Weg.

Nachdem er das Pedal seines Wagens unentwegt durchgedrückt hatte, bog er nach nicht einmal einer Stunde in die Zufahrt von Frau Nordströms Häuschen ein. Es lag etwas abseits des Dorfes direkt an einem Waldhang. Das Grundstück besaß ein paar große alte Bäume, die, wie er feststellte, hervorragend geeignet waren, sie zu observieren. Zum Haus gehörte ein schöner blühender Garten, und hinter dem Haus hörte er das Rauschen eines Baches. Das Häuschen besaß einen Anbau, der ihre Praxis beherbergte, die man über einen Seiteneingang betrat. Er öffnete die Tür und das kleine Elfenmobile über der Tür veranstalte einen Heidenlärm, als er eintrat.

Hinter dem Tresen saß eine ältere, pummelige Frau mit wilden Locken, die er auf Anfang Sechzig schätzte.

„Guten Tag, mein Name ist Dahlberg. Ich habe um halb sechs einen Termin."

Sie griff nach einem Klemmbrett, reichte es ihm und zeigte auf eine Tür zu ihrer Rechten. „Hinten rechts, füllen Sie bitte die Anmeldung aus. Es dauert nur noch einen kleinen Moment, dann kommen Sie dran", sagte sie und kaute energisch auf ihrem Kaugummi herum.

Halfdan nahm das Brett und ging ins Wartezimmer. Er füllte die Anmeldung mit den Daten seines Pseudonyms aus. Die Dame vom

111

Empfang hantierte im Nebenraum. Halfdan sah sie schnell an der Tür vorbeiflitzen, und genauso schnell kam sie mit Jacke und Tasche über dem Arm wieder zurück.

„Liv, ich muss jetzt wirklich los, sonst komme ich zu spät zur Aufführung. Dein letzter Termin sitzt im Wartezimmer", sagte sie.

„Danke dir, Elli", ertönte es aus einem der hinteren Räume. „Ich werde mich gleich um ihn kümmern. Mein Kaffee ist gleich durch, dann kann's losgehen. Kannst du ihn bitte noch um fünf Minuten Geduld bitten?"

Die ältere Dame kam ins Wartezimmer und nahm Halfdan das Brett ab. „Sie haben sie ja gehört. Fünf Minuten. Auf Wiedersehen." Sie legte das Brett auf dem Tresen ab, stürmte davon und schon ertönte das Gebimmel an der Eingangstür.

Halfdan war überrascht und lauschte, aber er vernahm nur Stille. Nein, nicht ganz. Er hörte in den hinteren Räumen, wie die Kaffeemaschine ihre Arbeit verrichtete und der Duft von frisch gebrühtem Kaffee stieg ihm in die Nase. Wie alle Angehörigen seiner Spezies hatte er einen weitaus besseren Gehör- und Geruchssinn als Menschen. Neben dem banalen Kaffeeduft stieg ihm noch ein anderer Duft in die Nase.

Es war eine feine Kombination aus Vanille und Honig, die seine Nasenflügel erbeben ließ. Dann vernahm er das Geräusch von sich nähernden

Schritten. Im nächsten Moment lehnte sich eine Frau über den Tresen, griff nach seiner Anmeldung und studierte sie. Sie hatte ein Bein zurückgestellt.

Sein Blick glitt von ihren kniehohen Stiefeln zu ihrem Kittel, der eine Handbreit über den Knien endete. Dann nach oben über ihre einladenden Hüften zu ihren vollen, honigblonden Locken, die sie zum Pferdeschwanz gebunden hatte.

An ihrem Bein konnte er ein Tattoo in Form einer Rosenranke erkennen. Weitere Tattoos sah er an ihren Armen, da sie die Ärmel ihres Kittels nach oben geschoben hatte.

Dann drehte sie sich um, grinste ihn mit einem umwerfenden Lächeln an und kam auf ihn zu. „Guten Abend, Herr Dahlberg, ich bin Liv Nordström. Verzeihen Sie mir die Verzögerung, würden Sie mir bitte folgen?", sagte sie und machte auf dem Absatz kehrt.

Sie konnte doch nie und nimmer Adelinas Mutter sein. Sie sah keinen Tag älter aus als dreißig. Er folgt ihr in die hinteren Räume. Im Vorbeigehen drehte sie den Haustürschlüssel und verschloss die Eingangstür. Sie führte ihn in den Behandlungsraum und bat ihn, Platz zu nehmen.

„Möchten Sie etwas trinken? Einen Kaffee? Tee?", fragte sie und verschwand im Nebenzimmer.

„Nein danke, ich möchte nichts", sagte Halfdan. Wie sie wohl reagieren würde, wenn ich sie um einen

Schluck ihres herrlich duftenden Blutes bitten würde, fragte er sich. Ihr Duft war unbeschreiblich!

Liv kam mit einer Tasse dampfendem Kaffee zurück, setzte sich ihm gegenüber und legte ihre langen Beine übereinander. Die oberen Knöpfe ihres Kittels hatte sie aufgeknöpft, und ihre prallen Brüste drückten gegen den Stoff. Auch hier war ihre Haut mit exotischen Mustern verziert. Sinnlich blies sie über ihre wohlgeformten Lippen in den dampfenden Kaffeepott.

Kaffeepott müsste man sein, dachte Halfdan.

Ihre veilchenblauen Augen hatte sie mit schwarzem Kajal umrandet. Ihre Augenbrauen wirkten wie gemalt, doch es war ihr Duft nach Vanille und Honig, der seinen Hunger schürte. Sie nippte ein paar Mal, stellte die Tasse ab und begann, ihm einige Fragen zu stellen. Was er arbeitete, ob er gesundheitliche Probleme habe und so weiter und so fort. Er dachte sich die Antworten aus.

Sie stand auf und bat ihn, den Pullover auszuziehen, um sich ein Bild von seiner Muskulatur und eventuellen Verspannungen zu machen. Er tat wie geheißen und sah, wie sie scharf die Luft einsog.

O mein Gott, dachte ich und atmete tief ein.

Schon unter dem Pullover hatten sich seine Muskeln abgezeichnet, aber nun, als er mit nacktem Oberkörper vor mir stand, raubte er mir den Atem.

Er war groß, hatte kräftige Muskeln und einen Waschbrettbauch wie ein Gott. Seinen Oberkörper und die Arme überzogen kunstvolle, nordische Tattoos. Er hatte hüftlanges, rotblondes Haar. Es fiel ihm trotz des Versuches, es mit einem Haargummi zu bändigen, in Strähnen über die Schultern. In seinen Bart waren kleine Perlen geflochten. Aber am intensivsten waren seine hellblauen Augen. Seine Jeans saß tief auf den kräftigen Hüften, und ich musste sich zusammenreißen, um ihm nicht in den Schritt zu starren.

Ich fing mich wieder, ging um Halfdan herum und schob seinen Zopf beiseite. Auch sein Rücken war tätowiert. Ich tastete ihn nach Verspannungen ab. „Haben Sie irgendwelche besonderen Wünsche bezüglich des Massageöls?", fragte ich.

Er schüttelte den Kopf. „Nein, ich überlasse Ihnen die Auswahl", sagte er.

Ich griff nach meinem Kaffeebecher und nahm leicht zitternd einen tiefen Schluck.

O Mann! Jetzt zittere ich auch noch. Hoffentlich war es ihm nicht aufgefallen.

Ich stellte die Tasse ab, ging zu einem Regal und nahm zwei Handtücher heraus. Eines legte ich auf die Liege, das andere reichte ich ihm. Ich hielt ihn an, auch die Hose ausziehen, sich auf die Liege zu legen und das zweite Handtuch um die Hüften zu legen.

Dann ging ich zum Schrank und wählte ein Öl, das belebend wirkte und nicht nur körperliche Verspannungen löste, sondern auch seelische. Als ich seinen Rücken abgetastet hatte, waren nur einige Verspannungen zu spüren gewesen. Die würden leicht zu behandeln sein. Aber ich hatte bei ihm eine starke Distanz gespürt.

Was machte er noch mal beruflich? Ach ja, er war bei irgendeiner Spezialeinheit. Genauso wirkte er auch, analytisch und effizient, und unglaublich sexy. Ich nahm das Öl und ging zurück ins Behandlungszimmer. Er lag auf dem Bauch, das zweite Tuch lässig über den Hüften.

Er beobachtete mich, als ich an den Tisch trat.

Ich öffnete die Flasche und ließ ihn daran riechen. „Ist das in Ordnung?" Er bejahte. Ich ließ das Öl in meine Hände gleiten und rieb es zwischen den Handflächen, um es zu aktivieren.

Als ich ihn berührte, verkrampfte er sich. Aber nur kurz, gekonnt ließ ich meine Hände über seinen Rücken gleiten. Ich knetete ihn ordentlich durch und ließ auch seine Arme und Beine nicht aus. Seine Haut fühlte sich unter meinen Fingern an wie glühende Kohlen. Dann tippte ich ihn an und sagte: „Umdrehen bitte."

Er hob den Kopf und räusperte sich.

„Ich kann nicht", sagte er und grinste mich an.

Verdutzt sah ich ihn an. Als er mit dem Finger in seine Lendengegend zeigte, begriff ich und konnte mir ein verschmitztes Lächeln nicht verkneifen.

Ich hatte ja immer wieder mal Männer zur Massage da, die dadurch erregt wurden, aber so ein Sahneschnittchen hatte ich auch nicht alle Tage auf meinem Tisch liegen. Nein, so einen wie ihn hatte ich noch nie auf meinem Tisch gehabt.

Er grinste mich an. „Ich schulde Ihnen einen Massagetisch, diesen habe ich gerade gepfählt."

Provokativ ging ich in die Hocke und blickte unter den Tisch. Als ich zu ihm hochsah, hatte er sich umgedreht und auf dem Ellenbogen abgestützt. Unter dem Handtuch spielte sein bestes Stück gerade strammer Max. Ich konnte gar nicht anders, als die enorme Beule anzustarren. Mit einem langgezogenen „Okay" kam ich wieder hoch, legte die Hände auf seine Schultern und drückte ihn zurück auf die Liege. Ich kippte noch eine Ladung Öl auf die Handflächen, verrieb es und verteilte es auf seiner Brust.

Sie beugte sich über ihn. Als sie eine weitere Portion Öl auf seiner Brust verteilte, fiel Halfdans Blick auf die stetig pochende Ader an ihrem Hals. Er konnte sie nur anstarren, von ihren Berührungen wurde er immer mehr erregt. Die Haare fielen ihr über die Schulter und kamen auf seiner Brust zum Liegen.

Ihr Duft raubte ihm die Sinne.

Er konnte keinen klaren Gedanken mehr fassen, er musste sie kosten, koste es, was es wolle.

Blitzschnell griff er ihre Hände und zog sie zu sich. Erschrocken wollte sie zurückweichen, doch er hielt sie fest an sich gepresst. Er erhob sich und ließ sie keinen Zentimeter zurückweichen. Mit einer Hand fixierte er ihre Arme hinter ihrem Rücken und mit der anderen griff er in ihren Nacken. Er drehte ihren Kopf zur Seite, legte seine Lippen auf das seidenweiche Fleisch an ihrem Hals und begann, sie zu küssen. Sie schmeckte einfach köstlich, besser als alles, was er je gekostet hatte.

Er legte die Zähne an ihren Hals und überzog ihn mit leichten Bissen. Sein Zahnfleisch schmerzte. Noch nie hatte er einen solchen Hunger verspürt.

Gerade, als er die Zähne in ihr Fleisch schlagen wollte, wurde ihm bewusst, was er im Begriff war zu tun.

Er legte die Stirn an ihren Hals. „O mein Gott, was tue ich hier?" Er zog sich von ihr zurück, sah ihr in die Augen. Er strich ihr mit der Hand übers Gesicht. „Es tut mir so leid, ich habe die Kontrolle verloren. Bitte verzeih mir", sagte er.

Ihr Blick war fest auf ihn gerichtet. Während sie heftig atmete, hoben und senkten sich ihre Brüste.

Da wurde ihm bewusst, dass sie keinesfalls ängstlich wirkte. Er ließ ihre Hände los, und im selben Moment stürzte sie sich auf ihn.

Sie drückte ihre Lippen auf die seinen, stieß ihre Zunge in seinen Mund und küsste ihn leidenschaftlich. Sie presste ihren Oberkörper an ihn und krallte die Nägel in seinen Rücken.

Wie gut sie sich anfühlte, und sie wollte es anscheinend auch. Aber er konnte nicht. Nein, sie war Adelinas Mutter. Sie war sein Schützling.

Er war gewohnt, sich zu nehmen, was er wollte und wann er es wollte, und immer nur zu seinen Bedingungen. Nie zuvor hatte ihn eine Frau so berühren dürfen. Wäre sie eine einfache Blutwirtin gewesen, hätte er sich an ihr satt getrunken und dann ihre Erinnerungen gelöscht. Aber sie war anders. Sie lockte ihn mit ihren Reizen und ihrem Duft. Seine Hände glitten über ihren Rücken und kamen auf ihren festen Pobacken zum Liegen.

Ihre Lippen lösten sich von den seinen und sie begann, eine Spur aus Küssen in Richtung seines Halses zu ziehen. Dort angekommen legte sie ihre Lippen auf seine Ader, begann erst, daran zu saugen, mit ihrer Zunge zu spielen und ihn dann immer fester zu beißen.

Jetzt war er es, der die Luft einsog. Als sie ihre stumpfen Zähne in sein Fleisch schlug, fuhr es ihm direkt zwischen die Beine. Langsam glitt sie mit der

Hand über seine Brust nach unten, ließ sie unter das Handtuch gleiten und umfasste ihn mit sanftem Griff.

Sie löste die Lippen von seinem Hals, sah ihn an, biss ihn sanft in die Lippe und flüsterte an seinem Mund: „Schlaf mit mir … jetzt!"

Jetzt gab es kein Halten mehr für ihn. Halfdan sprang von der Liege, packte ihren Hintern, drehte sie herum und setzte sie auf die Liege. Er packte ihren Kittel und riss so heftig daran, dass die Knöpfe in alle Richtungen flogen. Er schob ihn über ihre Schultern, dann ließ er die Hand unter ihren kurzen Rock gleiten, bekam ihr Höschen zu fassen, zerriss es und warf es in die Ecke. Halfdan zog ihre Hüften zu sich und drang mit einem festen Stoß in sie ein. Sie bäumte sich auf und stöhnte heftig.

Halfdan bekam den Verschluss ihres BHs zu fassen, machte ihn auf und zog ihn ihr aus. Sofort schloss er seine Lippen um ihre rechte Brustwarze, in der sich ein kleiner Ring befand. Er begann, damit zu spielen und zu saugen. Die linke zwirbelte er mit den Fingern seiner anderen Hand, während er mit immer festeren Stößen in sie eindrang. Als er ihr in die Brustwarze biss, bäumte sie sich auf und krallte die Nägel fest in seine Schultern. Sie schmeckte so köstlich. Er hätte es nie für möglich gehalten. Er hatte sich solche Gefühle immer verwehrt. In ihm erwachte der Drang, ihr unendliche Lust zu bescheren.

Und er wollte … er musste ihr Blut kosten!

Er musste seine Zähne in ihr köstliches Fleisch schlagen und mit ihr verschmelzen. Sie schien sein Verlangen zu spüren. Sie zog ihn hoch und führte seine Lippen an ihren Hals, und unter heftigem Stöhnen bekam sie nur ein leises „Beiß mich" über die Lippen.

Er küsste und biss sie abwechselnd. Der Drang in ihm wurde immer stärker. Ihr Blut lockte ihn immer mehr, so schlug er die Zähne in ihr Fleisch und begann zu trinken.

Der erste Schluck überwältigte ihn.

Es schoss wie reine Energie in seinen Mund, rann ihm in die Kehle und vermischte sich mit seinem Blut. Es drang in jede seiner Poren, und er saugte es auf wie ein Schwamm. Das Pochen ihres Herzens surrte durch seine Adern. Einen Moment später explodierte ein gleißend helles Licht vor seinem inneren Auge, und mit einem letzten festen Stoß ergoss er sich in ihren Schoß. Sie war gleichzeitig mit ihm gekommen und klammerte sich zitternd an ihn. Er löste die Lippen von ihrer Haut und fuhr mit der Zunge über die Wunde, die er ihr zugefügt hatte. Liv hielt ihn immer noch fest umklammert und atmete heftig.

Ihr Blut schoss in reinster Energie durch seine Adern. Es brannte in ihm, und er konnte das leise rhythmische Pochen ihres Herzens noch immer spüren. Ihr Blut wirkte wie eine Droge, es machte ihn fast high und schärfte seine Sinne.

Noch nie zuvor hatte er sich so gut gefühlt.

Wenn er sich an seinen Blutwirtinnen nährte, war das ein ganz anderes Gefühl. Nicht einmal Alriks Blut hatte eine derartige Wirkung auf ihn gehabt. Sie lockerte ihren Griff und sah zu ihm auf. Er beugte sich vor und küsste sie zärtlich.

Liv löste sich von ihm und legte die Stirn an seine Brust. Leise lachte sie auf. „Denk bloß nicht, dass ich so etwas mit jedem Patienten mache." Peinlich berührt sah sie ihm in die Augen. „Das war das erste Mal, ich schwöre es."

Er nahm ihr Gesicht in seine Hände. „Mach dir keine Sorgen, ich schlafe auch nicht jedes Mal mit meiner Heilpraktikerin. Nur jedes zweite Mal", sagte er und drückte ihr einen schnellen Kuss auf die Stirn, suchte seine Sachen zusammen und zog sich an.

Sie tat es ihm gleich, zumindest versuchte sie noch, ihren Kittel so gut es ging zusammenzuhalten.

„Ich muss jetzt leider los", sagte er, zog sie in seine Arme und küsste sie.

Dann begleitete sie ihn nach draußen.

„Gib mir deine Nummer", sagte er, zog sein Handy aus der Hosentasche, tippte ihre ein und ließ es einmal klingeln. „Ich melde mich bei dir", sagte er, stieg in sein Auto und machte sich auf den Rückweg.

Ich ging zurück ins Behandlungszimmer und räumte meine im Raum verstreuten Sachen zusammen. Fassungslos betrachtete ich mein Höschen. Es war total zerrissen. Er hatte sich nicht wirklich lange damit aufgehalten und es mir einfach vom Leib gerissen. Noch nie hatte ich so heftigen Sex gehabt. Ich war kein Kind von Traurigkeit, aber von einem Patienten hatte ich mich noch nie verführen lassen. Geschweige denn war ich über einen hergefallen.

Aber er war anders gewesen. Zugegeben, er sah sehr gut aus, aber das war noch kein Grund, sich von ihm flachlegen zu lassen. Da war etwas an ihm, dass ich nicht beschreiben konnte. Als er mich dann gebissen hatte, hatte ich mich nicht mehr beherrschen können und war schamlos über ihn hergefallen. Beschämt senkte ich den Blick und räumte schnell alles weg. Ich löschte die Lichter und ging über die Verbindungstür in meine angrenzende Wohnung. Ich schmiss die Wäsche in die Maschine und die zerrissenen Kleidungsstücke in den Müll.

In der Küche schlich Tesla bereits schnurrend um meine Beine. Ich öffnete eine Dose Thunfisch, füllte den Inhalt in ein Schälchen und stellte es an seinen Platz. Sogleich stürmte Tesla darauf zu und fraß, als gäbe es kein Morgen.

„Mein kleiner Vielfraß", sagte ich und strich meinem dicken Norweger über sein langes graues Fell. Ich öffnete eine Flasche Met und goss mir ein

123

Glas ein. Dann setzte ich mich an meinen Schreibtisch, der im Wohnzimmer in der Ecke stand. Ich fuhr den Laptop hoch und wählte die Verbindung zu Adelina. Ein Blick auf die Uhr sagte mir, dass ich mich bereits dreißig Minuten verspätet hatte, weil ich mit Halfdan beschäftigt gewesen war.

Ich vermisste Adelina und war geschockt gewesen, als sie mir offenbart hatte, dass sie sich in Schweden verliebt hatte und dort bleiben wollte. Adelina war nie ein spontanes Kind gewesen. Durch ihre Gabe hatte sie sich selbst isoliert. Und nun dieses überstürzte Handeln?

Aber wenn ich an meine eigene, erste große Liebe dachte, konnte ich meine Tochter doch etwas verstehen. Ich hatte Adelinas Vater bei einem Konzert kennengelernt.

Es war Liebe auf den ersten Blick gewesen. Wir verbrachten ein paar leidenschaftliche Wochen, und dann musste er wegen des Studiums in eine andere Stadt und wir trennten uns. Erst Wochen nach unserer Trennung hatte ich festgestellt, dass ich schwanger war. Doch ich hatte es allein geschafft, mein Kind großzuziehen und jetzt war Adelina alt genug, es mir gleichzutun und sich zu verlieben.

Ich dachte an Halfdan, und sogleich breitete sich ein warmes Gefühl in meiner Magengegend aus. In diesem Moment kam die Verbindung zustande und ich wurde aus meinen Gedanken gerissen. Adelina und Alrik erschienen auf dem Bildschirm.

„Guten Abend ihr beiden, es freut mich euch zu sehen." Ich war froh Adelina wohlbehalten zu sehen und festzustellen, dass alles in Ordnung war. „Du siehst glücklich aus mein Schatz. Alrik scheint dir gutzutun."

„Ja, das tut er Mum. Ich bin sehr glücklich. Wir haben gestern meine Sachen aus der Pension geholt und Björn hat mir angeboten im Museum zu arbeiten. Du siehst, es geht mir gut und ich sterbe auch nicht den Hungertod."

„Das freut mich. Ich bin heute ziemlich erledigt und bin doch morgen auf dem Seminar für Naturheilkunde in Stuttgart, lass uns morgen Abend weiterreden", sagte ich und verabschiedete mich von den beiden.

Ich hing noch eine Weile meinen Gedanken nach, und ging dann früh ins Bett.

Fest drückte Halfdan das Gaspedal durch und konnte es kaum erwarten zu Hause anzukommen.

Er musste den Kopf freikriegen. Das konnte er am besten im Trainingsraum. Er dachte, dass mit jedem Kilometer, den er zwischen Liv und sich brachte, das Vibrieren in seinen Adern nachlassen würde, aber das war ein Trugschluss. Er spürte es in sich und es ließ sich nicht mehr abschalten. Einen kurzen Augenblick war ihm, als würde er einen ihrer Gedanken auffangen, und in seiner Magengegend flackerte für Sekunden ein seltsam warmes Gefühl auf. Als er den Wagen in die Garage der Zentrale lenkte, ihn abstellte und nach oben in seine Wohnung ging, war er froh, dass er niemandem begegnet war.

Er ging ins Bad, zog sich aus und stellte sich unter die Dusche. Er genoss das erfrischende Nass.

Kurze Zeit später stand er im Trainingsraum und nahm seine beiden Sax-Schwerter von der Wand, mit denen er am liebsten trainierte. Sein Training absolvierte er wie ein Besessener.

Doch er konnte Livs Pochen in seinen Adern auch mit den härtesten Schlägen und den schnellsten Kombinationen nicht unterdrücken. Er bewegte sich mit übermenschlicher Geschwindigkeit, und bei einer Drehung um die eigene Achse teleportierte er sich plötzlich von der einen Seite des Raums zur anderen. Erschrocken hielt er inne.

„Was war das?", fragte er laut.

Hatte er sich einfach schneller bewegt als sonst, oder war er gerade wirklich teleportiert, so wie es sonst nur Alrik vermochte? Er konzentrierte sich auf die gegenüberliegende Seite des Raums. Schon verschwamm die Umgebung vor seinen Augen. Als sie sich wieder klärte, stand er auf der anderen Seite des Raumes.

Er konzentrierte sich auf sein Schlafzimmer und Sekunden später stand er vor seinem Bett.

Das kann doch nicht wahr sein, dachte Halfdan und teleportierte sich zurück in den Trainingsraum. Er räumte die Sax weg und ging in den Kommandoraum, in dem Matthias Dienst schob.

Matthias war erst letztes Jahr mit seiner Frau Ellen in die Zentrale gezogen. Matthias und Ellen waren seit mehreren Jahrhunderten ein im Blute verbundenes Paar. Halfdan wollte Matthias fragen, ob er Ellens Blut ebenfalls in seinen Adern spürte.

Matthias saß vor einer Reihe großer Monitore, auf der er alle Kameras im Haus und im Außenbereich im Blick hatte. Er hämmerte auf einer Tastatur herum und programmierte bestimmt wieder irgendetwas. Matthias war der Technikfreak der Zentrale und immer auf dem aktuellsten Stand der Dinge. Er sah auf und begrüßte Halfdan, der sich auf den Rand des Tisches setzte.

„Wie sieht es aus? Ist alles ruhig?", fragte er.

„Ja Chef, alles im grünen Bereich. Wie war die Besprechung im Sippenhaus? Gibt es irgendwelche Neuigkeiten?", fragte Matthias.

„Nein, leider nicht. William ist unauffindbar und seine Gefährtin ist am Boden zerstört. Sie haben die Blutsverbindung erst vor ein paar Monaten vollzogen und sie sagt, dass sie ihn nicht mehr spüren kann. Das sieht nicht gut aus. Wie war es bei deiner Verbindung mit Ellen? Spürst du sie auch in deinem Blut?", fragte Halfdan.

„Oh ja, das tue ich. Seit unserer Verbindung ist Ellen ein Teil von mir. Ich fühle, was sie fühlt und sie fühlt, was ich fühle. Ich spüre, wenn sie Angst hat oder wenn sie erregt ist", sagte Matthias.

Plötzlich schnappte Halfdan Gedankenfetzen auf. Matthias malte sich aus, was er alles mit Ellen anstellen würde, wenn sein Dienst vorbei und er allein mit ihr in ihren Gemächern wäre. Erschrocken sprang Halfdan auf und sah Matthias verdutzt an. Er vernahm noch mehr Gedanken und musste sich konzentrieren, ihn aus seinem Schädel zu verbannen, was ihm nach einigen Versuchen auch gelang.

Irgendetwas war mit ihm passiert. Livs Blut hatte eine Verbindung zwischen ihnen hergestellt, und er verfügte nun über neue Fähigkeiten.

Die Sippenmitglieder konnten nur den Willen der Menschen beeinflussen und lenken, aber nicht die Gedanken anderer Sippenmitglieder lesen. Halfdan kannte nur zwei Vampire, die Gedanken lesen konnten: Ester, die ein Götterkind war und diese Gabe bereits vor ihrer Wandlung besessen hatte. Und sie hatte sie an ihren Sohn Benedikt, einen geborenen Vampir vererbt. Er war ein Blutleser und konnte Gefühle, Empfindungen und Erinnerungen anderer lesen, indem er ihr Blut trank.

Im selben Moment kam ein Telefonat über Alriks Leitung herein, das Matthias sofort annahm.

„Hallo Alrik", sagte Halfdan. „Das trifft sich gut, ich wollte dich auch noch anrufen."

„Halfdan, Matthias", sagte Alrik und nickte beiden zu. „Es gibt Neuigkeiten, sehr beunruhigende Neuigkeiten. Ich war heute mit Adelina bei Björn, um die Schriftrollen auszutauschen. Dabei haben wir erfahren, dass Björn in einem Brief den Hinweis auf die Lage der Gräber erhalten hat. Adelina hat den Brief berührt und was sie in ihrer Vision sah, ist mehr als beunruhigend. Sie sah keinen geringeren als Magnus."

„Was? Das kann doch nicht sein!", rief Halfdan. „Wir beide haben ihn brennen sehen. Dieses Feuer konnte er unmöglich überleben."

„Ich weiß, doch in Adelinas Vision sah sie Magnus in der Gegenwart und sie sah ihn brennen. Ihre Vision war so real, dass sie sogar die Flammen gespürt hat", sagte Alrik.

Im Raum herrschte völlige Stille. Halfdan musste diese Nachricht erst einmal verarbeiten. „Nehmen wir einmal an, Magnus hat das Feuer damals wirklich überlebt. Er versteckt sich jahrhundertelang und gibt Björn jetzt auf einmal einen Hinweis auf die Gräber und somit auf die Schriftrollen. Was will er damit bezwecken?", fragte Halfdan. „Ich war heute im Sippenhaus. Es gibt immer noch keinen Hinweis auf den Verbleib von William. Es werden immer mehr vermisste Vampire gemeldet und erst letzte Woche haben meine Männer in Paris einen Vampir festgesetzt, der eindeutig ohne Zustimmung des Rates gewandelt worden war. Ich werde die

Sicherheitsvorschriften hoch setzen. Solange wir nichts Näheres wissen, sollten wir vorsichtig sein."

„Genau deshalb bist du mein Sicherheitschef", sagte Alrik. „Du hattest schon immer ein besonderes Gespür für Gefahren. Schick mir bitte einen Mann ins Stockholmer Sippenhaus. Er soll Björn und Alva im Auge behalten und für ihre Sicherheit sorgen, zur Not werde ich sie ins Sippenhaus holen."

„Geht in Ordnung", sagte Halfdan.

„Und Halfdan, könntest du dich bitte um Adelinas Mutter kümmern. Ich weiß nicht, ob sie in Gefahr ist, schließlich bin ich durch sie angreifbar."

Mit einem Mal wurde Halfdan ganz ruhig und überlegte, wie und ob er es Alrik erzählen sollte. Er war sein bester Freund, aber in erster Linie war er ihr Anführer. Er war verpflichtet, es ihm zu sagen.

Alrik blickte ihn an. „Was ist los Halfdan? Du bist so still?"

„Ich habe mich schon um Adelinas Mutter gekümmert. Ich wollte mir ein Bild von ihr machen und habe sie heute in ihrer Praxis besucht."

Alrik nickte, hielt dann jedoch inne, denn irgendetwas schien ihn zu stören.

Halfdan strich sich nervös übers Gesicht. „Ich … ich habe Liv besucht und sie ist so gar nicht, wie ich sie mir vorgestellt hatte. Verdammt", fluchte er. „Ich … wir … wir haben miteinander geschlafen und ich habe von ihr getrunken."

Matthias ließ seinen Stift fallen, und Alrik starrte ihn fassungslos an.

„Du hast was getan?", fragte Alrik. „Weißt du, was du da angerichtet hast? Sie ist dein Schützling, und dazu ist sie Adelinas Mutter. Die wird ausrasten, wenn sie davon erfährt, und dir die Eier abreißen", sagte er.

„Das ist noch nicht alles", gestand Halfdan. „Seit ich ihr Blut getrunken habe, kann ich teleportieren und Gedanken lesen."

Minutenlang herrschte Stille im Raum, bis Alrik das Wort ergriff. „Ich werde morgen eine Ratssitzung einberufen. Ich muss ihnen von Adelinas Vision berichten und von dem Verdacht, dass Magnus noch am Leben ist. Ich werde versuchen von Adelina noch etwas mehr über ihre Mutter in Erfahrung zu bringen, wir müssen herausfinden was mit dir passiert ist, Halfdan." Damit trennte er die Verbindung.

Matthias stieß Halfdan an und sagte: „Mann, Mann, da hast du dich aber ganz schön reingeritten."

Da ihm der Kopf schwirrte und er keine Lust hatte, sich mit noch jemandem auseinanderzusetzen, beschloss Halfdan auf Patrouille zu gehen. Er schlüpfte in seine Kampfmontur, ging in den Trainingsraum, nahm die Waffen an sich und ging hinaus in die Nacht. Sein Streifzug führte ihn über den Neckar direkt in die Weststadt, in der das Sippenhaus lag.

Er griff nach seinem Handy und wählte die Nummer des diensthabenden Huskarlar. Dieser entgegnete, dass alles in Ordnung und alle Bewohner, bis auf William, vollzählig seien. Im Heidelberger Sippenhaus lebte nur eine kleine Anzahl an Sippenmitgliedern. Neun Personen an der Zahl und zwei seiner Huskarlar, die für die Sicherheit der Bewohner verantwortlich waren.

So zog Halfdan weiter in die Altstadt, in der noch reges Treiben herrschte. Er suchte sich einen guten Beobachtungsposten auf einem der Dächer und hielt Ausschau nach verdächtigen Individuen.

Die menschlichen Verbrecher interessierten ihn herzlich wenig. Außer, eine Situation würde wüst eskalieren, dann würde er eingreifen. Aber er hielt nach Seinesgleichen Ausschau. Die jüngeren Mitglieder seiner Sippe und auch die Huskarlar, die frei hatten, hielten sich des Öfteren nachts in der Altstadt auf, um sich willige Blutwirte zu suchen. In jugendlichem Leichtsinn war schon so manche Situation eskaliert.

Er saß bereits einige Zeit auf seinem Posten, als er einen jungen Mann aus dem Sippenhaus ausmachte. Es war Peer, der vor gut einem Jahr aus Rom nach Heidelberg gezogen war.

Er zog eine angetrunkene junge Frau hinter sich her und bog mit ihr in eine spärlich beleuchtete Gasse. Er riss sie herum und stieß sie unsanft gegen eine Hauswand, an der sie herunterglitt und sich in eine Ecke kauerte. Peer zog sie auf die Beine und drückte sie gegen die Wand. Dann packte er ihren Arm, hob ihn an seine Lippen und biss zu.

Sie versuchte, sich aus seinem Griff zu befreien, doch gegen ihn hatte sie keine Chance. Mit weit aufgerissenen Augen sah sie ihn an, und der Schock erstickte jeden Laut auf ihren Lippen. In seiner Gier ließ Peer von ihrem Handgelenk ab und schlug seine Zähne unsanft in ihren Hals. Ihr Körper erschlaffte langsam. Wenn er sich weiter von ihr nähren würde, würde er sie töten. Halfdan war gerade in Begriff einzuschreiten, als unweit von Peer und der jungen Frau ein kleines Oberlicht anging. Die Geräusche von Schlüsseln waren zu vernehmen, hinter einer Tür, die in die Gasse führte.

Peer fuhr herum, ließ von der Frau ab und stieß sie ruckartig in eine dunkle Nische zwischen zwei Müllcontainern. Noch bevor sich die Tür öffnete, war er mit übermenschlicher Geschwindigkeit um die nächste Ecke verschwunden.

Halfdan beobachtete, wie ein Mann seinen Müllsack in einem der Container entsorgte und dann wieder im Haus verschwand. Um die Distanz zu der verletzten Menschenfrau zu überwinden, hätte

Halfdan sich an den Hauswänden hinablassen und mehrere Vorsprünge überwinden müssen.

Als Vampir würde ihm dies schneller gelingen als einem menschlichen Fassadenkletterer, aber er verfügte jetzt über eine neue Gabe. Er konzentrierte sich auf den Bereich neben der Frau und schon teleportierte er sich neben sie. Er kniete sich über sie, fühlte ihren Puls. Sie war noch am Leben, wenn auch nur knapp. Er verschloss die Wunden und pflanzte ihr eine Erinnerung in den Kopf, nach der sie in betrunkenem Zustand gestolpert war und sich den Kopf gestoßen hatte. Sie würde den Angriff überleben und sich an nichts erinnern.

Halfdan erhob sich und streckte die Fühler nach Peer aus. Er musste sich noch in der Nähe befinden, denn er konnte Reste seiner Präsenz spüren. Er konzentrierte sich auf ihn und folgte seiner Fährte entlang des Neckarufers. Halfdan hielt Abstand, um ihn nicht auf sich aufmerksam zu machen. Als einer der Ältesten hatte er keine Probleme, andere Vampire aufzuspüren. Den jüngeren Generationen blieb diese Fähigkeit jedoch verwehrt. Er folgte Peer, verborgen in den Schatten.

Peer stieß auf eine kleine Gruppe Menschen und heftete sich an ihre Fersen. Er folgte ihnen zu einem kleinen begrünten Uferstreifen, an dem sie sich auf einer Bank niederließen. Flaschen mit alkoholischen Getränken machten die Runde. Peer stand verborgen im Schatten, und die Menschen wussten nichts von der Gefahr, die ihnen drohte.

Halfdan konnte Peers Aggressionen spüren, und so konzentrierte er sich ganz auf Peers Gedanken. Er drang ganz leicht ein und schnappte Fetzen auf: „Wenn ihr wüsstet, was euch bald blüht, ihr Abschaum. Unsere Sklaven seid ihr, mehr nicht. Wir werden über euch herrschen, so wie es uns bestimmt ist. Jeder, der sich gegen uns stellt, wird vernichtet. Genauso wie dieser Wicht William. Dieser Schlappschwanz. Ich musste ihn einfach kaltmachen, sonst hätte er geplaudert."

Halfdan zog sich aus Peers Gedanken zurück und ballte die Hände zu Fäusten.

Da vibrierte Peers Handy. Er nahm den Anruf fluchend entgegen, unterhielt sich kurz und sagte, dass er in ein paar Minuten da wäre. Nachdem er den Anruf beendet hatte, ließ er das Handy wieder in seine Jacke gleiten und blickte noch einmal zu der feiernden Gruppe. Er fluchte erneut und ging in Richtung Theodor-Heuss-Brücke davon. Er überquerte den Neckar und verschwand unterhalb des Philosophenwegs in einer der alten Villen.

Halfdan war ihm zur Villa gefolgt und entdeckte mehrere Kameras. Die Tür war nur über ein Sicherheitssystem zu überwinden, in das Peer den Code „697425" eintippte.

Wie praktisch es doch ist, wenn man die Gedanken anderer anzapfen kann, dachte Halfdan.

Kurz drifteten seine Gedanken ab und glitten wiederholt zu Liv. Sie hatte seine ganze Gefühlswelt durcheinandergebracht. Er wollte, nein, er musste ihrem Geheimnis auf die Spur kommen. Zu gern würde er jetzt ihre Stimme hören, ihr mindestens eine Kurznachricht schicken. Aber das würde warten müssen.

Er hatte sich inzwischen auf dem Nachbargrundstück in einem hohen Baum einen Aussichtspunkt gesucht und konnte die Präsenz von drei Vampiren und zwei Menschenfrauen im Haus ausmachen. Er schärfte seine Sinne, und bestürzt vernahm er, was im Haus vor sich ging.

Die Vampire feierten mit den hilflosen Frauen eine Blutparty. Sie fielen wie die wilden Tiere über sie her. Die Frauen hatten keine Chance.

Halfdan durfte seine Deckung nicht aufgeben. Er blieb in seinem Versteck, bis Peer kurz vor Morgengrauen das Haus verließ. Er folgte ihm bis zum Sippenhaus und teleportierte sich dann direkt in die Zentrale.

In der Zentrale war es ruhig. Die Nachtpatrouille war bereits vor einer Stunde eingetroffen, und die meisten Huskarlar hielten sich zu dieser Zeit in ihren Zimmern auf. Halfdan ging in den Kommandoraum und traf dort auf Kristoffer, einen seiner Huskarlar, der die Tagschicht von Matthias übernommen hatte.

„Guten Morgen Kristoffer, kannst du mir bitte eine Verbindung zu Alrik öffnen?" Es gab drei zusätzlich gesicherte Leitungen. Eine direkte Leitung zu Alrik, eine zu allen Ratsmitgliedern und eine Leitung, die alle Mitglieder der Huskarlar verband.

Die Leitung zu Alrik wurde aufgebaut, und etwas zerzaust erschien er im Blickfeld der Kamera. Er war wenig erfreut über die frühmorgendliche Störung, sicherlich war er gerade mit angenehmeren Dingen beschäftigt gewesen.

„Guten Morgen Alrik, verzeih mir die frühe Störung, aber ich habe neue Erkenntnisse zu Williams verschwinden. Auf meiner Patrouille heute Nacht bin dabei auf Peer gestoßen. Ich habe beobachtet, wie er fast eine Blutwirtin getötet hat. Ich bin ihm gefolgt, bin in seine Gedanken eingedrungen und konnte lesen, dass sie bald über die Menschen herrschen werden, dass die Menschen nur Sklaven wären und dass er William getötet hat. Nachdem er einen Anruf erhalten hatte, bin ich ihm zu einer Villa gefolgt. Alrik, sie waren zu dritt, zwei mir unbekannte Vampire und Peer. Sie haben dort eine Blutparty mit zwei Frauen gefeiert. Für die Frauen wäre jede Hilfe zu spät gekommen. Hier stimmt irgendetwas ganz und gar nicht. Wie sollen wir mit Peer und den beiden Vampiren verfahren?"

„Verdammt", fluchte Alrik. „Deine Männer im Sippenhaus sollen Peer unverzüglich festnehmen und zum Verhör in die Zentrale bringen. Und du, koordiniere ein Team, das diese verdammte Blutvilla stürmt."

„Genau mein Plan", sagte Halfdan.

„Ich informiere den Rat. Dann werde ich mit Adelina so schnell wie möglich nach Heidelberg kommen", sagte Alrik und beendete das Gespräch.

Halfdan wies seine Männer im Sippenhaus an, Peer sofort festzusetzen und in die Zentrale zum Verhör zu bringen. Keine dreißig Minuten später saß Peer gefesselt im Verhörraum.

In der Blutvilla hatten sie jedoch kein Glück gehabt. Die Vampire hatten diese fluchtartig verlassen und zur Begrüßung noch ein Päckchen C4 dagelassen. Sie hatten alles in die Luft gejagt, noch bevor das Team die Villa hatte betreten können. Das Feuer hatte alle Beweise vernichtet. Es war bereits in allen Nachrichten. Die Medien sprachen von einem verheerenden Unfall durch ein Gasleck.

Die fremden Vampire mussten einen Tipp bekommen haben, und da Peer dazu keine Zeit geblieben war, musste es einen weiteren Verräter geben. Halfdan wählte sein Team persönlich aus und ließ jeden, die Bekanntschaft von Ester machen, um so jeden Zweifel an ihrer Loyalität zu beseitigen. Der Verräter konnte nur eine andere Person im Sippenhaus sein. Oder, was er aber für unwahrscheinlich hielt, eines der Ratsmitglieder war ein Verräter.

Ich war heilfroh, dass ich nach Stuttgart den Zug und nicht das Auto genommen hatte. Völlig entspannt stieg ich aus und steuerte direkt den ersten Coffeeshop an, um mir eine extra große Portion Cappuccino zu gönnen. Dann stieg ich in ein Taxi, nannte dem Fahrer die Adresse und ließ mich zur Heilpraktiker-Schule fahren, in der das Seminar abgehalten wurde.

An der Schule angekommen, ging ich direkt zur Anmeldung, um meine Unterlage zu holen. „Guten Morgen, mein Name ist Liv Nordström. Ich habe eine Anmeldung für das Heilpraktiker-Seminar."

„Guten Morgen, Frau Nordström", sagte die Dame am Empfang und suchte meine Unterlagen heraus. „Ah, hier haben wir es, bitteschön Ihre Anmeldung und Ihre Unterlagen. Nehmen Sie hier links die Treppe in die erste Etage. Dort finden Sie die Seminarräume. Die Mensa befindet sich hier zu Ihrer Rechten", sagte sie und widmete sich auch schon der nächsten Teilnehmerin.

Ich ging nach oben und orientierte mich erst einmal an den verschiedenen Seminarräumen. Bereits vorab hatte ich mich für verschiedene Vorträge über

Homöopathie, Aromatherapie, Ayurvedische und Akupressur-Massage entschieden.

Geschlagenen vier Stunden später brummte mir der Schädel. Deshalb zog ich mich für einen kleinen Imbiss in die Mensa zurück. Die Vorträge waren interessant, aber auch ermüdend gewesen. Ich war heute einfach nicht ganz bei der Sache. Immer wieder dachte ich an Halfdan. Er ging mir einfach nicht mehr aus dem Kopf. In Gedanken zog ich mein Handy aus der Tasche und rief seine Nummer auf.

Wie gern würde ich jetzt seine Stimme hören, dachte ich.

Ich melde mich bei dir, hatte er gesagt.

Wie würde es denn aussehen, wenn ich ihn jetzt anrufen würde? Ich wollte ihn nicht überrumpeln. „Nein, ich werde warten, bis er sich meldet", sagte ich zu mir selbst.

Nach zwei weiteren Vorträgen war ich an meinem Limit angekommen, ich beschloss abzubrechen und nach Hause zu fahren. Noch im Taxi wählte ich die Nummer meiner Praxis, um Elli Bescheid zu sagen. Doch niemand nahm ab.

Selbstgefällig saß Peer auf einem Stuhl im Verhörraum. Seine Hände waren auf den Rücken gefesselt und er wurde von zwei Männern flankiert.

Halfdan stand, beide Hände auf die Tischplatte gelehnt vor ihm.

„Für wen arbeitest du?"

Peer lachte. „Von mir erfährst du kein Wort. Die Zeiten werden sich schon bald ändern", sagte er hasserfüllt.

Um seinen Worten Nachdruck zu verleihen, zog Halfdan ein Messer aus dem Stiefel, packte Peer am Kragen und stieß ihm das Messer in die linke Schulter.

Peer schrie auf und krümmte sich vor Schmerzen.

Genüsslich drehte Halfdan den Griff noch um eine Vierteldrehung nach links. Töten würde ihn diese Verletzung und weitere, die er ihm ohne Zweifel zufügen würde, nicht, aber die Heilung würde dauern und die Schmerzen ihn so vielleicht gesprächiger machen. Wieder fragte Halfdan. „Wer steckt hinter dem Ganzen, und was habt ihr vor?"

Natürlich könnte er auch direkt in seinen Geist eindringen. Aber seine neuen Fähigkeiten durften nicht auffallen, und das Schwein noch etwas leiden zu lassen, war eine große Genugtuung für ihn. Er zog das Messer aus der Wunde und stieß es sogleich in Peers rechte Schulter. Er vollzog erneut eine Vierteldrehung, grinste ihn an. „Das können wir den ganzen Tag lang so machen."

Peer sackte nach vorn, hob den Kopf und sah ihn hasserfüllt an. Seine Zähne hatten sich durch den Blutverlust ausgefahren. „Ihr habt schon verloren, ihr wisst es nur noch nicht", sagte er. „Wir werden euch überrennen, euch platt machen, und dann werden wir herrschen und uns die Menschen unterwerfen. Wenn wir erst einmal am Tage wandeln, kann uns nichts und niemand mehr aufhalten."

Jetzt hatte Halfdan genug und drang in seinen Kopf ein. „Wer schickt dich?", fragte er und blickte ihm dabei direkt in die Augen.

Ein Name überflutete ihn ... Ragi!

Ragi, ihr Gefährte der ersten Stunde, der sich mit seiner Sippe in Rom niedergelassen hatte! Er war Mitglied des Rates. Hatte er sie wirklich verraten?

„Wie viele seid ihr, und wo halten sich die anderen auf?", fragte Halfdan.

„Genug, um euch zu vernichten, und ihr merkt nicht einmal, dass wir ganz in eurer Nähe sind, ihr Idioten!", dachte Peer.

„Wohin sind deine beiden Freunde von heute Nacht verschwunden?", fragte Halfdan.

„Das werde ich dir Bastard bestimmt nicht sagen", dachte Peer, und Halfdan sah Bilder vor seinem geistigen Auge: Ein Haus, eine Straße und eine Hausnummer, am Stadtrand von Heidelberg gelegen. Er gab seinen Mitarbeitern den Befehl, Peer in eine Zelle zu bringen und ging in den Kommandoraum, dort tippte er die Adresse in eine Suchmaschine und landete einen Treffer. Er stellte ein Team aus fünf Männern zusammen und wies sie an, in fünfzehn Minuten in der Tiefgarage zu sein.

Halfdan wählte Alriks Nummer und informierte ihn über die neuesten Erkenntnisse.

„Das sind in der Tat beunruhigende Neuigkeiten", sagte Alrik. Wir werden in ein paar Stunden in Heidelberg sein. Und Halfdan, besorg dir einen Eierschutz, denn Adelina wird dir die selbigen ausreißen."

Halfdan ging in sein Schlafzimmer, legte erneut die schwere Kampfausrüstung an, griff sich seine 9mm, sein Sax und ging nach unten in die Tiefgarage. Zum Fuhrpark gehörten einige Geländewagen, allesamt mit getönten Scheiben und Platz für mindestens sieben Mann Besatzung.

Die Adresse führte sie zu einem abgeschiedenen und heruntergekommenen Bauernhof am Stadtrand von Heidelberg. Das Mauerwerk des Gebäudes war beschädigt, der Putz bröckelte und lose Ziegel waren über den Boden verstreut. Der Hof wirkte sehr verwahrlost und der Blick auf das Gebäude war durch eine Reihe hoher Bäume verdeckt, hinter denen Halfdan den Wagen nun parkte. Ihre Kampfanzüge schützen sie nicht nur vor Verletzungen, sondern jetzt am helllichten Tag auch vor den schmerzhaften Strahlen der Sonne. Seine Brüder konnten sich je nach

Generation zwischen ein paar Minuten bis zu einigen Stunden ungeschützt in der Sonne aufhalten.

Halfdan spähte um die Ecke und wies zwei Mann an, hinters Haus zu gehen, um es von allen Seiten einzukesseln. Halfdan streckte seine mentalen Fühler aus und konnte drei Vampire im Haus ausmachen, einen im hinteren Teil und zwei im Keller.

Er gab das Zeichen zum Angriff, und sie stürmten zu sechst das Haus.

Nach nicht einmal zwanzig Minuten hatten sie die Situation unter Kontrolle. Die drei Vampire waren völlig unvorbereitet gewesen. Ein Vampir war vernichtet worden, die beiden anderen lagen bereits als Päckchen verschnürt im Wagen, während Halfdans Einheit das Haus noch nach Beweismaterial durchsuchte. Sie packten alles an Computern, Festplatten, Sticks, Papieren und Handys zusammen und verfrachteten es ebenfalls in den Wagen. Nach gut einer Stunde traten sie die Rückfahrt zur Zentrale an.

Halfdan saß mit Matthias und Kristoffer im Kommandoraum. Sie durchsuchten diverse Unterlagen, Computer und Daten nach irgendwelchen Hinweisen. In Kürze würden Alrik und Adelina in Heidelberg ankommen. Vielleicht konnte Adelina etwas Licht ins Dunkel bringen, wenn sie einige Sachen berührte.

Die Telefonkonferenz mit den Ratsmitgliedern war bis zu Alriks Ankunft verschoben worden. Dabei wollte Halfdan versuchen, in Ragis Gedanken einzudringen. Er wusste allerdings nicht, ob es auf die Entfernung funktionieren würde.

Kristoffer meldete sich, er hatte anscheinend etwas gefunden. Er hatte gerade mehrere Karten durchgeblättert, in die die Sippenhäuser eingetragen waren. Er zeigte sie den anderen, dann zog er eine Karte von Heidelberg hervor. „Seht ihr das? Hier ist die Zentrale und hier das Sippenhaus eingetragen, aber auch die Blutvilla und der Bauernhof, den wir hochgenommen haben." Dann nahm er die Karte von London zur Hand, auch hier fand er die vier Sippenhäuser, allerdings auch zwei weitere Markierungen. Dann nahm er die schwedische Karte zur Hand. „Hier ist Alriks Sippenhaus und ein Punkt in unmittelbarer Nähe. Zusätzlich gibt es eine weitere Markierung in Gamla Uppsala, ganz in der Nähe der Grabhügel."

Bei Durchsicht der Karten stellten sie fest, dass es in jeder Stadt je nach Anzahl der Sippenhäuser ein bis zwei Markierungen für die Behausungen der Verräter gab, außer in Rom. Dort gab es nur eine einzige Markierung, die von Ragis Sippenhaus. Es gab dort also kein Haus der Verräter, sondern nur Ragi und seine Sippe.

145

Er ist also der Verräter oder jemand, der unter seinem Dach lebt oder lebte, dachte Halfdan gerade, als die Tür zum Kommandoraum aufging und Alrik mit Adelina hereinkam.

Sie fixierte ihn und stürmte mit erhobenem Zeigefinger auf ihn zu.

„Du", sagte sie und stieß ihm mit dem Finger immer wieder auf die Brust. „Du hast meine Mutter gebissen, was fällt dir ein?"

Er schnappte ihre Hand und hielt sie fest. „Das Temperament hast du eindeutig von deiner Mutter", sagte er und grinste sie frech an.

„Ah … Männer", sagte sie. Sie riss sich los, zog ihren Handschuh aus, und ehe er sie aufhalten konnte, legte sie ihm ihre rechte Hand auf die Brust.

Sie fiel sofort in eine Art Trance. Keine Minute später schleuderte es sie von Halfdan weg.

Alrik reagierte blitzschnell und fing sie auf, bevor sie zu Boden ging.

Halfdan war gleich bei ihnen und kniete sich neben Adelina.

„Was war das? Was ist da gerade passiert?", fragte er und sah Alrik besorgt an.

Adelina begann sich zu regen und öffnete die Augen. „Aua, mein Kopf", sagte sie, sah erst zu Alrik, dem sie ein Lächeln schenkte, und dann zu Halfdan.

„Du liebst sie", sagte sie. „Ich habe es gespürt. Da war eine tiefe Verbundenheit zwischen euch, und dann war da ein gleißend helles Licht, das in meinem Kopf explodiert ist."

„Als ich von Liv getrunken habe, habe ich dieses Licht auch gesehen", sagte Halfdan. „Es war unbeschreiblich, noch nie habe ich so etwas erlebt. Es ist regelrecht in meinem Kopf explodiert."

„Ich glaube, es hat mit Livs Herkunft zu tun", sagte Alrik. „Ich habe Ester gebeten etwas über sie in Erfahrung zu bringen. Ich werde sie gleich anrufen", sagte Alrik und half Adelina auf.

Er zog sein Handy aus der Tasche und wählte Esters Nummer. Nach ein paar Minuten beendete er das Gespräch und drehte sich zu den anderen um.

„Jetzt haltet euch fest, das werdet ihr mir nie glauben", sagte Alrik. „Ester hatte sich an einen Seher gewandt. Dieser hat in Erfahrung gebracht, dass Livs Mutter eine Lichtelfe aus Alfheim war, die ein Kind mit einem Menschen gezeugt hatte. Sie hatte Liv aber nicht in Alfheim aufziehen können und sie deshalb nach Midgard gebracht, wo sie unter Menschen aufwuchs. Liv ist also eine Halbelfe. Elfen verfügen über die Kräfte der Natur. Sie sind hervorragende Heiler, verstehen die Sprache der Tiere und werden oft begleitet von einem Schutzgeist in Tierform. Manchmal können die Gedanken von Menschen und anderen Wesen lesen, und passt auf … Sie können sich teleportieren. Was der Seher noch in Erfahrung bringen konnte ist, dass Adelinas Vater der Gott Freyr ist. Er hat mit Liv Adelina als Götterkind gezeugt", sagte Alrik.

Halfdan sah sich um. Alle waren genauso erstaunt und verblüfft wie er.

Halfdan fasste sich als Erster. „Wisst ihr, was das bedeutet?", fragte er. „Alrik, du konntest bis jetzt als Einziger teleportieren. Das heißt, neben dem Blut von Nidhögg und dem des Draugrs ist der dritte Bestandteil der Rose reines Elfenblut. Als ich Livs Blut getrunken habe, sind die Elfeneigenschaften auf mich übergegangen. Seitdem kann ich teleportieren, Gedanken lesen und vielleicht noch mehr."

Halfdan zog sein Messer aus dem Stiefel und schnitt sich eine tiefe Wunde in den Unterarm. Wie von Geisterhand verschloss sie sich auf der Stelle.

Er griff nach Matthias' Arm und zog ihm die Klinge ebenfalls durch den Unterarm. Bei ihm verschloss sich die Wunde jedoch nicht sofort. Aus Erfahrung wusste Halfdan, dass es ein paar Minuten dauern würde, bis die Wunde sich wieder schließen würde. Er steckte das Messer weg, legte seine Hand auf Matthias Wunde, und als er sie wegnahm, hatte sie sich bereits geschlossen.

Es war totenstill im Raum, nur Adelina sog die Luft ein.

„O mein Gott, wenn diese abtrünnigen Vampire erfahren, dass sie durch das Blut von Halbelfen deren Fähigkeiten übernehmen können, ist keine Halbelfe mehr sicher oder … meine Mutter!", sagte sie und sah Halfdan verstört an.

„Ich vermute, dass Ragi mit drinsteckt", sagte Halfdan grimmig und berichtet Alrik von seinem Verdacht.

„Diese Informationen müssen unter allen Umständen geheim bleiben. Niemand darf davon erfahren", sagte Alrik.

Bei dem Gedanken, dass Liv in Gefahr war, wurde Halfdan augenblicklich übel. Er verdrängte das plötzliche ungute Gefühl in seinem Magen. „Peer sagte wortwörtlich: ‚Wenn wir erst einmal am Tage wandeln, kann uns nichts und niemand mehr aufhalten'", berichtete Halfdan. „Die einzige Möglichkeit, wie einen Tagwandler geschaffen werden kann, ist Alriks Biss oder die Blutrose selbst. Wir müssen unverzüglich handeln und so viele wie möglich von diesen Bastarden ausschalten, da wir nicht wissen, wie viele es sind und wer dahintersteckt. Aber wir wissen, wo sie sich anscheinend aufhalten."

Halfdan zeigte Alrik die Karten mit den Markierungen. „Ich würde Ragi gerne eine Falle stellen." Im selben Moment klingelte Halfdans Handy. Als er den Anruf annahm, versagte ihm die Stimme und alle starrten ihn an. Es war Liv, und sie war völlig aufgelöst.

„Liv … beruhige dich, was ist los?", fragte er besorgt und stellte das Telefon laut.

149

„Ich bin heute auf einem Seminar gewesen. Gerade komme ich nach Hause … Elli war heute in der Praxis … Irgendwas muss passiert sein. Alle Räume sind durchwühlt und Elli ist verschwunden! Was soll ich nur tun?"

„Keine Angst, bleib, wo du bist, ich komme sofort zu dir", sagte Halfdan, da riss ihm Adelina das Handy aus der Hand.

„Mum? Mum, was ist los? Ich bin es, Adelina. Ist irgendetwas nicht in Ordnung? Wo bist du?", fragte sie aufgeregt.

„Ich muss sofort zu ihr", sagte Halfdan zu Alrik. „Elli ist ihre Vorzimmerdame. Sie haben sie bestimmt, wie ich auch, mit Liv verwechselt. Liv ist allein und in höchster Gefahr. Ich werde mich zu ihr teleportieren."

„Das kannst du nicht", sagte Alrik und hielt ihn am Arm fest. „Es ist zu weit. Ich konnte bis jetzt höchstens eine Distanz von fünfzig Kilometer überwinden."

Aber Halfdan ließ sich nicht abbringen, er musste es versuchen. „Bei gut einer Stunde Fahrt kann es bereits zu spät sein. Du und Adelina, ihr nehmt den Wagen. Adelina, bleib so lange bei Liv am Telefon, bis ihr bei ihr bin", sagte Halfdan und konzentrierte sich auf Liv und ihr Blut in seinen Adern. Er sah sich in ihrem Wartezimmer stehen, und schon verschmolz er mit der Umgebung und war verschwunden.

„Mum? Mum, was ist los? Ich bin es, Adelina. Ist irgendetwas nicht in Ordnung? Wo bist du?", sagte die Stimme am anderen Ende des Telefons.

Ich war verwirrt.

Wieso geht Adelina an Halfdans Handy?, dachte ich.

„Mum, hör mir zu, ich bin es wirklich", sagte Adelina. „Ich bin gerade mit Alrik in Heidelberg angekommen, wir sind vor einer Stunde in Stuttgart gelandet. Halfdan ist ein Freund von Alrik. Er sollte auf dich aufpassen und nicht mit dir schlafen. Aber das lassen wir erst einmal außen vor. Es ist etwas passiert, das ich dir noch nicht am Telefon sagen konnte. Wir machen uns sofort auf den Weg zu dir. Hörst du, in gut einer Stunde bin ich bei dir. Bis wir bei dir sind, darfst du außer Halfdan niemandem trauen. Und Mum, er liebt dich! Ich habe es gespürt, als ich ihn berührt habe", sagte Adelina.

„Adelina? Woher weißt du, dass ich mit ihm geschlafen habe und was ist hier eigentlich los? Ich kapiere gar nichts mehr", sagte ich völlig verwirrt, dann hörte ich plötzlich Halfdans Stimme aus den vorderen Räumen. Er rief nach mir. Ich drehte mich gerade verdutzt um, als er in mein Behandlungszimmer stürmte.

Er sah aus wie einer dieser Typen aus diesen Hollywoodfilmen. Er war von Kopf bis Fuß in schwarze Ledermontur gekleidet, dazu schwere Springerstiefel, und an den Hüften trug er eine Waffe und ein kurzes Schwert. Sein langes Haar hatte er zum Zopf geflochten. Er stürmte auf mich zu und riss mich in seine Arme. Dann tastete er mich von oben bis unten ab, um sich zu vergewissern, dass ich nicht verletzt war.

„Wo kommst du denn so schnell her?", fragte ich und sah ihn entgeistert an.

Er nahm mir das Telefon aus der Hand. „Adelina, ich bin bei Liv. Solange ihr noch unterwegs seid, werden wir Livs Sachen packen", sagte er, beendete das Gespräch und schob das Handy in seine Hosentasche. Er zog mich in seine Arme und küsste mich innig.

Ich aber drückte ihn weg. „Was ist hier los? Wo ist Elli? Was ist hier passiert? Wer bricht denn bitte schön bei mir ein? Und was verdammt nochmal macht Adelina an deinem Telefon?", sagte ich und stieß ihn gegen die Brust.

„Du und Adelina seid euch ziemlich ähnlich. Adelina hat mir auch eine Standpauke gehalten", sagte Halfdan. „In deinen eleganten und dennoch sexy sitzenden schwarzen Businessanzug siehst du äußerst hinreisend aus. Ich würde ihn dir am liebsten vom Leib reißen, aber wir haben Wichtigeres zu tun. Ich muss dich in Sicherheit bringen. Komm", sagte er bestimmt. „Wir müssen deine Sachen packen, du bist hier nicht mehr sicher. Wenn sie merken, dass Elli Elli ist und nicht du, kommen sie zurück, um dich zu holen."

„Was? Wer will mich holen?", fragte ich.

„Liv, du bist in ernster Gefahr. Alrik und die Sippe haben Feinde. Vielleicht wollen sie dich gegen Alrik benutzen, weil du die Mutter seiner Gefährtin bist", sagte er.

„Gefährtin? Sippe? Was soll das heißen?"

„Du musst mir jetzt vertrauen", sagte er. „Adelina wird dir später alles erklären. Vertraust du mir?", fragte er mich und sah mir tief in die Augen.

Ich drückte mich fest an ihn. „Ja, seltsamerweise vertraue ich dir, mehr als irgendjemand anderem, abgesehen von Adelina natürlich."

„Dann pack deine Sachen, pack alles ein, was wichtig ist, und dann bringe ich dich in Sicherheit", sagte er.

Gemeinsam gingen wir in meine Wohnung und packten Kleidung, Laptop, Handy und alles, was ich sonst noch brauchte, ein.

Dann hörte ich, wie ein Auto in die Einfahrt fuhr. Halfdan war sofort im Kampfmodus. Doch es waren Alrik und Adelina, die ins Haus gestürmt kamen. Adelina fiel mir um den Hals.

Im selben Moment kam ein übelgelaunter und hungriger Kater in die Küche getrottet.

„Tesla, da bist du ja, ich dachte schon, sie hätten dich auch mitgenommen", sagte ich, schnappte meinen Kater und drückte ihn fest an mich.

Halfdan sah mich verdutzt an. „Ähm …", brachte er nur heraus.

„Was guckst du so?", sagte ich und grinste ihn an. „Ohne Tesla gehe ich nirgends hin. Er kommt auf jeden Fall mit. Du hast doch keine Hunde, oder? Die mag er nämlich gar nicht." Ich setzte den Kater ab und machte ihm eine Dose Thunfisch auf, über die er sich gleich hermachte.

Halfdan sah Alrik fragend an. „Ein Kater?"

Alrik konnte sich ein Grinsen nicht verkneifen. „Du hast doch es doch gehört, sie haben oft tierische Begleiter", sagte er.

Ich kramte eine Transportbox und ein Katzenklo aus einer Kammer hervor. Ich stellte ein paar Dosen Thunfisch, Knabberzeugs und Schälchen auf den Tisch. Dann noch eine Bürste, kleine bunte Bälle und zu guter Letzt eine Packung Katzenstreu. Halfdan blickte zuerst zu mir, dann zu Tesla und dann zu Alrik.

Dieser fing an zu lachen. „Diese Frau bekommst du nur mit Kater", dann verstauten sie meine Sachen im Wagen und wir machten uns auf den Weg nach Heidelberg.

Nachdem sie in der Zentrale angekommen waren, quartierte Halfdan Alrik und Adelina in einem der Gästeapartments in der zweiten Etage ein. Doch wo sollte er Liv unterbringen? In einem der Apartments oder doch in seinen eigenen Gemächern? War er schon bereit, diesen endgültigen Schritt zu gehen? Er war sich nicht sicher, wie sie reagieren würde, wenn er sie bei sich einquartieren würde.

Ihre Angst heute zu spüren und die Gefahr, sie zu verlieren, machte ihm jedoch bewusst, wie viel sie ihm bedeutete. Also trug er ihre Sachen in seine Wohnung in der ersten Etage. Sie folgte ihm durch das großzügige Wohnzimmer, das in Grau und Schwarztönen gehalten war. Sie gingen ins Schlafzimmer, das er in den gleichen Farben eingerichtet hatte. An das große Bad grenzte ein begehbarer Kleiderschrank, in dem er ihr eine Seite freiräumte. Sie stand vor dem großen Bett und blickte ihn fragend an.

„Wenn du lieber ein eigenes Zimmer hättest", sagte er, „dann kann ich dir eines zurechtmachen".

„Nein, ist schon in Ordnung, ich bin nur etwas verwirrt", sagte sie. „Und wo soll ich Tesla lassen? Hier bei uns oder darf er sich frei bewegen?"

„Mir ist eigentlich egal, wo der Kater bleibt, solange er nur in meiner Nähe bleibt", sagte er. „Du sagtest ja, dass du da bist, wo dein Kater ist."

Er zog sie in seine Arme und gab ihr einen langen Kuss. Da kamen aber auch schon Alrik und Adelina mit Tesla ins Wohnzimmer. Liv löste sich aus der Umarmung und stellte das Katzenklo im Bad auf. Im Wohnzimmer suchte sie eine ruhige Ecke für sein Fressen und den Wassernapf.

Halfdan ging in den begehbaren Kleiderschrank, nahm zwei Decken und reichte sie ihr als Schlafplatz für Tesla. Sie nahm sie dankbar an und suchte zwei geeignete Stellen aus.

Halfdan beobachtete Liv, wie sie Tesla aus der Transportbox ließ, auf den Arm nahm und zum Fenster ging, um nach draußen zu sehen.

„Von hier aus bietet sich einem ein schöner Blick auf den Neckar und das Schloss am gegenüberliegenden Ufer. Über die Terrassentür gelang man in einen kleinen Garten mit Pavillon. Da kann sich Tesla gerne austoben" sagte Halfdan und legte die Arme um Livs Hüften.

„Der Garten ist ganz wunderbar", sagte Liv, was Halfdan zu einem Lächeln veranlasste.

„Ich gehe jetzt mit Alrik nach unten in den Kommandoraum, um unser weiteres Vorgehen zu besprechen. Du kannst dich gerne mit Adelina ins Wohnzimmer zurückziehen, und endlich mit ihr reden."

„Setz dich Adelina, ich glaube, du hast mir einiges zu erklären", sagte ich.

„Oh Mann, nie hätte ich mir träumen lassen, dass ich einmal so ein Gespräch mit dir führen muss", sagte Adelina und setzte sich neben mich. „Ich glaube ich beginne am Anfang, sonst glaubst du mir sowieso nicht. Wie du ja weißt, hat mich Björn gebeten, Artefakte zu untersuchen. Es handelte sich um Schmuckstücke und Schriftrollen aus dem 9. Jahrhundert. In diesen Schriftrollen wurde die Geschichte von einer Wikinger-Sippe erzählt, die durch eine List von Loki zu Vampiren wurden."

„Vampire?", fragte ich ungläubig.

„Ja, Vampire", sagte Adelina. Diese Schriftrollen haben mich total fasziniert und ich hatte sehr intensive Visionen von ihnen. Als dann in das Museum eingebrochen wurde und drei der Schriftrollen gestohlen wurden, war ich verwirrt. Auf der Museumseröffnung lernte ich dann Alrik kennen und verliebte mich Hals über Kopf in ihn. Mum, er war derjenige, der die Schriftrollen geschrieben hat, und er war es auch, der ins Museum eingebrochen ist. Alrik ist ein Vampir und ich als seine Gefährtin … ich bin jetzt auch ein Vampir. Mum, Halfdan ist auch ein Vampir", sagte Adelina.

Mir gingen tausend Gedanken durch den Kopf. Was Adelina mir da erzählte, hörte sich total verrückt an und dennoch … gedankenverloren griff mir an den

157

Hals. „Er hat mich gebissen. Halfdan hat mich gebissen", sagte ich.

„Und Mum, das ist noch nichts alles. Ich weiß jetzt, wer mein Vater war. Wir haben uns ja immer gefragt, was es mit meinen Runenmalen auf sich hat. Mein Vater ist der Gott Freyr. Und da ist noch mehr. Deine Mutter war eine Elfe und dein Vater ein Mensch, folglich bist du eine Halbelfe. Da Halfdan dein Blut getrunken hat, verfügte er jetzt über Elfenfähigkeiten wie Teleportation, Heilfähigkeiten und Gedankenlesen", sagte Adelina und nahm meine Hand.

Ich aber stand auf und ging im Zimmer auf und ab, wie ich es immer tat, wenn ich nervös war. „Du willst mir also allen Ernstes sagen, dass hier alle Vampire sind, du inbegriffen? Und dass dein Vater ein germanischer Gott war und meine Mutter eine Elfe? Das ist doch verrückt", sagte ich.

„Du darfst dich jetzt nicht erschrecken, Mum", sagte Adelina, stand auf und verschwand wie von Geisterhand von der Stelle, an der sie gerade noch gestanden hatte und erschien plötzlich am anderen Ende des Raumes.

Erschrocken sprang ich zurück und starrte sie mit großen Augen an. „O mein Gott, wie hast du das gemacht?", fragte ich. „Du bist wirklich ein Vampir. Musst du Blut trinken?", fragte ich und sah Adelina fragend an.

„Ja, ich muss ab und zu auch menschliches Blut trinken. Aber es ist nicht so schlimm, wie man denken könnte. Ich muss niemanden töten und ich trinke ja auch Alriks Blut, vor allem wenn wir … ähm, du weißt schon", sagte sie und wurde rot.

„Halfdan war gestern bei mir in der Praxis", sagte ich. Wir haben miteinander geschlafen, und er hat mich gebissen. O mein Gott, werde ich jetzt auch ein Vampir?", fragte ich Adelina.

„Nein, du wirst erst ein Vampir werden, wenn du Halfdans Blut trinkst. Du siehst erschöpft aus Mum, du solltest dich ein wenig ausruhen. Ich gehe zu den anderen in den Kommandoraum", sagte Adelina und ließ mich allein im Zimmer zurück.

Halfdan hatte alle verfügbaren Huskarlar um sich versammelt, um noch einmal alle Einzelheiten durchzugehen.

„Also was wissen wir bis jetzt?", fragte Halfdan. „Es gibt einen Drahtzieher. Ihm haben sich einige Verräter angeschlossen, um die Sippe in ihrer jetzigen Form zu vernichten und dann als größenwahnsinnige Schlächter über die Menschheit herzufallen", sagte Halfdan. „Alrik wird eine Ratssitzung einberufen und die Mitglieder über die Vorfälle in der Blutvilla und die Gefangenen informieren. Währenddessen nutze ich die Gelegenheit, jeden einzeln zu überprüfen. Kristoffer, du kannst die Verbindung herstellen", sagte Halfdan.

Alrik öffnete die Verbindung und die Gesichter der anderen sieben Ratsmitglieder erschienen auf dem Bildschirm. Während Alrik sprach, konzentrierte sich Halfdan auf jeden einzeln.

Es schien zu funktionieren. Halfdan konnte die Gedanken der Ratsmitglieder sogar über so weite Entfernung lesen. Zu guter Letzt konzentrierte er sich auf Ragi.

„Wir konnte die Blutvilla hochnehmen, und einen Gefangenen machen, aber er ist nicht sehr redselig", sagte Alrik neben ihm. „Aber das werden wir noch ändern."

„Das wird euch auch nicht helfen, ihr verdammten Maden! Ihr versteckt euch vor den Menschen und kriecht regelrecht zu Kreuze, doch die Zeit unserer Herrschaft wird bald kommen. Wir werden die Menschheit unterjochen und sie zu unseren Sklaven machen! Jahrhundertelang hat Magnus sein Netz aus Intrigen gesponnen und bald wird er seine Rache bekommen", dachte Ragi klar und deutlich.

„Seit auf der Hut und erhöht die Sicherheitsvorkehrungen. Ich melde mich, sobald es Neuigkeiten gibt", sagte Alrik und beendete das Gespräch.

„Bingo", sagte Halfdan. „Ragi ist eindeutig der Verräter." „Aber er ist nicht der Drahtzieher. Allem

160

Anschein nach hat Magnus tatsächlich überlebt und plant die Vernichtung der Sippe."

Im Raum herrschte gespenstische Stille, bis Alrik das Wort ergriff. „Wir müssen die ganzen Unterlagen noch einmal sichten. Adelina soll einige Stücke berühren, um so vielleicht noch mehr Hinweise zu bekommen. Und morgen Abend werden wir zuschlagen. Die Verräter in Heidelberg haben wir hoffentlich alle hochgenommen."

„Ich werde sofort die Einsatzteams zusammenstellen, sie sollen sich so schnell wie möglich auf den Weg machen", sagte Halfdan.

Er machte sich daran, die Einsätze in acht verschiedenen Städten zu koordinieren. Gerade als er seine Befehle weitergegeben hatte, hörte er eine leise Stimme in seinem Kopf. „Halfdan … kannst du mich hören?"

Liv … ja, ich höre dich, was ist passiert, geht es dir gut?, dachte Halfdan.

„Ja, es ist alles in Ordnung. Ich wollte nur probieren, ob diese Telepathie funktioniert."

Wo bist du?

„Ich bin in deinem Bett. Adelina hat gesagt, ich soll mich ausruhen."

Er hatte den Gedanken noch nicht zu Ende gedacht, und stand schon in seinem Schlafzimmer. Liv lag auf seinem Bett und hatte die Augen geschlossen. Sie hatte ihre Jacke ausgezogen und die weiße Bluse etwas aufgeknöpft. Ihr Haar verteilte sich auf seinen Kissen wie das eines Engels.

Du siehst hinreißend aus, dachte er.

Abrupt öffnete sie die Augen und sah ihn an.

Er öffnete seinen Waffengurt, legte ihn ab und setzte sich zu ihr aufs Bett.

„Du … du bist also ein Vampir?", fragte sie und sah ihn an.

Er nickte.

„Was wird jetzt aus mir werden? Ich kann doch nicht von heute auf morgen alles aufgeben. Was wird aus meiner Praxis? Was aus Elli? Wieso warst du überhaupt bei mir, und weshalb hast du mich gebissen?"

„Ich wollte mir ein Bild von dir machen. Ich wollte sehen, ob dir irgendeine Gefahr drohte. Die größte Gefahr für dich war dann ich selbst. Als du auf einmal vor mir standest, mich berührtest und mich mit deinem herrlichen Duft und deinem Körper locktest, konnte ich nicht anders, ich musste von dir kosten. Weißt du, dass mich noch nie eine Frau so berühren durfte, wie du es getan hast? Für mich ist der körperliche Kontakt mit Blutwirtinnen nie nötig gewesen. Ich stillte nur meinen Hunger an ihnen.

Dann kamst du, und ich konnte nicht gegen dieses Gefühl ankämpfen, dich besitzen zu müssen. Als du mich gebeten hast, mit dir zu schlafen, konnte ich nicht anders, ich musste dein Blut kosten. Dein Blut ist mit nichts zu vergleichen, was ich in den letzten Jahrhunderten gekostet habe. Seit ich von dir getrunken habe, spüre ich das stete Pochen deines Herzens in meinen Adern. Dein Blut gibt mir die Fähigkeit, die Gedanken von meinesgleichen zu lesen, zu teleportieren und zu heilen. Und nun gibt es zwischen uns eine gedankliche Verbindung und das, obwohl du noch nicht meine Gefährtin bist", sagte er. Er wollte Liv gerade an sich ziehen, um sie zu küssen, als es an der Tür klopfte.

„Ich bin es", sagte Adelina. „Ich habe dir etwas zu essen gemacht. Du musst hungrig sein. Halfdan hat einen Mann losgeschickt, um verschiedene Sachen für dich zu besorgen. Ich stellte das Tablett auf dem Wohnzimmertisch ab und lasse euch wieder allein", sagte sie und verschwand wieder.

„Komm", sagte er. „Du musst essen. Adelina hat mir ein paar Tipps gegeben, was du gerne magst, und für Tesla habe ich einen Berg Futter holen lassen. Wenn du möchtest, kann er sich frei im Haus bewegen. Die anderen haben sicher nichts gegen seine Gesellschaft. Er kann streunern, wo er möchte", sagte Halfdan.

Er zog sie vom Bett hoch und führte sie ins Wohnzimmer, wo sie sich setzten. Adelina hatte eine große Portion Rührei mit Toast gebracht. Eine Flasche stilles Wasser und ein Schälchen Thunfisch für Tesla standen ebenfalls auf dem Tablett. Der hatte den Leckerbissen sofort bemerkt und schlängelte um Livs Beine. Sie nahm den Teller und stellte ihn vor ihm ab. Sie selbst nahm sich Rührei und Toast und verschlang es genüsslich.

„Danke, dass Tesla bei uns bleiben darf. Er soll sich selbst entscheiden, wo er bleiben möchte. Einsperren lässt er sich ohnehin nicht."

Halfdan zog Liv an sich und küsste sie. „Ich muss wieder in den Kommandoraum. Adelina will sich die Beweise noch einmal ansehen."

Sie stand auf, zog ihre Schuhe an, knöpfte ihre Bluse zu und nahm das Tablett. „Ich komme mit dir", sagte sie.

Als ich und Halfdan im Kommandoraum ankamen, erfuhren wir, dass die Teams bereits aufgebrochen waren. Ein Teil war auf dem Weg nach Rom, um Ragis Sippenhaus hochzunehmen, der Rest verteilte sich über die Verstecke der Verräter. Morgen Abend würden sie zeitgleich zuschlagen, und jedes Versteck sollte von einem Team ausgeräuchert werden.

Ich sollte morgen früh mit Halfdan, Alrik und Adelina nach Stockholm fliegen, um abends bei den Zugriffen vor Ort zu sein.

Ich beobachtete wie Adelina jede einzelne Karte berührte. Als sie alle Karten durch hatte, war sie zu dem Ergebnis gekommen, dass Magnus die Karten offenbar nicht berührt hatte. Adelina konnte wohl nur vereinzelt Bilder von Gebäuden sehen, aber sie spürte auch puren Hass, einen Hass, der vor allem auf Alrik und Halfdan gerichtet war.

Keine dreißig Minuten später waren die anderen in ihre Gemächer gegangen und ich war mit Halfdan allein zurückgeblieben. Ich stand neben ihm und beobachtete, wie er die Karten sortierte. Anscheinend ließ er in Gedanken noch einmal alles Revue passieren.

Ganz der Stratege, dachte ich.

Dann legte ich die Arme von hinten um ihn und schmiegte mich an ihn. Er griff meine Hände und drehte sich zu mir um. Ich lächelte ihn an. „Wie funktioniert dieses Teleportieren? Kannst du das auch mit mir zusammen machen?", fragte ich.

Er zog mich an sich, und im selben Moment verschwanden wir aus dem Kommandoraum und landeten direkt in seinem Schlafzimmer.

Ich sah mich im Zimmer um und lächelte ihn an. Er zog mich fester in seine Arme und küsste mich. Dann löste er sich von mir und griff nach dem obersten Knopf meiner Bluse. Er öffnete einen nach dem anderen und zog sie mir aus. Anschließend legte er Hand an meinen Büstenhalter und öffnete den Verschluss. Seine Hände glitten über meinen Bauch nach unten, wo er den Knopf meiner Hose öffnete, den Reißverschluss aufzog und sie mir inklusive Höschen auszog. Er hob mich hoch und trug mich zum Bett. „Heute werde ich dich massieren und mir viel Zeit damit lassen, jeden Zentimeter deines Körpers zu verwöhnen."

Er zog seinen Pullover aus. Mein Blick fiel auf eine kleine Flasche, die er aus der Seitentasche seiner Hose zog, bevor er sie auszog. Es war ein Massageöl.

„Leg dich auf den Bauch", sagte er.

Ich drehte mich auf den Bauch und Halfdan nahm auf meinen Schenkeln Platz.

Er öffnete das Fläschchen, goss sich etwas Flüssigkeit in die Handflächen und legte seine Hände auf meinen Rücken. Langsam verteilte er das Öl auf meinem Rücken und meinem Po. Er begann, jeden Zentimeter zärtlich zu kneten und abwechselnd zu küssen. Angefangen bei den Schultern, über meinen Hals, dem er besondere Aufmerksamkeit zukommen ließ, bis zu meinem Po, den er mit festem Griff durchknetete. Wellen der Lust überfluteten mich. Ich war Wachs in seinen Händen.

„Dreh dich um", sagte er und griff erneut zum Fläschchen. Dieses Mal ließ er das Öl direkt aus der Flasche über meine Brüste laufen. Mit beiden Händen verrieb er es auf meiner erhitzten Haut. Ich hatte die Augen halb geschlossen und wand mich unter seinen Berührungen.

Ausgiebig widmete er sich meinen Brüsten. Er küsste eine heiße Spur von meinem Nabel bis zu der empfindlichsten Stelle zwischen meinen Beinen, bei der er verblieb und mich ausgiebig verwöhnte. Anschließend drehte er mich erneut auf den Bauch, zog meine Hüften hoch und drang von hinten in mich ein. Während er sich rhythmisch in mir bewegte, überzog er meinen Hals mit Küssen und leichten Bissen. Er trieb mich in den Wahnsinn. Ich stöhnte heftig und krallte meine Finger ins Bettzeug.

Er verschlang seine Finger mit meinen und legte dann seine Lippen auf die empfindliche Stelle hinter meinem Ohr. Als er seine Zähne immer fester in mein Fleisch bohrte, flehte ich ihn an. „Tu es, Halfdan, beiß mich, bitte!" Das ließ er sich nicht zweimal sagen und bohrte seine Zähne in mein Fleisch und trank mein Blut in tiefen Zügen, bis wir gemeinsam zum Höhepunkt kamen. Erschöpft schlief ich in seinen Armen ein.

Magnus Mann im Heidelberger Sippenhaus hatte sich heute Morgen nicht gemeldet. In den Nachrichten sah er dann, warum. Eine seiner Villen war in Flammen aufgegangen und da wusste er, dass etwas gewaltig schiefgelaufen war. Ein Anruf von Ragi bestätigte seine Vermutung. Sie waren ihm auf den Fersen. Er hatte lange im Untergrund gelebt und in langer Vorbereitung die Vernichtung der Sippe geplant, da konnte er jetzt nicht riskieren, dass alles aufflog.

Magnus wusste von Loki, dass Alriks Schriftrollen in Toras Grab lagen. Also hatte Magnus dem Museumsleiter von Gamla Uppsala einen Hinweis zukommen lassen, wo er nach neuen Gräbern suchen sollte. Er wollte die Sippe aufschrecken, während er weiterhin die Strippen im Hintergrund zog. Dann war diese kleine Restauratorin Namens Adelina mit den psychometrischen Fähigkeiten aufgetaucht. Ein Götterkind, das Alrik mittlerweile zu seiner Gefährtin gemacht hatte. Wahrscheinlich hatte sie Magnus bereits anhand seines Briefes identifiziert. Und sie war es vermutlich auch gewesen, die ihnen Hinweise zu der Heidelberger Villa gegeben hatte. Seine Männer hatten gerade noch alle Beweis vernichten können.

Die Mutter von Adelina lebte jedoch nicht einmal eine Stunde von Heidelberg entfernt, und so hatte er sie heute Nachmittag in seine Heidelberger Wohnung bringen lassen. Die war so geheim, dass außer Ragi niemand wusste, wo sie lag. Jetzt hatte er wieder ein Druckmittel gegen Alrik und Halfdan in der Hand. Er hatte zu lange auf den Moment seiner Rache gewartet, um sich jetzt aufhalten zu lassen. Loki hatte ihn nicht umsonst gerettet und ihm damit eine Chance auf Rache gegeben.

Die Blutrose musste in seinen Besitz gelangen, dann würde er die Macht haben, Tagwandler zu erschaffen und die Sippe würde aufhören, in ihrer bisherigen Form zu existieren.

Magnus betrat das Zimmer, in das er Adelinas Mutter hatte bringen lassen. Draußen war es bereits dunkel, deshalb schaltete er das Licht an. Sie lag immer noch bewusstlos auf dem Bett. Er schüttelte sie, um sie zu wecken. Benommen öffnete sie die Augen, blickte sich um und versuchte, sich zu orientieren. Erschrocken sah sie ihn an und versuchte, sich aufzurichten.

„Was ist hier los?", fragte sie. „Wo bin ich? Was wollen Sie von mir?"

„Sie sind mein Druckmittel für Alrik. Er wird sich Sorgen machen, wenn er erfährt, dass die Mutter seiner geliebten Adelina verschwunden ist."

„Was, Liv ist verschwunden? Sie ist doch heute Morgen auf das Seminar gefahren. Was ist denn passiert, wo bin ich und was wollen Sie von mir?"

Er zog eine Augenbraue hoch und sah sie fragend an. „Wer sind Sie?", fragte er.

„Ich bin Elli, Livs Empfangsdame", sagte sie.

So ein Mist! Magnus fluchte laut. Er rief Gunnar und informierte ihn über seinen Fehler. Gunnar beteuerte ihm, dass sie allein in der Praxis gewesen war. Und da war er davon ausgegangen, dass sie Liv wäre.

Magnus beugte sich zu Elli, packte sie unsanft am Kinn. „Wie sieht Liv aus?"

Elli schüttelte den Kopf. „Ich werde Ihnen gar nichts sagen."

Magnus verstärkte seinen Griff. „Sie sollten kooperativ sein, sonst wird es Ihnen leidtun."

Sie schüttelte vehement den Kopf. „Nein, Ihnen sage ich gar nichts. Gehen Sie zum Teufel."

Ihre Weigerung fachte seine Wut noch mehr an, was zur Folge hatte, dass sich seine Pupillen verfärbten und die Fänge ausfuhren.

Jetzt starrte sie ihn panisch an. Magnus gab ihr einen mentalen Befehl und sie beschrieb ihm ohne Zögern, wie Liv aussah.

Kurzerhand riss er Ellis Kopf zur Seite und schlug seine Fänge in ihren Hals. Gierig trank er ihr warmes Blut und ließ erst beim letzten Schlagen ihres Herzens von ihr ab. Sie sackte vor ihm auf dem Bett zusammen.

Er wies Gunnar an, sie wegzuschaffen, verließ das Zimmer und ging in den großen Raum am Ende des

Ganges. Er trat ans Fenster und blickte über den Neckar auf ein Haus am anderen Ufer.

Die Zentrale!

Ellis Beschreibung von Adelinas Mutter hatte ihn überrascht, das hatte er nicht erwartet.

Er hatte die Frau aus Ellis Beschreibung heute hinter diesen Fenstern gesehen. Sie hatte am Fenster gestanden und eine Katze im Arm gehalten. Sie hatten Adelinas Mutter also bereits in Sicherheit gebracht. Wie er von Ragi erfahren hatte, waren auch Alrik und Adelina heute in Heidelberg eingetroffen. Er würde seine Strategie ändern müssen, wenn er nicht enttarnt werden wollte.

Als ich morgens das Wohnzimmer betrat, hatte Halfdan den Tisch bereits mit einem leckeren Frühstück gedeckt. Da standen Kaffee, frische Croissants, Butter und ein Glas meines Lieblingsgelees. Eine kleine Stärkung würde mir guttun, denn die Nacht mit Halfdan hatte mich einiges an Kraft und Blut gekostet. In gut einer Stunde würden wir uns auf den Weg nach Stockholm machen. Ich hatte darauf bestanden, Halfdan nach Stockholm zu begleiten. Schließlich wollte ich auch sehen, wo Adelina und Alrik lebten.

Nachdem ich gefrühstückt hatte, schlüpfte ich in eine hüfthohe Lederhose, einen schulterfreien schwarzen Pullover, zog meine Schnürstiefel an und schnappte mir meinen knielangen Ledermantel. Bevor ich das Zimmer verließ, verabschiedete ich mich noch von Tesla. Ellen, die Gefährtin von Matthias würde sich während unserer Abwesenheit um Tesla kümmern. Unverzüglich machten wir uns auf den Weg zum Stuttgarter Flughafen. Knapp eine Stunde später saß ich mit den anderen in Alriks Privatflugzeug und war auf dem Weg nach Stockholm.

Am Nachmittag war Halfdan mit den anderen im Stockholmer Sippenhaus angekommen. Nachdem alle auf die Gästezimmer verteilt worden waren, versammelte er alle im Gemeinschaftswohnzimmer um das weiteres Vorgehen zu besprechen.

„Die Frauen bleiben mit Elias und einem weiteren Mann im Haus", sagte Halfdan. „Wir teilen uns in zwei Teams auf, um getrennt zuzuschlagen. Meines für Gamla Uppsala, Alrik hier in Stockholm. Ich starte mit meinem Team sofort, während Alrik und sein Team eine Stunde später starten, da wir die Zugriffe zeitgleich starten müssen", sagte Halfdan und ging mit den anderen nach draußen.

Liv folgte ihm. „Bitte pass auf dich auf", sagte sie und küsste ihn zum Abschied.

„Mach dir keine Sorgen. Mich bringt nichts so leicht um", sagte er, küsste sie abermals und stieg dann in den Wagen. Er sah Liv im Rückspiegel und hoffte, dass der Einsatz erfolgreich verlaufen würde.

Halfdan fluchte, als sie bei der Adresse in Gamla Uppsala ankamen. „Verdammt, dieses Anwesen liegt nicht einmal fünf Kilometer Luftlinie von den Grabhügeln entfernt. Ich möchte nicht wissen, wie lange sie uns schon ausspionieren." Es gab ein Haupthaus und einen Anbau mit Garage. Er informierte Alrik über ihre Ankunft, und setzte einen Zeitpunkt fest, zu dem sie ihren Angriff starten würden.

Keine fünfzehn Minuten später hatte er den Wagen in sicherer Entfernung geparkt und sie schlichen querfeldein, immer näher an den Unterschlupf. Halfdan gab einem seiner Männer ein Zeichen, sich hinter dem Haus zu positionieren. Im Haus brannte Licht und in der Garage stand ein Geländewagen.

Schließlich gab er das Zeichen zum Zugriff. Fensterscheiben splitterten, und Türen flogen aus den Angeln. Die beiden Vampire hatten den Angriff nicht kommen sehen, da sie sich gerade an einer bewusstlosen Frau nährten.

Halfdan schnappte sich den größeren der beiden, riss ihn von der Frau weg, packte ihn am Kragen, und nagelte ihn mit seinem Messer am Boden fest. Der Blutsauger schrie auf und versuchte, sich aus seinem Griff zu befreien, was ihm jedoch nicht gelang. Ein anderer Huskarlar, Ragnar, schnappte hatte sich zwischenzeitlich den zweiten Mann geschnappt und setzte auch ihn außer Gefecht.

Ein weiterer Huskarlar kam ins Haus und berichtete Halfdan, dass der Anbau und die Garage sauber seien. Ein weiterer Mann blieb vor dem Haus, um es zu sichern. Halfdan sah nach der verletzten Menschenfrau, ihr war jedoch nicht mehr zu helfen, sie war bereits tot.

Während die anderen die Gefangen zum Wagen brachten, sah sich Halfdan im Rest des Hauses um. Er fand eine Treppe, die in den Keller führte. Langsam ging er die Stufen nach unten. Ihm schlug ein muffiger, feuchter Geruch entgegen, und noch etwas anderes lag in der Luft.

Der Duft von Blut!

Am Ende der Treppe lagen zwei Türen. Er drehte den Schlüssel der linken Tür und stieß sie auf. Es war stockdunkel im Kellerraum, durch seine vampirische Gabe konnte er jedoch ohne Probleme im Dunklen sehen. Er machte zwei Körper aus, die am Boden in der Ecke lagen. Zwei menschliche Frauen, geschwächt, aber am Leben. Er verließ den Raum und ging zur zweiten Tür.

Er drehte abermals den Schlüssel und öffnete die Tür. Der Geruch von Blut, gemischt mit

Wacholderduft stieg ihm entgegen. Er sah sich um. In der Mitte stand ein Bett, und auf dem Bett lag mit Ketten an den Rahmen gefesselt eine Frau. Er sog die Luft ein und wusste es sofort. Sie war kein Mensch. Er trat ans Bett und untersuchte sie. Sie war erst kürzlich gewandelt worden und sie hatte sich noch nicht genährt. Diese Frau war mehr tot als lebendig.

Wenn frisch Gebissene sich nicht rechtzeitig nährten, starben sie, denn die Wandlung war noch nicht vollständig vollzogen. Er befreite sie von ihren Fesseln, trug sie nach oben und legte sie auf eines der Sofas.

Sie war noch jung, höchstens zwanzig Jahre. Ihr rot-schwarz gefärbtes Haar war lang und gelockt. Ihre Haut blass und blutarm. Sie trug eine schwarze Lederhose und ein schwarzes zerrissenes Shirt.

Ragnar hatte die beiden Vampire mittlerweile in den Wagen verfrachtet, den er zuvor zum Haus gefahren hatte. Er trat nun zu Halfdan, fuhr sich durchs Haar und stieß einen Fluch aus.

„Sie ist sehr schwach, sie wurde nicht genährt", sagte Halfdan. „Im Keller befinden sich noch zwei menschliche Frauen, schwach, aber am Leben. Wir müssen sie mitnehmen. Diese hier wurde gewandelt, aber nicht getötet, vielleicht könnte sie sich für uns noch als nützlich erweisen."

Halfdan schickt Ragnar in den Keller zu den Menschenfrauen. Sie würden sie mitnehmen, ihre

Erinnerungen löschen und an einem Krankenhaus absetzen.

Die junge Vampirin verfrachtete Halfdan auf den Rücksitz ihres eigenen Autos. Im Sippenhaus würde sie eine Bluttransfusion bekommen. Sie musste sich erst einmal erholen und wieder zu Kräften kommen. Als Ragnar die beiden Menschenfrauen ebenfalls in den Wagen gesetzt hatte, fuhren sie zurück nach Stockholm.

Als sie wieder im Sippenhaus eintrafen, ließ Halfdan die Gefangenen in die Zellen im Keller bringen. Alriks Team hatte ebenfalls einen Widersacher festgesetzt.

Halfdan hatte Alrik bereits informiert, dass sie eine Vampirin gefunden hatten. Er brachte sie in einer Zelle im Keller unter, da sie in ihrem jetzigen Zustand viel zu unberechenbar war. Mit Liv hatten sie einen potenziellen Blutwirt im Haus. Nicht auszudenken, was passieren könnte, wenn die neu geschaffene Vampirin Livs Blut wittern würde und sie anfallen würde. Einer seiner Männer sollte sich um die Frau kümmern und ihr die dringend benötigte Bluttransfusion geben.

Keine zwei Stunden später hatte sich die junge Frau erholt und Halfdan ging mit Alrik in den Keller, um sie zu befragen.

„Ich bin Halfdan und das ist Alrik", sagte er. „Du brauchst keine Angst zu haben, du bist hier in Sicherheit."

„Ich heiße Vanja, wo bin ich hier?", fragte sie.

„Wir haben dich heute aus einem Keller befreit, in dem du anscheinend gefangen gehalten wurdest. Weißt du, wie lang du dort warst und wer dich dort eingesperrt hat?"

„Ich weiß es nicht genau, ein paar Tage, vielleicht waren es auch Wochen", sagte sie. „Ich hatte gerade Feierabend gemacht und den Laden geschlossen, als ich im Hinterhof überfallen wurde. Ich kann mich nur noch erinnern, dass sie mich betäubt haben und ich in diesem Keller aufgewacht bin. Der Mann, der mir das angetan hat, heißt Magnus. Er kam ein paar Tage hintereinander zu mir und wollte, dass ich ihm die Zukunft deute. Gerade so, als wolle er meine Fähigkeiten testen. Dann eines Abends kam er zu mir und sagte mir, dass er mich wandeln würde oder so etwas. Ich sollte ihm dabei helfen, irgendeine Rose ausfindig zu machen", sagte sie.

Halfdan fluchte.

„Dann … dann ist er über mich hergefallen", sagte Vanja. „Er war ein Vampir. Er schlug mir die Zähne in den Hals und trank mein Blut. Es war so schrecklich", sagte sie zitternd. „Er hat mich von seinem Handgelenk trinken lassen und dann hat er mich allein gelassen. Es kam mir vor wie eine Ewigkeit, und diese Schmerzen. Ich hatte so einen unglaublichen Hunger. Ich konnte die Frauen nebenan hören, und wenn die Männer zu ihnen kamen, hörte ich nur noch ihre Schreie. Es war so schrecklich."

„Er wollte, dass du ihm hilfst, eine Rose zu finden?", hakte Halfdan nach. „Du kannst in die Zukunft sehen, wie? Du hast nicht zufällig ein kleines rubinrotes Muttermal in Form einer Rune an deinem Körper?", fragte er sie.

Vanja sah ihn entsetzt an. Sie strich ihr Haar beiseite und hinter ihrem rechten Ohr konnte er die kleine rubinrote Rune erkennen. „Ich arbeite in einem kleinen Laden, in dem ich Karten lege und die Runen deute", sagte sie. „Ich bin sehr gut und treffe immer ins Schwarze mit meinen Deutungen."

„Du bist jetzt in Sicherheit, hier wird dir nichts passieren. Wir müssen diese Neuigkeiten unbedingt den anderen erzählen", sagte Halfdan zu Alrik.

Mittlerweile hatten Halfdan und die anderen sich im Gemeinschaftswohnzimmer versammelt, um den Einsatz der letzten Nacht zu besprechen.

„Die Zugriffe der Huskarlar in der letzten Nacht, sind größtenteils positiv verlaufen. Wir haben alle Verstecke auf den Karten hochgenommen und dennoch gab es einige katastrophale Rückschläge. In London, Paris und Vancouver sind vier unserer Sippenhäuser von den Verrätern angegriffen worden und in Flammen aufgegangen. Es gab mehrere Tote unter den Zivilisten", sagte Alrik. „Ragis Sippenhaus ist dem Erdboden gleichgemacht worden. Leider hatte er sich seiner Verhaftung entziehen können und ist untergetaucht."

„Wie ihr bereits wisst, haben wir unter anderem eine frisch gewandelte Vampirin befreit. Ihr Name ist Vanja", sagte Halfdan. „Wie sich herausgestellt hat, ist sie ein Götterkind. Sie sagt, Magnus hätte sie gewandelt, um von ihr den Aufenthaltsort einer Blutrose zu erfahren. Sie hat Magnus eindeutig identifiziert. Er steckt also hinter allem und Ragi ist sein verkommener Handlanger. Einen Hinweis auf Magnus' Aufenthaltsort haben wir jedoch nicht finden können, aber wir haben ihm einen schweren Schlag versetzt."

„Die Rose ist an einem sicheren Ort verwahrt", sagte Alrik. „Dennoch müssen wir die Sicherheitsvorkehrungen erhöhen. Es sollen mehr Zivilisten aus den Sippenhäusern in den Dienst der Huskarlar gestellt werden. Magnus ist geschwächt, jedoch nicht besiegt. Er wird es wieder versuchen und darauf müssen wir vorbereitet sein."

Magnus war außer sich. Er drückte das Gespräch weg und knallte das Handy an die gegenüberliegende Wand. Ragi hatte ihm gerade mitgeteilt, dass die Huskarlar gestern Nacht einige seiner Beobachtungsposten gestürmt hatten. Es war ein gezielter Angriff gewesen. Einige Sippenhäuser waren in Flammen aufgegangen und es hatte Tote gegeben.

Er ging zum Schreibtisch, nahm den Hörer ab und wählte die Nummer seines Mannes in Gamla Uppsala. Er nahm nicht ab!

Magnus fluchte und schlug den Hörer auf. Die Mistkerle hatten bestimmt Vanja geholt oder gar getötet. Er hätte die kleine Hexe mitnehmen sollen und sie zwingen sollen, ihm den Aufenthaltsort der Rose zu verraten.

Aber er hatte noch nicht verloren. Er hatte nur einen Rückschlag erlitten. Magnus hatte noch genügend Männer, die auf seinen Befehl zum Angriff warteten. Er war nicht so weit gekommen, um jetzt zu kapitulieren.

„Was weißt du über Elfen?", hörte er plötzlich eine Stimme hinter sich und fuhr herum.

Loki saß in einem der Sessel und hatte locker ein Bein über die Lehne gelegt.

„Meister, ich grüße euch", sagte Magnus und machte eine tiefe Verbeugung.

Loki wedelte mit der Hand und wies ihn an, sich aufzurichten. „Also, was weißt du über Elfen?", fragte er erneut.

„Sie haben heilerische Fähigkeiten, beherrschen die Naturkräfte und sind Herr über die Tierwelt, soweit ich weiß", sagte er.

„Nicht nur das", sagte Loki. „Sie sind Lichtgestalten, sind unsterblich, sie können Gedanken lesen und sich teleportieren", sagte er.

Magnus dachte über Lokis Worte nach. „Alrik kann sich als Einziger teleportieren ... die Rose ... sie enthält Elfenblut", sagte er.

„Genau", sagte Loki. „Und weißt du, wer sich neuerdings ebenfalls durch die Dimensionen bewegen kann und die Gedanken von Menschen und Vampiren lesen kann?".

Magnus antwortete nicht. Er wusste nicht, worauf Loki anspielte.

„Ich will dir etwas auf die Sprünge helfen. Die Mutter von Alriks Gefährtin ist eine Halbelfe, und da Halfdan sie gebissen hat, sind ihre Elfenfähigkeiten auf ihn übergegangen. Du musst sie in deine Gewalt bringen, sie beißen und die Elfenfähigkeiten gehen auf dich über", sagte Loki, mit einem teuflischen Lächeln auf den Lippen. „Dann wirst du in der Lage sein zu teleportieren. Du wirst die Rose holen und ihr Blut über die Dornen aufnehmen können. Erst durch die Verbindung von reinem Elfenblut und dem Blut von Nidhögg und Draugr, wirst du als Kind der zweiten Generation die Fähigkeit haben, am Tage zu wandeln. Und du wirst fortan wie Alrik die Macht haben, Tagwandler zu erschaffen. Entweder durch deinen Biss oder bei deinen Brüdern durch die Rose", sagte Loki.

Magnus lächelte. Seine Wut über die Angriffe schwand langsam.

Ich hatte es mir mit Ellen im Gemeinschaftswohnzimmer der Heidelberger Zentrale bequem gemacht und wartete auf Vanja. Die junge Vampirin war mit mir aus Stockholm nach Heidelberg gekommen. Sie hatte nicht recht gewusst, wohin mit sich und die Angst vor einer erneuten Entführung durch Magnus war groß.

Wir wollten nun bei einer von Vanjas Runensitzung dabei sein, um zu sehen, ob sie etwas Neues in Erfahrung bringen konnte.

Vanja mischte die Runen, nahm drei Steine und legte sie der Reihe nach aus. Wieder erhielt sie dieselbe Kombination wie das letzte Mal: Berkana, Peord und Kenaz!

„Berkana steht für das weibliche Prinzip der großen Mutter und unter anderem für die Göttin

Freya", sagte Vanja nachdenklich. „Peord, die Rune, die ich selbst trage, steht für Weissagungen, aber auch für das Schicksal, höhere Mächte und Geburt. Kenaz steht für die Kraft des Feuers, für Transformation und Regeneration und für das Feuer, das in einem brennt.".

„Was glaubst du, was das bedeutet?", fragte ich sie.

„Im Zusammenspiel von Vergangenheit, Gegenwart und Zukunft steht die erste Rune für Freya, für das Weibliche. Die zweite Rune steht hier eher für das Schicksal, für höhere Mächte, wie Weissagungen, vielleicht auch für eine Geburt. Die dritte Rune steht für die regenerierende Kraft des Feuers. Das Schicksal und das Feuer könnten auf Magnus hinweisen, aber die erste Rune ist für mich eindeutig weiblicher Natur. Entweder symbolisiert sie Freya oder es wird jemand kommen, der unser aller Schicksal in der Hand hat", sagte Vanja.

Nachdem Vanja die Runen Sitzung beendet hatte, war ich in meine Gemächer gegangen. Halfdan war noch mit den Männern bei einer Besprechung. Er hatte heute mit den verbliebenen Ratsmitgliedern telefoniert und seinen Wunsch kundgetan, mich zur Gefährtin zu nehmen. Nach einigen Überlegungen hatte ich mir eingestanden, dass ich nicht mehr ohne ihn leben kann.

Doch jetzt musste ich dringend meinen kleinen Vielfraß füttern und gegen ein paar Streicheleinheiten hatte Tesla sicher auch nichts einzuwenden. Ich richtete sein Essen und stellte es an seinen Platz.

Thunfisch ... sein Lieblingsessen.

Doch Tesla kam nicht.

Was ihm ganz und gar nicht ähnlich sah.

„Tesla", rief ich nach ihm. Doch nichts! Kein Tesla!

Ich ging zum Fenster und blickte hinaus in den dunklen Garten.

Das Fenster stand einen Spalt offen, sodass er nach draußen in den Garten hätte kommen können.

„Tesla", rief ich abermals.

Wieder nichts!

Ich öffnete die Tür und trat nach draußen in den Garten.

„Tesla, Baby, komm es gibt leckeren Thunfisch", rief ich und lief in Richtung des Pavillons. Plötzlich hörte ich ein Fauchen und aus der Dunkelheit löste sich ein männlicher Schatten. Ein kleines Bündel zappelte in seinen Armen, fauchte und schlug mit den Pfoten um sich.

„Tesla ... Lassen Sie ihn los", schrie ich, ging drei Schritte auf den Mann zu, blieb dann aber abrupt stehen.

Oh Gott, das ist Magnus, dachte ich. Ich erkannte ihn leicht anhand der Beschreibung, die Adelina mir gegeben hatte.

„Wenn du nicht willst, dass ich deinem kleinen Liebling den Kragen umdrehe, dann bist du ruhig und schreist nicht", sagte er und kam langsam auf mich zu.

Da erwischte Tesla ihn mit der Pfote direkt im Gesicht, woraufhin Magnus ihn fluchend losließ. Im selben Moment setzte Magnus an, war in einem Sekundenbruchteil bei mir und packte mich.

„Nein, lass mich los", schrie ich und versuchte mich zu wehren. Doch sein Griff war unnachgiebig.

Unsanft griff er mir ins Haar, riss meinen Kopf zur Seite und legte meinen Hals frei. Ich bekam nur ein zitterndes „Nein, bitte!", hervor.

„Das wird mir gleich unendliche Freude bereiten, meine Schöne", sagte er und biss zu.

Brutal schlug er die Zähne in mein Fleisch. Meine Beine sackten weg, doch er hielt mich mit eisernem Griff fest und trank mit gierigen Schlucken. Der Schock und die Schmerzen fuhren mir in die Glieder. Ich konnte nichts tun.

Er wird mich töten, dachte ich. Halfdan … Hilf mir! Doch dann wurde mir auch schon schwarz vor Augen und ich verlor das Bewusstsein.

Halfdan stand vor dem großen Tisch im Kommandoraum und hatte die Arme vor der Brust verschränkt. Sie besprachen gerade die Verteilung der Huskarlar auf die verbleibenden Häuser. Sie hatten einige Zivilisten ausgewählt, die zu den Huskarlar stoßen würden, als er plötzlich Livs Angst in seinen Adern spürte. Dann hallte ihre Stimme durch seinen Kopf.

Halfdan … Hilf mir!

„Liv! … Magnus", schrie er und verschwand im selben Augenblick. Er materialisierte sich ein paar Meter weg von ihr im Garten.

Sie lag auf dem Boden und sie da so liegen zu sehen, traf ihn mitten ins Herz. Er war sofort bei ihr und zog sie in seine Arme. Sein Blick fiel auf die tiefe Wunde an ihrem Hals. Ihr Atem war flach, sehr flach.

Im selben Moment stürmten Kristoffer und Matthias in den Garten.

„Er hat sie gebissen", sagte er. „Sie ist sehr schwach. Mir bleibt nicht mehr viel Zeit. Sucht ihn und informiert Alrik. Magnus wird bald die Macht haben zu teleportieren und Gedanken zu lesen. Die Rose, sie ist in Gefahr!", rief er, hob Liv hoch und trug sie ins Schlafzimmer. Vorsichtig legte er sie aufs Bett. Er hob die Hand, biss sich ins Handgelenk und hob ihr die blutende Wunde an die Lippen.

„Trink meine Liebste … Bleib bei mir", sagte er und presste seinen Arm fest gegen ihre Lippen.

„Trink … bitte, verlass mich nicht", flüsterte er ihr leise zu, dann bewegte sie die Lippen und begann zu trinken. Erleichtert zog er sie an sich.

Liv trank. Sie war gerettet. Sie würde leben.

Schließlich zog er seinen Arm zurück, beugte sich über sie und drückte einen zärtlichen Kuss auf die empfindliche Stelle an ihrem Hals, dann biss er zu und trank, um ihre Liebe zu besiegeln.

Ein weißes Licht explodierte direkt in Magnus' Kopf. Es riss ihn von der Elfe los und sie glitt zu Boden.

Ihr Blut schoss wie flüssige Lava durch seine Adern. Magnus taumelte zurück, in den Schatten der Mauer. Nur eine Minute später tauchte Halfdan aus dem Nichts auf, um der Elfe zu Hilfe zu eilen.

Halfdan war beschäftigt damit, sich um Liv zu kümmern. Magnus nutzte das, um zu verschwinden.

Es dauerte nicht lange, bis die Kräfte der Elfe in ihm erwachten. Magnus konzentrierte sich auf Alrik und die Blutrose. Er erfuhr, dass Alrik die Blutrose in einer türlosen Kammer unter seinem Sippenhaus verwahrte. Die Kammer konnte nur durch Teleportation betreten werden. Nach einigen Versuchen beherrschte Magnus die neue Fähigkeit und teleportierte sich zur Blutrose.

Er öffnete die Schatulle, nahm die Rose und schlug sich die Dornen tief ins Fleisch.

In diesem Augenblick erschien Alrik. Magnus grinste ihn an. Er hatte gewonnen.

Alrik wollte ihn anspringen, da streckte Magnus die Blutrose nach vorn. „Einen Schritt weiter und du siehst deine Gefährtin nie wieder", sagte er und machte Andeutungen die Rose zu zerstören. „Willst du das wirklich riskieren?"

Alrik blieb abrupt stehen.

„So ist es gut. Nun sind die Karten neu gemischt. Nun liegt alles in meiner Hand", sagte Magnus und ließ Alrik allein im Keller zurück.

Ende von Buch 2

Lokis Fluch der Unsterblichkeit

Feuer der Macht

Buch 3

Es herrschte reges Treiben auf dem mittelalterlich geschmückten Gelände in Grafenberg, einem Stadtteil von Düsseldorf. Vor den Bühnen der Musiker, Gauklern und Feuerjongleuren versammelten sich die Gäste in Erwartung der dargebotenen Shows. Langsam schlenderte ich über das Gelände des Mittelaltermarktes, sah mich um und genoss die abendliche Stimmung. Seit fünf Jahren trat ich mit einer Truppe auf diversen Mittelaltermärkten auf.

Dann durchfuhr es mich und ich erschauerte. Etwas Düsteres, Unheimliches hatte meinen Weg gekreuzt. Ich konnte ihn spüren, noch ehe ich ihn sah. Ein Mann, groß, ganz in Schwarz gekleidet, mit schwarzem, schulterlangem Haar. Er trug einen schmalen Kinnbart und war an der Lippe gepierct. Er war in Begleitung einer jungen Frau, hatte den Arm um ihre Hüften gelegt und kam direkt auf mich zu. Eigentlich sah er ganz normal aus, aber ich spürte, dass er anders und äußerst gefährlich war. Obwohl ich die Gefahr, die von ihm auszugehen schien, spürte, folgte ich ihnen.

An einen Stand mit mittelalterlichen Köstlichkeiten blieb die Frau stehen. „Ich habe Hunger", sagte die Frau und inspizierte die Auslage.

„Jetzt nicht. Ich habe auch Hunger, aber auf etwas ganz anderes. Komm jetzt", sagte er und zog sie vom Tisch weg.

„Bitte Magnus, ich sterbe vor Hunger", sagte sie und folgte ihm nur widerwillig in Richtung des Heerlagers. Etwas abseits des Lagers setzten sie sich an eine kleine Feuerstelle und fingen an, sich miteinander zu vergnügen.

Ich fand Deckung hinter einem Baum, als die Frau plötzlich einen Schrei ausstieß. Da es zu dunkel war und ich die beiden nicht genau erkennen konnte, konzentrierte ich mich auf die Flammen vor ihnen und fachte das Feuer an.

Er hatte sie auf seinen Schoß gezogen und küsste ihren Hals. Das dachte ich jedenfalls. Nein, er küsste ihren Hals nicht. Wie ein wildes Tier hatte er die Zähne in ihren Hals geschlagen. Leblos hing sie in seinen Armen. Ich sah wie sich das Blut über ihre Brüste ergoss, als er die Lippen von ihrem Hals löste. Sein Mund war blutverschmiert. Deutlich konnte ich die Fänge erkennen, die er noch kurz zuvor in ihren Hals geschlagen hatte.

Im selben Moment wurde ich durch eine Gruppe Besucher abgelenkt. Als ich wieder in Richtung des Lagerfeuers sah, waren beide verschwunden.

Oh mein Gott! Ein Vampir!", sagte ich. Ich war schockiert, aber nicht überrascht. Bereits seit meiner Kindheit besaß ich die Fähigkeit, Wesen wie Feen, Elfen oder dergleichen zu sehen. Meine Mutter hatte immer darüber gelacht, wenn ich ihr bei unseren Spaziergängen im Wald Feen oder Elfen hatte zeigen wollen.

„Kara … Kara, erzähl nicht immer solche Geschichten", hatte meine Mutter mich mit erhobenem Zeigefinger ermahnt. „Du hast eine viel zu lebhafte Fantasie, wo hast du das nur her?" Woher ich diese Fähigkeit hatte, wusste ich nicht, und sie ebenso wenig, da sie mich als Baby Adoptiert hatte.

Mit dreizehn Jahren war das Feuer in mir erwacht. Anders konnte man es nicht nennen. Ich war eine kleine Pyromanin, und Feuer zog mich geradezu magisch an. Ich begann mit Feuer zu jonglieren und stellte schnell fest, dass ich die Feuerbälle formen und ihre Größe gedanklich verändern konnte. Allein durch die Kraft meiner Gedanken konnte ich ein Feuer entfachen. Feuer konnte mir auch nichts anhaben. Nie hatte ich mir Verbrennungen zugezogen, trotz meiner vielen Jahre als Feuerkünstler auf allen möglichen Märkten. Und heute war ich meinem ersten leibhaftigem Vampir begegnet.

Erschöpft sagte ich der Truppe Bescheid und machte mich auf den Heimweg.

Schweißgebadet wachte ich auf und knipste das Licht an. Ich hatte einen fürchterlichen Albtraum gehabt. Von Alrik, einem Wikinger, der von Loki verflucht wurde und durch eine Blutrose zu einem Vampir wurde. In einem schrecklichen Blutbad war er über seine ganze Mannschaft hergefallen. Nur einige seiner Männer hatten überlebt und folgten ihm fortan als seine Sippenbrüder.

Ich sah auf die Uhr. Erst halb drei durch. Ich stand auf, ging in die Küche und holte mir ein Glas Wasser.

Die Begegnung mit diesem Magnus hat mich ganz schön mitgenommen, wenn ich gleich solch einen Albtraum bekomme, dachte ich und legte mich wieder ins Bett.

Nach einer mehr oder weniger schlaflosen Nacht stand ich auf, machte mir Kaffee und zog mich dann in mein Arbeitszimmer zurück. Ich arbeitete als selbstständige Goldschmiedin und vertrieb meine Schmuckkollektion im Internet und auf diversen Mittelaltermärkten. Heute allerdings musste ich noch ein paar dringende Kundenaufträge erledigen. So machte ich mich an die Arbeit und dachte nicht weiter über den Traum nach.

Nachdem alle Aufträge erledigt waren, machte ich es mir vor dem Fernseher gemütlich und fiel in einen tiefen Schlaf:

Hastig eilte ich den schmalen Weg, der um die Hügelgräber führte, entlang. Ich wagte nicht, mich umzusehen, denn ich wusste, Vampire waren mir auf den Fersen und sie hetzten mich wie ein Reh bei der Jagd.

Plötzlich erschien eine rothaarige Frau vor mir, die mir ein Zeichen gab zu ihr zu kommen. „Komm Kara, folge mir. Ich bin Adelina, Alriks Gefährtin. Bei Alrik und Halfdan bist du in Sicherheit. Nichts wird dir geschehen", rief sie mir zu. Ich rannte auf sie zu und gerade als ich bei ihr ankam, erscheinen wie aus dem Nichts verschiedene Männer hinter ihr und griffen die Vampire an, die mir auf den Fersen waren. Einer von ihnen war Alrik, das wusste ich, auch wenn ich nicht wusste, woher.

Unsanft wurde ich aus dem Schlaf gerissen. Ich musste mich erst einmal orientieren, um zu begreifen, wo ich war. Verwirrt blickte ich mich um und stellte fest, dass ich auf dem Sofa im Wohnzimmer lag.

„Verdammt noch Mal, was soll das?", sagte ich. „Schon wieder Vampire."

Benedikt betrat den Kommandoraum, in dem sich Halfdan und die anderen Heidelberger Huskarlar versammelt hatten.

Er war erst vor ein paar Wochen vom Londoner Sippenhaus in die Zentrale nach Heidelberg gezogen. Er war dem Aufruf der Räte gefolgt, sich Halfdan und seinen Huskarlar anzuschließen. Benedikt war Esters und Elias' Sohn, die bei Alrik im Stockholmer Sippenhaus lebten. Als Nachkomme eines Götterkindes hatte er die magischen Fähigkeiten seiner Mutter übernommen. Ester beherrschte das Gedankenlesen und hatte ihrem Sohn diese Gabe in ähnlicher Form übertragen.

Benedikt war ein Blutleser. Er konnte Gefühle, Empfindungen und Erinnerungen im Blut anderer lesen. Seine Gabe funktionierte bei Menschen wie Vampiren gleichermaßen. Laut Halfdan war er eine Bereicherung für die Verhöre. Was Halfdan nicht in den Gedanken der Inhaftierten lesen konnte, konnte Benedikt in deren Blut lesen.

Mit seiner Hilfe hatten sie bei der Befragung eines Gefangenen ein weiteres Verräternest ausfindig gemacht, das sie heute Nacht hochnehmen wollten. Deshalb wollten sie ihre Strategie für die heutige Nacht besprechen.

Magnus dreister Überfall auf Liv war nun ein paar Monate her. Seit er im Besitz der Rose war, war es zu heftigen Kämpfen gekommen. Magnus' Männer hatten Sippenhäuser überfallen, Zivilisten getötet und die Sippenhäuser zum Teil niedergebrannt. Die Huskarlar hatten ihrerseits weitere Verstecke von Magnus Männern ausgeräumt.

Die Räte hatten aufgrund der Kämpfe gravierende Veränderungen bezüglich einiger Sippenhäuser beschlossen. Sollvar hatte das letzte verbliebene Sippenhaus in Paris aufgegeben und war mit seiner Sippe nach London zu Einar gezogen. Dort gab es jetzt nur noch zwei große Sippenhäuser, die gemeinsam bewacht wurden. Die Mitgliederzahl der Huskarlar war drastisch erhöht worden, um den Häusern besseren Schutz zu gewähren.

Gegen Mitternacht würden sie zuschlagen und einen weiteren Sitz von Magnus' Männern plattmachen.

Mit schweren Gliedern quälte ich mich aus dem Bett und setzte Kaffee an. Knapp drei Monate waren seit meiner Begegnung mit Magnus vergangen. Seit jenem Tag träumte ich Nacht für Nacht von Vampiren. Die Träume waren so intensiv und realistisch, dass ich Zeichnungen von den Vampiren und den Häusern, in denen sie lebten, anfertigte. Da waren Alrik, der Anführer der Vampirsippe, und seine Gefährtin Adelina. Halfdan, der Sicherheitchef der Vampirsippe, und seine Gefährtin Liv, die mit ihm in der Zentrale der Huskarlar in Heidelberg lebte. Von dort aus führten Halfdan und seine Männer einen erbitterten Krieg gegen Magnus und seine Männer.

Anhand der detaillierten Träume war ich sogar dazu in der Lage gewesen, einige der Heidelberger Häuser im Internet zu finden. Die Zentrale befand sich unweit der alten Brücke oberhalb des Neckars in einem großen alten Herrenhaus. Während das Sippenhaus sich auf der anderen Neckarseite, nicht weit von der Zentrale entfernt, in einer schönen Villa mit Barockgarten im Westen der Stadt befand. Ich träumte noch von weiteren Häusern in Heidelberg, doch über diesen Träumen lag meist ein dunkler Schleier.

Ich schenkte mir eine Tasse Kaffee ein, nahm meinen Zeichenblock, setzte mich an den Küchentisch und begann zu zeichnen.

Langsam nahm das Bild Gestalt an. Langes schwarzes Haar umrahmte sein markantes Gesicht. Hinter sinnlich vollen Lippen zeigten sich zwei spitze Fänge. Seine dunklen, gequälten Augen jedoch zogen mich regelrecht in ihren Bann. Ich betrachtete das Bild und konnte seinen Schmerz regelrecht spüren. Zum ersten Mal hatte ich von ihm geträumt. Benedikt, hallte es durch meine Gedanken.

Benedikt ging unruhig in seinem Zimmer auf und ab. Sein Schädel schmerzte. Jedes Mal, wenn er sich nährte oder seine Gabe einsetzte, folgten gnadenlose Kopfschmerzen, die seinen Schädel zu spalten schienen. Die vielen Verhöre der letzten Wochen hatten ihm zugesetzt. Doch es hatte auch etwas Gutes. Die Überfälle von Magnus' Männern auf die Sippenhäuser hatten nachgelassen. Insgeheim war es ruhiger um Magnus geworden. Sie wussten allerdings immer noch nicht, wo er sich aufhielt. Eines jedoch wussten sie, Magnus würde nicht untätig herumsitzen. Er würde seine Armee von Tagwandler schaffen, da waren sie sich sicher, und dann würde er gnadenlos zuschlagen.

Jetzt allerdings wollte Benedikt nur noch den bohrenden Schmerz aus seinem Schädel bekommen. Und es gab nur ein Mittel dies zu bewerkstelligen. Das Einzige, was ihm jetzt half, war Stille. Nur die Stille der Natur konnte ihm jetzt Linderung verschaffen.

Gedankenverloren lag ich in meinem Bett und ließ den Traum von letzter Nacht Revue passieren. Ich hatte, wie so oft in letzter Zeit, von Benedikt geträumt. In den letzten Wochen hatte ich viel über Benedikt erfahren und mittlerweile auch Gefühle für ihn entwickelt. Ich wollte herausfinden, ob die Vampire und vor allem Benedikt wirklich existierten oder ob sie nur Hirngespinste waren. Magnus zumindest war sehr real gewesen.

So beschloss ich nach Heidelberg zu fahren und meinen Träumen auf den Grund zu gehen.

Gegen vierzehn Uhr erreichte ich Heidelberg. Mein Navi lotste mich in die Weststadt, zu dem Hotel, in dem ich mich eingemietet hatte. Ich hatte Glück und erwischte eine freie Lücke direkt vor dem Eingang.

Mein Zimmer war hübsch eingerichtet und verfügte neben einem eigenen Bad auch über eine kleine Kochnische. Ich ging nach unten, um meine Sachen zu holen, packte aus und machte mich etwas frisch.

Für heute hatte ich mir vorgenommen, mir etwas die Altstadt anzusehen. Mein Hotel lag sehr zentral, zur Altstadt und zum Heidelberger Schloss waren es ungefähr dreißig Minuten Fußmarsch. Ich schnappte mir meine Sachen und machte mich auf den Weg in die Altstadt.

Dort angekommen, setzte ich mich in ein Café und genoss das rege Treiben in den Gassen. Es war ein herrlich warmer Sommertag, die Sonne schien, und ganz Heidelberg schien auf den Beinen zu sein.

Anschließend machte ich mich auf zur alten Brücke. Ich war fasziniert von dem mittelalterlichen Brückentor und seinen Doppeltürmen. Begeistert schoss ich einige Fotos.

Dabei fiel mein Blick auf ein mir wohlbekanntes Haus auf der anderen Uferseite. Die Zentrale der Huskarlar. Das alte Herrenhaus lag etwas oberhalb des Neckars am Fuße des Heiligenbergs. Ich stellte mich in eine der Brückennischen, kramte meinen Zeichenblock hervor und fertigte eine neue Zeichnung an.

Eine Stunde später machte ich mich auf den Rückweg zum Hotel. Unterwegs steuerte ich noch einen Supermarkt an, um die wichtigsten Lebensmittel zu besorgen. Da es erst kurz nach achtzehn Uhr war und ich noch gut drei Stunden Tageslicht hatte, beschloss ich, doch noch auf den Heiligenberg zu fahren. Dort gab es einige Sehenswürdigkeiten, die ich mir ansehen wollte.

Unterhalb des Waldparkplatzes gab es die Ruine des Stephansklosters mit dem Heiligenbergturm und dem sagenumwobenen Heidenloch. Es gab Überreste eines keltischen Ringwalls, und vorbei an der Waldschenke ging es hinauf zur Thingstätte, die im Jahr 1935 erbaut worden war. Doch der wahrhaft magischste Ort befand sich oberhalb der Thingstätte bei den Überresten des im Jahre 1023 gegründetem

Michaelsklosters, dessen erste Erwähnung jedoch bis ins 9. Jahrhundert zurückging. Dort fanden sich Überreste eines römischen Mercuriustempels und einer keltischen Siedlung mit alter Kultstätte.

Schnell schlüpfte ich in meine Trainingsklamotten, packte eine Decke, Wasser und ein paar Kerzen in meinen Rucksack und machte mich auf den Weg. Kurze Zeit später lenkte ich meinen Wagen auf den Parkplatz unterhalb der Thingstätte.

Ich stieg aus, nahm meine Sachen und machte mich auf den Weg. Er führte direkt durch die Thingstätte über unzählige Stufen nach oben auf eine kleine Anhöhe, in der umringt von alten Bäumen die Klosterruine lag. Ich hatte mir nicht zu viel versprochen. Die Anlage war traumhaft und von enormer Größe. Auf der Westseite gab es zwei begehbare, achteckige Türme. Die Überreste der Krypta enthielten alte Grabsteine und Platten. Zudem gab es einen begehbaren unterirdischen Teil in der Krypta. Die Umrisse des Altarraums und etliche Mauern waren noch gut erhalten.

Ich zog meinen Fotoapparat aus der Tasche, schoss ein paar Bilder und versuchte die Magie des Ortes einzufangen. Wenn es ein Tor zur Anderswelt gab, musste es hier oben liegen. Nachdem ich mir alles angesehen hatte, kletterte ich über Mauerreste zu den Überresten der Krypta und machte es mir dort bequem. Dieser Ort war wirklich fantastisch und enorm energiereich. Da ich mittlerweile allein in der

Klosterruine war, beschloss ich, einige meiner Tai-Chi-Übungen zu machen. Ich liebte es, mich auf diese Weise zu entspannen und meine Energien wieder aufzuladen.

Wieder trieb es Benedict nach draußen. Jede Nacht verbrachte er Stunden auf dem Heiligenberg. Es half ihm, abzuschalten und einen klaren Kopf zu bekommen, vor allem, wenn er seine Gabe eingesetzt hatte. Die alten Energien dort oben füllten seine Akkus auf und verdrängten die Schmerzen.

Er liebte die Einsamkeit und Stille, die ihn dort umgab. Die meisten Menschen verschwanden noch vor Sonnenuntergang vom Berg, und die wenigen Nachtschwärmer, die sich ab und zu dort aufhielten, störten ihn nicht weiter. Als Kind der dritten Generation konnte er sich nachmittags ohne Probleme ein paar Stunden in der Sonne aufhalten. Am liebsten ging er noch vor Sonnenuntergang auf den Berg.

Doch heute Abend war er nicht allein.

Er hatte ihre Anwesenheit bereits gespürt, noch ehe er die Wälder unterhalb der Thingstätte durchquert hatte. Es war zweifelsfrei eine Frau, wie er bereits am Duft ihres Blutes erkennen konnte.

Er sog die Luft ein.

Es war ein ganz besonderer Duft, nach Sandelholz und würzigem Eibenholz. Sie hatte sich seinen Lieblingsplatz oben auf der alten Krypta ausgesucht und vollführte gerade eine Abfolge von Tai-Chi-Übungen.

Ihre Bewegungen waren anmutig und elegant. Sie hatte jeden Muskel ihres perfekt geformten Körpers unter Kontrolle. Ihr schwarzes Haar fiel ihr in sanften Wellen bis weit über die Schultern auf ihre alabasterfarbene Haut. Ihre Oberarme zierten einige Tattoos, auch am oberen Rand ihres Trägershirts konnte er Tätowierungen erkennen. Die Augen und Lippen hatte sie tiefschwarz geschminkt, aber ihre aquamarinblauen Augen waren es, die ihn erschaudern ließen.

Plötzlich hielt sie inne und blickte sich um, gerade so, als könne sie ihn spüren. Sie griff nach ihrem Rucksack und zog zu seiner Verwunderung ein Saxmesser hervor. Sie zog die Klinge aus ihrer Lederscheide und führte ihre Übungen nun mit Messer fort.

Gerade so, als wollte sie sagen: Komm … Probiere es, greif mich an!, dachte er. Fasziniert beobachtete er die kleine Kriegerin, bis sie ihre Übungen beendete und sich im Schneidersitz auf dem blanken Stein niederließ.

Es war bereits dunkel, nur die schmale Mondsichel zeichnete sich vom Firmament ab. Sie legte das Messer griffbereit in ihren Schoß, zog sich ihre Jacke über und nahm ein paar Kerzen aus der Tasche, die sie entzündete. Sie zog einen Block aus ihrer Tasche und schien Notizen zu machen oder zu zeichnen. Nach gut einer Stunde packte sie ihre Sachen zusammen und machte sich auf den Rückweg.

Sie hat ihren Wagen bestimmt unten geparkt, dachte Benedict.

Demonstrativ hielt sie ihr Sax den ganzen Rückweg über in der Hand und schritt leichten Fußes über die Treppen nach unten.

Er hatte richtig vermutet. Es stand nur noch ein Wagen auf dem Parkplatz, und diesen steuerte sie an. Sie warf ihre Sachen auf den Beifahrersitz, stieg ein und fuhr los. Am Kennzeichen erkannte er, dass sie nicht von hier war. Er folgte ihr durch das nächtliche Heidelberg, bis sie in die Tiefgarage eines Hotels einbog, das nicht einmal zwei Straßen vom Heidelberger Sippenhaus entfernt lag. Er blieb noch einige Zeit in der Nähe ihres Hotels und kehrte dann in die Zentrale zurück, wo bald ein weiterer Einsatz gegen Magnus und seine Männer starten würde.

Aber seine Gedanken waren heute nicht bei seinen Brüdern, sondern bei der kleinen Kriegerin. Irgendetwas stimmte nicht mit dieser Frau. Konnte es sein, dass sie ihn gespürt hatte? Er wusste es nicht, aber er würde der Sache auf den Grund gehen.

Schnell schloss ich die Tür zu meinem Hotelzimmer und lehnte mich mit dem Rücken dagegen. Ich konnte ihn immer noch spüren, er war mir irgendwie zum Hotel gefolgt und er war immer noch da draußen. Ich hatte ihn schon beim Kloster gespürt, aber er hielt Abstand und schien mich nur zu beobachten. Es war ein komisches Gefühl, seine Anwesenheit zu spüren.

Seit gut zwei Jahren machte ich Tai-Chi. Ich konnte mich verteidigen und ich hatte gelernt, ein Schwert zu führen. Aus meinen Träumen wusste ich, dass Vampire durch Enthauptung getötet werden konnten. Doch ich wusste auch, dass nicht alle Vampire böse waren und ich hoffte, dass dieses Exemplar da draußen mich heute Nacht in Ruhe lassen würde. So legte ich mich mit meinem griffbereiten Sax ins Bett und schlief erschöpft ein.

Am nächsten Morgen klingelte der Wecker meines Handys und hieß mich an, aufzustehen und Frühstücken zu gehen. So stieg ich aus dem Bett, ging unter die Dusche und zog mich an. Ich entschied mich für einen langen schwarzen Rock, eine schwarze, bauchfreie Bluse und eine dünne Jacke. Ich ging nach unten in den Frühstücksraum und nahm ein leichtes Frühstück und Kaffee zu mir. Nebenbei schrieb ich

Notizen zu meinem letzten Traum in mein Buch. Ich hatte von einem weiteren Überfall auf eine Gruppe verfeindeter Vampire geträumt, den die Truppe aus der Heidelberger Zentrale durchgeführt hatte.

Für heute hatte ich mir vorgenommen, mir die Häuser der Vampire genauer anzusehen. Ich wollte ein paar Fotos schießen und die ein oder andere Zeichnung anfertigen. Nach dem Frühstück machte ich mich auf den Weg zum Sippenhaus, das nicht einmal dreihundert Meter von meinem Hotel entfernt lag. Unauffällig schoss ich ein paar Bilder von der schönen Villa und ihrem prunkvollen Barockgarten. Der Zugang zum Haus wurde durch ein Sicherheitssystem geregelt und dennoch war alles völlig unauffällig. Ich streckte meine Fühler aus und empfing leichte Schwingungen. Es hielten sich definitiv Vampire im Haus auf, doch sehen konnte ich niemanden.

Anschließend machte ich mich auf den Weg zum Heidelberger Schloss. Wenn ich schon hier war, musste ich mir unbedingt dieses herrliche Schloss ansehen. Ich konnte ja nicht nur Vampiren hinterherjagen.

Nach der Besichtigung des Schlosses und des angrenzenden Renaissancegartens setzte ich mich auf die Schlossmauer, die direkt zur Neckarseite hin lag. Mein Blick fiel auf die Zentrale, die auf der anderen Seite des Neckars lag. Ich schoss ein paar Fotos.

Unwillkürlich musste ich an Benedikt denken und ein wohliger Schauer durchfuhr mich. Ich konnte es gar nicht erwarten Fotos von der Zentrale zu machen. Was würde ich in ihrer direkten Nähe fühlen? Würde ich ihre Anwesenheit spüren? Die Zentrale war wesentlich größer als das Sippenhaus und ich wusste, dass die Huskarlar Soldaten waren. Was würden sie mit mir machen, wenn sie mich erwischen würden? Ich wollte gar nicht daran denken.

Mittlerweile war ich hungrig und beschloss etwas essen zu gehen. Ich setzte mich in ein kleines Restaurant und genoss ein leckeres Mittagessen. Anschließend ging ich am Neckarufer entlang in Richtung der alten Brücke. Kurz vor der Brücke kam ich an einem Haus vorbei und bekam schon beim Anblick des Hauses ein ungutes Gefühl. Unwillkürlich rieb ich mir die Oberarme, um die plötzlich auftretende Kälte zu verdrängen. Irgendetwas kam mir an diesem Haus bekannt vor. Ich hatte das Gefühl, als würde ich es aus meinen Träumen kennen. Doch ich konnte es nicht zuordnen. Ich schoss ein paar Fotos und machte eine schnelle Skizze davon und ging dann weiter in Richtung der Zentrale. Ich überquerte die alte Brücke und ging die kleine, steile Straße hinauf, die zur Zentrale führte. Herrliche alte Bäume säumten den Weg. Die alten Mauern waren mit Efeu überwuchert. Kleine Gassen und Nischen gingen von den Seiten ab. Die Zufahrtsstraße zum Haus war auch hier abgesperrt und abgesichert. Es gab nur eine kleine Nische, in der eine verfallene Treppe nach oben führte, deren Benutzung jedoch für Unbefugte verboten war. Ich schoss einige Fotos. Da mir Bäume und Büsche allerdings die Sicht versperrten, konnte ich nur Teile des Anwesens fotografieren. Ich konnte niemanden hinter den Fenstern sehen, aber ich spürte deutlich die Anwesenheit von Vampiren. Deshalb zog ich mich schnell zurück und machte mich auf den Weg zurück in mein Hotel. Dort angekommen packte ich meinen Rucksack und mich direkt zum Heiligenberg.

Benedict wusste, dass sie heute in der Nähe der Zentrale gewesen war. Deutlich hatte er ihren Duft wahrgenommen. Und ein Blick aus dem Fenster hatte es bestätigt, sie war da. Sie hatte ein paar Fotos vom Haus geschossen und war dann davongeeilt.

Er hoffte, dass sie heute Abend wieder auf dem Berg sein würde, und so machte er sich kurz vor Sonnenuntergang auf den Weg. Durch die Wälder fand er seinen Weg, es dämmerte bereits, und noch ehe er bei den Klosterruinen angekommen war, wusste er es.

Sie war da!

Sie hielt sich auf der westlichen Seite unterhalb des Turmes auf. Dort gab es eine Feuerstelle, in die sie gerade zusammengetragenes Holz stapelte. Sie kniete nieder, blickte sich nach allen Seiten um, starrte auf den Holzhaufen, und im selben Moment loderte wie von Geisterhand ein Feuer auf.

Benedict erstarrte. Er versuchte zu begreifen, was er gerade gesehen hatte. Hatte sie das Feuer mithilfe ihrer Gedanken entzündet oder war ihm entgangen, dass sie einen Brandbeschleuniger benutzt hatte?

Dann ging sie zu ihrem Rucksack und zog zwei Feuerpois heraus. Sie hielt die Bälle direkt ins Feuer, um sie zu entzünden. Er hätte schwören können, dass sie dabei in seine Richtung blickte und lächelte, ehe sie sich umdrehte und schwungvoll die Feuerkugeln kreisen ließ. Formvollendet vollzog sie verschiedene Figuren und tauchte die Umgebung damit in ein mystisches Licht. Ihre Bewegungen waren ebenso anmutig wie in der letzten Nacht. Sie beherrschte die Pois perfekt. Sie schien nicht von dieser Welt zu sein, und dennoch war sie menschlich.

Ich wusste, dass er da war, und ich konnte nicht umhin, in seine Richtung zu blicken und ihn wissend anzugrinsen. Ich machte meine Übungen und konnte seine Blicke förmlich auf mir spüren. Als die Pois erloschen waren, legte ich sie beiseite und setzte mich ans Feuer. Ich legte ein paar Äste nach und frage mich, wer er war? Dann löste sich einen Schatten aus der Dunkelheit und er trat in den Schein der Flammen.

Ich erkannte ihn.

Es war Benedikt. Der Benedict aus meinen Träumen.

Für einen Augenblick schien mein Herz stillzustehen. In natura sah er sogar noch besser aus. Er war groß, schlank und sein Haar reichte ihm fast bis zur Hüfte. Er trug einen eleganten schwarzen Gehrock, darunter eine graue Rüschenbluse und eine schwarze Samthose, die an den Seiten geschnürt war, dazu Stiefel. In seinem Outfit sah er aus, als hätte er die Barrieren der Zeit durchquert. Jetzt trennte uns nur noch das Lagerfeuer voneinander.

Er deutete eine elegante Verbeugung an. „Darf ich mich setzen?", fragte er.

Ich nickte ihm zu, und als er sich setzte, griff ich ohne Hektik meinen Rucksack und zog ihn zu mir.

Er grinste mich an. „Du brauchst dein Sax nicht, ich werde dir nichts tun."

„Das kann sein", sagte ich. „Ich fühle mich aber sicherer damit, denn ich weiß, wer du bist, und vor allem, weiß ich, was du bist", sagte ich und fluchte innerlich über mein loses Mundwerk.

„Du weißt, wer ich bin?", fragte er und sah mich nachdenklich an.

Was sollte ich ihm sagen? Sollte ich mit offenen Karten spielen und ihm sagen, dass ich seit geraumer

Zeit von Vampiren träumte? Er wusste von meinem Saxmesser, also war er es, der gestern Abend hier gewesen war, und er war es dann auch gewesen, der mir zum Hotel gefolgt war.

„Ja, ich weiß, wer du bist", sagte ich. „Du bist Benedikt. Ich bin Kara. Du wohnst mit den anderen in dem großen Anwesen am Hang über dem Neckar, das ihr Zentrale nennt. Ich weiß, wer ihr seid und was ihr seid. Aber ich weiß nicht, warum ich das alles weiß und warum ihr mich seit Monaten in meinen Träumen verfolgt", sagte ich.

„Du träumst von uns?", fragte er. „Was weißt du, und wieso warst du heute bei der Zentrale und hast Fotos gemacht?"

„Du weißt, dass ich da war?", fragte ich ihn. „Meine Träume begannen vor etwas drei Monaten, nachdem ich meinem ersten leibhaftigen Vampir begegnet war. Ich habe ihn gespürt, noch ehe ich ihn sah. Seine Präsenz war böse und voller Hass. Es war auf einem Mittelaltermarkt. Er hatte eine junge Frau im Schlepptau, und etwas abseits vom Lager hat er sie dann gebissen. Seit diesem Tag träumte ich von Wikingern, die zu Vampiren wurden und sich gegenseitig bekämpfen. Seit ein paar Wochen träume ich auch von dir. Du bist erst kürzlich nach Heidelberg gekommen, und ich weiß auch über deine Gabe Bescheid, ich weiß, wie sie dich quält", sagte ich und sah ihn betroffen an.

„Dieser erste Vampir", fragte er, „weißt du, wer er war?"

Ich nickte. „Magnus ... sein Name war Magnus."

Er stand fluchend auf und kam zu mir herüber. „Das müssen wir Halfdan erzählen, vielleicht hast du neue Anhaltspunkte über Magnus für uns", sagte er und reichte mir die Hand.

Ich blickte seine Hand an, als wäre er ein Aussätziger. „Was ... ich soll in die Zentrale mitkommen?", fragte ich. „Nein, vergiss es, ich gehe doch nicht in die Höhle des Löwen", sagte ich und schüttelte vehement den Kopf.

„Sie werden dir nichts tun, ich werde auf dich aufpassen", sagte er, nahm meine Hand, zog mich hoch und direkt in seine Arme. Sein Gesicht war nicht einmal eine Handbreit von meinem entfernt.

Mir schlug das Herz bis zum Hals, als er plötzlich seine Lippen auf die meinen presste.

Sein Kuss war weich und warm, und als er die Lippen von den meinen löste, sah er mir tief in die Augen. „Dir wird nichts passieren, ich verspreche es dir."

Ich atmete schwer aus und legte meine Stirn an seine Schulter. „In Ordnung, ich komme mit dir", sagte ich. „Ich bin schließlich nach Heidelberg gekommen, um hinter das Rätsel meiner Träume zu kommen."

Er löste seine Umarmung und begann, das Feuer zu löschen, während ich rasch meine Sachen zusammenpackte. Gemeinsam gingen wir zu meinem Auto und fuhren zur Zentrale.

Die kurze Fahrt kam mir vor wie eine Ewigkeit. In meiner Magengegend zog sich alles zusammen, und ich hoffte, dass es kein Fehler gewesen war, mit ihm zu gehen. Irgendwie wusste ich aber, dass er mir nichts tun würde. Zumindest hoffte ich es, denn wenn ich ehrlich war, empfand ich etwas für ihn. Schon als ich das erste Mal von ihm geträumt hatte, hatte ich mich wahrscheinlich in ihn verliebt. Und jetzt saß ich neben ihm und lenkte meinen Wagen hoffentlich nicht in mein Verderben. Ich bog in die kleine Straße ein, die zum Anwesen führte. Er drückte auf den Knopf einer Fernbedienung und öffnete mir das Tor. Ich fuhr direkt nach oben, stellte das Auto abseits der Garagen ab und stieg aus.

Er ergriff meine Hand und führte mich zur Tür. Am Eingang gab er einen Code in die Zugangskontrolle ein, die Tür öffnete sich, und wir gingen hinein. Benedikt führte mich ins Wohnzimmer, und wie ich verblüfft feststellen musste, sah alles genauso aus wie in meinen Träumen. Er ging zum Telefon und wählte eine Nummer.

„Komm ins Wohnzimmer, ich habe Neuigkeiten über Magnus", sagte er knapp und legte auf.

Keine fünf Minuten später ging die Tür auf und ein großer Mann mit langem rotblondem Haar und wild aussehendem Bart kam herein.

Ich wusste, dass das Halfdan war. Genauso hatte ich ihn gesehen und gezeichnet. Hinter ihm betrat eine Frau das Zimmer, auch sie erkannte ich. Es war Liv, seine Gefährtin.

Halfdan sah mich misstrauisch an. „Was für Neuigkeiten hast du?", richtete er das Wort energisch an Benedikt. „Und wieso hast du eine Fremde mit in die Zentrale gebracht?" Sein Tonfall ließ mich ein paar Schritte zurückweichen, näher an Benedikt heran.

Liv stieß ihren Mann am Arm an. „Mach ihr keine Angst", dann kam sie auf mich zu und reichte mir die Hand.

„Hallo, ich bin Liv", sagte sie.

Ich erwiderte ihren Händedruck. „Hallo, ich bin Kara und du, du bist eine Elfe."

Alle starrten mich an, als wäre ich ein Alien.

„Du weißt, dass ich eine Elfe, äh, Halbelfe bin?"

„Ja." Ich nickte. „Seit meiner Kindheit kann ich Elfen, Feen und Geister sehen. Ich erkenne es an dem hellen Lichterbogen, der dich umgibt."

„Echt? Cool!" Liv nahm mich in den Arm. „Dann bist du ein Götterkind."

Jetzt sah ich sie fragend an, bis Benedikt das Wort ergriff.

„Wir sind uns auf dem Heiligenberg begegnet. Kara weiß, dass wir Vampire sind. Sie träumt von der Sippe und sie ist Magnus begegnet."

„Weißt du, wo Magnus sich aufhält?", fragte Halfdan. Er kam auf mich zu, legte die Hände auf meine Oberarme und sah mir in die Augen. Halfdan

215

stellte die Frage noch einmal, und ich hätte schwören können, dass Benedikt neben mir ein leises Knurren ausstieß. Er trat einen Schritt näher an uns heran.

„Ich weiß nicht, wo sich Magnus aufhält", sagte ich.

„Arbeitest du für Magnus?"

Ich starrte ihn entsetzt an. „Nein!"

Halfdan ließ meine Arme los und fluchte laut. „Ich kann ihre Gedanken nicht lesen."

Stille herrschte im Zimmer.

„Wieso kann ich deine Gedanken nicht lesen?", fragte er mich. „Wer oder was bist du?" Drohend kam er wieder näher, woraufhin sich Benedikt augenblicklich schützend vor mich stellte, während Liv ihrem Mann von mir wegzog.

„Lass sie in Ruhe, das arme Ding ist ja total verängstigt", sagte sie.

„Dann liest du sie, Benedikt. Wenn es bei mir nicht funktioniert, musst du ihr Blut lesen."

„Jetzt hör aber auf, bist du verrückt geworden?", sagte Liv. „Benedikt wird hier niemandes Blut lesen."

Ihre Empörung und Sorge um mich wärmten mir das Herz. „Aber Halfdan hat recht!", sagte ich. „Ich weiß, dass er von jedem die Gedanken lesen kann, warum kann er meine nicht lesen? Was bin ich?", fragte ich und sah in Benedikts fragendes Gesicht. „Es gibt nur eine Möglichkeit, das herauszufinden."

Benedikt sah mich sprachlos an, während ich den Reißverschluss meiner Jacke aufzog und sie über die Schultern zog, um meinen Hals freizulegen.

Er schüttelte den Kopf.

„Du wirst mir nicht wehtun, das weiß ich, sonst hättest du es bereits letzte Nacht getan."

Liv sog scharf den Atem ein. „Das geht doch nicht, Schatz, das darfst du nicht zulassen. Sie empfinden etwas füreinander, das sieht doch ein Blinder. Kara ist Benedikts Gefährtin."

Jetzt sahen wir Liv beide sprachlos an und drehten uns wieder einander zu. In Benedicts Augen flammte kurz ein Licht auf.

„Du musst es tun, es ist die einzige Möglichkeit", sagte ich und ließ meine Jacke zu Boden gleiten. Ich nahm sein Gesicht in meine Hände und gab ihm einen innigen Kuss.

Er legte die Hände auf meine Hüften, zog mich an sich und erwiderte meinen Kuss. Unverzüglich löste er seine Lippen von meinen, griff mit der einen Hand in meinen Nacken und schob mit der anderen mein Haar beiseite. Leicht drehte er meinen Kopf zur Seite, legte die Lippen auf meinen Hals und überzog ihn mit Küssen. Gerade als er die Zähne in mein Fleisch schlug und zu trinken begann, ging die Wohnzimmertür auf. Über den Schmerz und die Lust hinaus, die ich empfand, hörte ich eine Frauenstimme, die entsetzt aufschrie.

„Nicht, Benedikt! Was tust du da? Um Himmels willen, das ist die Auserwählte, die du da gerade beißt."

Der Moment, als der erste Tropfen ihres Blutes seine Lippen benetzte, war unbeschreiblich. In tiefen Zügen trank er von ihr, und dann erkannte er es. Ihre Gefühle für ihn waren stark und echt. Sie empfand wirklich etwas für ihn, und das schon seit längerer Zeit. Er konnte sehen, wie verwirrt sie war. Er sah Bruchstücke ihrer Erinnerung und er erkannte ihre Angst vor Magnus.

Dann sah er noch etwas anderes. Ein helles Licht, das sich vor ihm auftat. Ein göttliches Licht, welches in einem Feuer emporstieg und in einer gewaltigen Explosion einen Raben und einen Falken gebar. Dann sah er inmitten des Feuers die Blutrose. Die Flammen schienen sie zu verzehren. Aber die Flammen verzehrten sie nicht, sie läuterten sie, und in einem reinen hellen Licht erschien Karas Gesicht vor ihm.

Langsam verschwammen die Bilder vor seinem inneren Auge, und Stimmen drangen zu ihm durch. Er war mit Kara im Arm zu Boden gesackt, während die anderen auf ihn einredeten. Benedikt blickte Kara an, sie hatte die Augen geschlossen. Er schüttelte sie und rief ihren Namen. Er hatte ihre Wunde noch nicht geschlossen und strich mit der Zunge über die erhitzte Haut.

Dann öffnete sie endlich die Augen und lächelte ihn an.

Daraufhin zog er sie in seine Arme und dankte den Göttern, dass sie in Ordnung war. Er blickte in die besorgten Gesichter der anderen, während Vanja unablässig auf ihn einredete.

„Wie konntest du sie beißen?", sagte Vanja. „Sie ist ein Götterkind. Sie trägt die Runen Berkana, Peord und Kenaz auf ihrem Rücken. Kara ist die Auserwählte."

„Ja, sie ist die Auserwählte, aber sie ist kein Götterkind", sagte Benedikt, und alle sahen ihn sprachlos an. „Sie ist viel mehr als das … sie ist eine Göttin", sagte er. „Ihre Eltern sind Odin und Freya. Sie wurde gesandt, um die Rose zu vernichten", sagte er.

Es war absolut still im Raum. Schließlich ergriff Kara das Wort: „Was soll das heißen, Odin und Freya sind meine Eltern? Und warum sollte ich die Rose zerstören? Dann würde ich euch alle töten", sagte sie.

„Nein, das wirst du nicht", sagte Benedikt. In meiner Vision sah ich ein Feuer emporsteigen. In einer gewaltigen Explosion gebar es einen Raben als Symbol Odins und einen Falken als Symbol Freyas. Dann sah ich die Läuterung der Blutrose im Feuer durch die Vereinigung von Odin und Freya. Die Flammen schienen sie zu verzehren, aber sie verzehrten sie nicht, sie läuterten sie, und in einem reinen hellen Licht erschien dein Gesicht Kara."

Im nächsten Moment materialisierte sich eine Frauengestalt im Raum. Alle sahen die Gestalt wie gebannt an. Es war die Göttin Freya.

„Dein Gefährte ist ein schlauer Mann, mein Kind. Du wirst die Sippe nicht töten, indem du die Rose zerstörst, aber du wirst Loki und Magnus die Möglichkeit nehmen, sie weiter zu bedrohen, indem sie versuchen, die Blutrose zu zerstören. Du wirst sie aber auch nicht von Lokis Fluch befreien können. Aber du musst ein Opfer bringen, mein Kind. Nur so kannst du deine ganze Macht nutzen, um die Rose zu verbrennen", sagte sie und löste sich augenblicklich in Luft auf.

„War das gerade wirklich Freya?", fragte ich und sah in die verdutzten Gesichter der anderen. „Und was für ein Opfer muss ich bringen, um die Rose zu zerstören?"

Benedikt sah mich bedauernd an und strich mir eine Strähne aus dem Gesicht. „Du bist kein Götterkind Kara, trägst aber dennoch Runen der Macht an deinem Körper. Diese Runen verleihen dir magische Fähigkeiten, die sich noch verstärken, wenn du die Gefährtin eines Vampirs wirst. Das Opfer, das Freya erwähnte, ist, dass du ein Vampir werden musst, um deine ganze magische Kraft zu nutzen."

„Was …? Nein!", sagte ich erschrocken. „Kann ich das denn nicht machen, ohne zum Vampir zu werden?", fragte ich und sah ihn an.

In seinem Gesicht sah ich für einen kurzen Augenblick tiefe Enttäuschung, und da wurde mir bewusst, was ich gerade gesagt hatte. Ich hatte ihn zutiefst verletzt, weil ich kein Vampir werden wollte. Und da er mein Blut getrunken hatte, wusste er, was ich für ihn empfand.

„Es tut mir leid, das habe ich nicht so gemeint."

Liv ergriff das Wort und hielt alle außer uns beiden an, das Zimmer zu verlassen. Eilig trieb sie die anderen nach draußen, sodass wir kurze Zeit später allein waren.

„Es tut mir leid, ich habe das wirklich nicht so gemeint", sagte ich abermals zu Benedict. „Du hast mein Blut gelesen, du weißt, was ich für dich empfinde. Aber ich kann doch nicht innerhalb von

Minuten entscheiden, ob ich ein Vampir werden will oder nicht."

„Du musst dich nicht sofort entscheiden", sagte er. „Wir müssen erst unser weiteres Vorgehen besprechen. Wir müssen Magnus ausfindig machen und an die Rose kommen, sonst hätte das alles keinen Sinn."

„Mein Block! Vielleicht finden wir dort Anhaltspunkte oder in meinen Notizen." Ich stand auf, ging zu meinem Rucksack und nahm meinen Zeichenblock heraus. „Was hat die junge Frau damit gemeint, ich würde die Runen der Weissagung auf dem Rücken tragen? Ich habe diese Runen seit meiner Geburt, und ich habe mich früh tätowieren lassen, um sie etwas zu kaschieren."

Benedict erklärte mir, dass Vanja mit den Runen die Zukunft deutete und sie seit Monaten immer wieder dieselben drei Runen Berkana, Peord und Kenaz zog. „Sie hat es zuletzt so interpretiert, dass jemand kommen würde, der uns alle rettet", fügte er hinzu.

Benedikt kam zu mir an den Tisch. Er sah mir zu, wie ich ein Blatt nach dem anderen umblätterte.

„Das ist die Zentrale", sagte er.

Ich blätterte weiter.

„Das ist unser Heidelberger Sippenhaus, das hast du auch gemalt?"

Dann blätterte ich um und kam zu dem Haus, das ich heute direkt neben der alten Brücke gezeichnet hatte.

Benedikt ergriff meine Hand. „Halt! Wieso hast du dieses Haus gezeichnet? Das ist keines unserer Sippenhäuser."

„Ich habe die Zeichnung erst heute Mittag angefertigt", sagte ich, und da fiel es mir wie Schuppen von den Augen. „O mein Gott, deshalb hatte ich dort so ein ungutes Gefühl. Magnus ist in diesem Haus, und es befindet sich direkt gegenüber der Zentrale", sagte ich schockiert.

Benedikt ging hinaus und trommelte die anderen zusammen, um sie über unsere Entdeckung zu informieren.

„Kara hat dieses Haus erst heute Mittag gezeichnet", sagte Benedikt und legte das Blatt auf den Tisch. „Das ist keines unserer Sippenhäuser. Es muss Magnus' Haus sein und es liegt genau gegenüber der Zentrale", sagte er und blickte in schockierte Gesichter.

„Das kann doch nicht wahr sein", sagte Halfdan und schlug mit den Fäusten auf den Tisch. „Wie konnte Magnus es schaffen, in direkter Nähe zu uns nicht entdeckt zu werden. Ich muss sofort Alrik und die Räte informieren. Wir müssen dringend unser weiteres Vorgehen besprechen."

Liv kam mit einem Tablett frisch duftendem Kaffee herein und stellte es auf dem kleinen Tisch neben dem Sofa ab. Sie rief mich zu sich und bat mich, Platz zu nehmen. Auch die Frau, die Vanja hieß, und eine weitere Frau, die sich als Ellen vorstellte, gesellte sich zu uns.

Liv schenkte mir eine Tasse ein, reichte sie mir und goss sich dann selbst eine ein.

Ich sah sie verblüfft an. „Du trinkst Kaffee?", fragte ich verdutzt.

„Ja, ich kann von diesem Laster noch nicht ablassen. Es nährt mich nicht, aber ich liebe den Geruch und den Geschmack. In geringen Mengen können wir Getränke und Speisen zu uns nehmen", sagte sie.

„Und wie ist es so? Ihr wisst, was ich meine … Wie nährt ihr euch? Trinkt ihr auch von euren Gefährten?", fragte ich sie.

„Das Trinken unter im Blute verbundener Paare, ist etwas sehr Persönliches und Erotisches", sagte Ellen.

„Aber von Zeit zu Zeit müssen wir uns auch an Menschen nähren", sagte Liv.

„Ich kann mich nur an Menschen nähren", sagte Vanja. „Ich wurde von Magnus gefangen gehalten, gewandelt, aber er hat mich nicht genährt. Die anderen haben mich gefunden und in die Zentrale gebracht, wo sie mich wieder aufgepäppelt haben", sagte Vanja.

Ich sah sie sprachlos an und dachte an den Tag, an dem ich hatte mitansehen müssen, was Magnus dieser armen Frau angetan hatte. Dann erzählte ich ihnen von meiner Begegnung mit Magnus, von meinen Träumen und von meinem Treffen mit Benedikt.

Liv warf einen nachdenklichen Blick auf Benedikt. „Es scheint ihm gutzugehen. Das ist seltsam. Normalerweise nimmt es ihn ganz schön mit, wenn er seine Gabe einsetzt. Er zieht sich dann stundenlang zurück. Aber dein Blut scheint ihm diese Probleme nicht zu bereiten."

„Ich weiß, wie sehr er leidet, ich konnte es in meinen Träumen spüren", sagte ich und sah zu ihm hinüber. Er schien meine Blicke zu spüren und sah mich ebenfalls an.

„Kann ich mich irgendwo frisch machen?", fragte ich Liv.

„Aber natürlich, ich werde dir gleich das Gästezimmer im Erdgeschoss zurechtmachen."

Wir standen auf. Ich ging zu den anderen an den Tisch, um meinen Rucksack zu holen. Ich vergewisserte mich, dass mein Sax sich noch im Rucksack befand. Benedikt hatte mich beobachtet, lächelte mich an und schüttelte den Kopf.

„Du bist hier sicher", sagte er und zog mein Sax aus der Tasche.

Liv sog laut die Luft ein, als ihr Blick auf mein Saxmesser fiel, und alle drehten sich zu mir um.

Ich nahm es Benedikt ab und drückte es fest gegen meine Brust. „Ich fühle mich sicherer damit", sagte ich.

Er zog mich an sich, küsste mich auf die Stirn. „Wenn du dich sicherer damit fühlst, dann nimm es mit."

Halfdan und die anderen sahen ihn fragend an, er zuckte mit den Schultern. „Wen wundert es? Ihre Mutter ist Freya. Sie ist eine Walküre."

Anschließend führten die Frauen mich ins Gästezimmer.

„Wieso hast du denn ein Messer in deinem Rucksack?", fragte Ellen.

„Ich praktiziere Tai-Chi und kann mit Messer, Schwert und Stock umgehen. Seit ich Magnus begegnet bin, habe ich umso härter trainiert", sagte ich.

„Wow, Tai-Chi", sagte Liv. „Kannst du mir das vielleicht auch beibringen? Ich kann dir später unseren Trainingsraum zeigen."

„Oh ja, ich wäre auch dabei"; sagte Ellen.

„Hm, mal sehen, vielleicht später. Erst würde ich mich gerne frisch machen."

„OK, hier kannst du dich erst einmal frisch machen", sagte sie und führte mich ins Gästezimmer. „Ich bringe dir gleich noch ein paar frische Sachen."

„Die brauche ich nicht, danke. Ich muss später in mein Hotel zurück", sagte ich.

Die Frauen sahen mich betroffen an. „Halfdan wird dich nicht gehen lassen, und Benedikt wäre sicher auch nicht einverstanden, wenn du ohne Schutz und allein draußen unterwegs wärst", sagte Liv.

Ich sah beide an und ließ mich resigniert auf das Bett nieder. „Aber was mache ich denn jetzt?", fragte ich. „Ich kann doch nicht hierbleiben, ich muss doch wieder nach Hause."

Liv setzte sich neben mich, legte den Arm um mich. „Ich weiß, es ist schwer. Anfangs ging es uns allen so. Ich hatte eine eigene Praxis, die ich aufgeben musste, und ich hätte mir auch mehr Zeit für meine Wandlung gewünscht. Aber dann hat Magnus mich vor ein paar Monaten überfallen und fast getötet. So musste Halfdan handeln und mich wandeln", erklärte sie.

Ich sah sie schockiert und mit Tränen in den Augen an. Sie hatte mein ganzes Mitgefühl. Ich nahm sie in die Arme und drückte sie fest an mich. „Magnus muss aufgehalten werden. Ich werde dafür sorgen, dass er so etwas nie wieder jemandem antut. Das schwöre ich bei allem, was mir heilig ist", sagte ich. „Bringst du mir bitte die Sachen, die du für mich vorgesehen hast."

Sie verstand, was ich vorhatte und verließ mit den anderen das Zimmer. Kurze Zeit später klopfte es. Liv reichte mir die Wäsche und Kleidung, die sie für mich herausgesucht hatte.

„Danke dir, Liv", sagte ich, „und kannst du bitte Benedikt auszurichten, dass er später zu mir kommen soll?" Dann verabschiedete ich mich von ihr und ging unter die Dusche.

Sie hatten gerade die Telefonkonferenz mit den übrigen Ratsmitgliedern beendet und alle über die neuesten Erkenntnisse informiert. Bis sie wussten, wie sie Karas Macht einsetzen und wie sie an die Blutrose kommen konnten, musste der Unterschlupf von Magnus so unauffällig wie möglich observiert werden. Außerdem mussten Karas Zeichnungen und Träume analysiert werden. Alrik würde sich morgen mit Adelina auf den Weg nach Heidelberg machen.

Benedikt war nicht wohl bei dem Gedanken, Kara der Gefahr auszusetzen, die ihr von Magnus drohte. Er wusste noch nicht einmal, ob sie ihn überhaupt zum Gefährten wollte. Eines wusste er jedoch, er wollte sie zur Gefährtin. Ihr Blut wütete in seinen Adern wie ein Strom flüssiger Lava. Es verbrannte ihn fast, und es dämpfte sogar die Auswirkungen seiner Gabe, die ihn sonst für Stunden außer Gefecht setzten. Es war das erste Mal in seinen über achthundert Jahren, dass er seine Gabe im Griff hatte, und das hatte er Kara zu verdanken.

Sie waren gerade fertig mit den morgigen Einsätzen, als Liv in den Kommandoraum kam. Sie begrüßte ihren Mann, dem sie etwas ins Ohr flüsterte. Dann kam sie zu ihm.

Liv zog ihn beiseite, um ihm von Karas Wunsch zu berichten. „Geh zu ihr, sie wartet auf dich", sagte Liv und lächelte ihn wissend an.

Im ersten Moment war er sprachlos. Kara wollte, dass er zu ihr kam, und wenn er Livs wissendes Lächeln richtig interpretierte, wollte sie, dass er sie zu seiner Gefährtin machte. Was hatte ihren Sinneswandel bewirkt?

Als er die Tür zum Gästezimmer öffnete und eintrat, hörte er das Rauschen der Dusche. Er verschloss die Tür, löschte das Licht, und im selben Moment, als er zwei kleine Lampen anknipste, drehte sie die Dusche ab.

Ich stieg aus der Dusche, trocknete mich ab und wickelte eines der großen Badetücher um meinen Körper. Ich öffnete mein Haar, welches ich vorsichtshalber hochgebunden hatte, und löschte dann das Licht im Bad. Als ich die Tür zum Wohnzimmer öffnete, stand Benedikt mitten im Zimmer und sah mich an. Obwohl ich ihn erst seit dem heutigen Abend kannte, schien er mir so vertraut. Durch meine Träume fühlte ich mich mit ihm verbunden. Ich ging auf ihn zu, legte meine Arme um seine Hüften und schmiegte mich an ihn.

Er legte ebenfalls die Arme um mich.

„Ich kann es immer noch nicht glauben. Da träume ich wochenlang von dir und nun bist du hier", sagte ich. Als ich zu ihm aufsah, küsste er mich. All die Wochen hatte ich mir gewünscht ihn zu küssen und jetzt lag ich in seinen Armen und spürte seine Leidenschaft."

Als er seine Lippen von den meinen löste, sah er mich an. „Was hat deine Meinung geändert?"

„Ich habe mit Liv und Vanja gesprochen. Ich will Magnus' Machenschaften ein für alle Mal unterbinden. Er soll nie wieder jemandem Schaden zufügen. Es ist meine Bestimmung, und die kann ich nur mit dir zusammen erfüllen", sagte ich und gab ihm einen Kuss auf das hinreißende Grübchen an seinem Kinn. Langsam begann ich die Knöpfe seines Gehrockes zu öffnen und zog ihn über Benedicts Schultern. Ebenso verfuhr ich mit seinem Hemd. Mit nacktem Oberkörper stand er vor mir. Ich ließ meine Hände über seine Haut gleiten, legte die Arme um seinen Hals und zog sein Gesicht an meine Lippen. „Tu es, jetzt", sagte ich.

Augenblicklich hob er mich hoch, trug mich zum Bett und legte mich sanft in die weichen Kissen.

Er entledigte sich seiner restlichen Kleidung, stieg zu mir aufs Bett, kroch auf mich zu und begann, an der Innenseite meines Beines eine Linie aus Küssen nach oben in Richtung des Handtuchs zu ziehen. Wo seine Lippen meine Haut berührten, hinterließen sie ein wohliges Kribbeln. Er küsste meine Brüste oberhalb des Handtuchs. Seine Lippen waren heiß und feucht auf meiner Haut. Plötzlich glitt er mit seinen spitzen Fängen über meine nackte Haut. Einerseits erschrocken und doch voller Erwartung, blickte ich ihn an. Er hatte die Zähne entblößt und drückte sie sanft in mein Fleisch. Sein Blick war wild und voller Begierde. Unversehens stieß er die Fänge in meine Brust.

228

Der Schmerz war kurz und heftig, doch er setzte meinen ganzen Körper buchstäblich in Flammen. Ich bäumte mich auf und krallte die Finger in die Laken. Er löste die Lippen von meinem Körper und strich mit der Zunge über die Wunde. Er öffnete das Handtuch, spreizte meine Beine, brachte sich in Position und drang mit einem harten Stoß in mich ein.

Ich bäumte mich auf und krallte die Nägel in seinen Rücken. Es fühlte sich so gut an, ihn in mir zu spüren. Er füllte mich ganz und gar aus. Er bewegte sich rhythmisch in mir, während er meinen Mund eroberte und meinen Körper mit seinen wilden, leidenschaftlichen Stößen an den Rand des Wahnsinns trieb. Schließlich löste er die Lippen von meinem Mund und begann meinen Hals mit zärtlichen Küssen zu überziehen. Ein wohliger Schauer jagte mir über den Rücken. Aus zärtlichen Küssen wurden immer fester werdende Bisse, dann durchbrach er die dünne Stelle an meinem Hals und begann gierig, mein Blut Schluck für Schluck in sich aufzunehmen.

Zu spüren, wie er mein Blut trank, versetzte mich in unbekannte Ekstase. Nicht enden wollende Wellen der Lust überrollten mich.

Dann löste er die Lippen von meinem Hals und blickte mir in die Augen. Sein Blick war erfüllt von unsagbarem Verlangen. Sein Blick glitt zum Nachttisch und zu meinem Sax, dass ich darauf abgelegt hatte. Er griff danach und zog sich die Klinge über seine Halsbeuge. Augenblicklich trat Blut aus der Wund hervor.

Fasziniert beobachtete ich, wie sich ein kleines Rinnsal bildete. Unbewusst leckte ich mir über die Lippen.

„Trink Kara, und werde eins mit mir."

Ich legte meine Hand in seinen Nacken und zog ihn zu mir. Langsam fuhr ich mit meiner Zungenspitze über das Rinnsal, das sein Blut gebildet hatte.

Benedict stöhnte heftig.

Ich legte die Lippen auf die Wunde und begann daran zu saugen, woraufhin er sich aufbäumte und mich mit immer schnelleren Bewegungen immer näher an den Rand des Höhepunktes trieb. Sein Blut rann meine Kehle hinab und brannte wie ein wütendes Feuer in meinen Eingeweiden.

Abermals löste er seine Lippen von den meinen, und blickte mir tief in die Augen. „Bleibst du bei mir, als meine Gefährtin?"

„Ja", sagte ich, und im selben Moment grub er die Fänge in meinen Hals und band mich in alle Ewigkeit an sich.

Am Morgen erwachte ich in Benedicts Armen. Ich konnte es immer noch nicht fassen. Wochenlang hatte ich von ihm geträumt und mich dabei in ihn verliebt, und nun lag ich in seinen Armen und beobachtete ihn. Er hatte die Augen geschlossen. Die Haare fielen ihm wie ein Vorhang über Gesicht und die Schultern. Sein Brustkorb hob und senkte sich in gleichmäßigen Abständen. Ich beobachtete ihn noch eine Zeit lang, stieg dann vorsichtig aus dem Bett und ging ins Badezimmer. Ich blickte in den Spiegel, und mein Spiegelbild zeigte mir mein mir wohlbekanntes Gegenüber.

Keine Veränderungen. Die Haut war blass wie immer, nur die Augen schienen einen Ton heller zu sein. Ich sprang kurz unter die Dusche und zog die schwarze Yoga-Hose und ein passendes Trägershirt an, das mir Liv freundlicherweise geliehen hatte. Ich öffnete leise die Tür und spähte ins Zimmer. Benedikt schlief noch. Ich schlich zur Terrassentür, legte die Hand auf die Klinke und stieß die Tür auf. Wie in Zeitlupe hörte ich noch Benedikts Stimme, der nach mir rief. Im nächsten Moment stand ich in gleißend hellem Tageslicht.

„Kara, nicht!", schrie er noch, doch sie hatte die Terrassentür bereits weit geöffnet. Augenblicklich stand sie im gleißenden Licht der Morgensonne. Als frisch gewandelte Vampirin hatte sie noch nicht die Kräfte, sich gegen Sonnenlicht abzuschirmen. Sie würde sich fürchterliche Verbrennungen zuziehen. Gerade die Morgensonne war für Nachtwandler gefährlich, deshalb blieben die Sippenmitglieder morgens in ihren Gemächern.

Benedikt sprang aus dem Bett, zog das Laken mit sich und stürmte hinaus in den Garten, den Kara mittlerweile betreten hatte. Er rief ihren Namen, als sie sich zu ihm umdrehte, ergriff er sie und warf das Laken über sie.

„Benedikt, was ist los?", rief ich, als er auf mich zugestürmt kam und ein Bettlaken über mich warf.

Er zog mich an sich und versuchte, mich zurück ins Zimmer zu ziehen.

Ich wehrte mich. Ich wollte lieber im Garten bleiben. Der Morgen war sehr schön.

Er sah mich an und blieb verdutzt stehen. Benedikt nahm mein Gesicht in seine Hände und drehte es von rechts nach links. Dann griff er meine Arme und drehte auch diese. „Das ist nicht möglich, das kann nicht sein", sagte er und zog das Laken weg. „Deine Haut, du hast keinerlei Verbrennungen. Als frisch gewandelte Vampirin müsstest du schwere Verbrennungen haben. Die Morgensonne ist für uns Nachtwandler sehr gefährlich", sagte er.

„Was?", fragte ich ihn und schüttelte den Kopf. „Aber du hast doch auch keine Verbrennungen."

Er sah sprachlos an sich hinunter und starrte seinen Oberkörper und seine Arme an, als würden sie ihm gleich abfaulen. „O mein Gott", sagte er und zog mich in seine Arme. „Das war dein Blut! Es hat uns zu Tagwandlern gemacht. Ich bin Vampir der dritten Generation und kann mich ab der Mittagszeit auch zwei bis drei Stunden im Sonnenlicht aufhalten, ohne Verbrennungen davonzutragen. Aber morgens ins Sonnenlicht zu treten und das, ohne Verbrennungen davonzutragen, das habe ich in meinen achthundert Jahren noch nicht erlebt", sagte er.

„Du ... du bist achthundert Jahre alt?", fragte ich ihn und sah ihn entgeistert an.

„Ja", sagte er und grinste mich an. „Bereust du es schon, dir einen so alten Gefährten genommen zu haben?" Dann zog er mich fest in seine Arme. Wir küssten uns lange in den wärmenden Strahlen der Morgensonne.

Wir erzählten den anderen von unserer Entdeckung, dann ging ich mit Liv und Ellen in den Trainingsraum, um ihnen ihre erste Stunde in Tai-Chi zu geben. Ich zeigte ihnen meine 24er-Form und die 32er-Form für das Führen eines Schwertes. Beide waren gelehrige Schülerinnen und verinnerlichen die Übungen schnell, sodass wir drei bald eine perfekte Einheit waren.

Benedikt, Halfdan und Matthias, Ellens Gefährte, betraten den Trainingsraum und sie schienen sich köstlich über uns zu amüsieren.

„Wollt ihr mit euren Schattenbox-Übungen irgendwelche Geister verscheuchen?", fragte Halfdan.

Ich lächelte den Männern zu und sah die Frauen an. „Männer!", sagte ich und schüttelte den Kopf. „Für jeden Schlag, den sie von mir kassieren, müssen sie euch heute Abend zu Willen sein."

Ich zwinkerte den Frauen zu, während die Männer siegessicher lachten.

Ich ging zur anderen Seite und nahm mir einen Langstock von der Waffenwand. In der Mitte des Raumes stellte ich mich in Position. „Zählt mit", sagte ich und wandte mich den Männern zu. „Los, greift mich an."

Die Männer dachten doch ernsthaft daran, mich einzeln anzugreifen. Ich lachte auf und schüttelte den Kopf. „Nicht einzeln. Zu dritt", sagte ich und winkte sie zu mir her.

Sie dachten, sie hätten leichtes Spiel mit mir und umkreisten mich wie eine Herde Wölfe, die kleine hilflose Schäfchen in die Enge trieben. Doch manchmal steckt auch in einem Schäfchen ein böser Wolf. Das war eine Lektion, die sie noch lernen mussten.

Ich hatte die letzten drei Monate hart trainiert, um mich gegen jeden Angriff zu wappnen, und so mussten sie einen Schlag nach dem anderen einstecken. Mein neues Vampirdasein verstärkte meine Fähigkeiten noch, ich war schneller als je zuvor. Bei drei Schlägen für jeden beschloss ich, es gut sein zu lassen und beendete den Kampf mit einem breiten Grinsen.

„Viel Spaß", wünschte ich den Frauen.

Die schnappten sich ihre Männer und ließen Benedikt und mich allein.

Benedikt kam zu mir, zog mich in die Arme und küsste mich. „Meine kleine Kriegerin, wie darf ich dir heute Abend zu Diensten sein?", fragte er mich mit einem lüsternen Lächeln auf den Lippen.

„Hm, da wird mir bestimmt noch etwas einfallen. Wir müssen aber erst meine Sachen aus dem Hotel holen. Ich werde wahrscheinlich für die ganze Woche bezahlen müssen, aber besser, ich checke aus, bevor sie mich vermisst melden."

Wir gingen nach oben, wo ich mir Livs schwarzen Rock und eine Bluse überzog, bevor wir uns auf den Weg machten.

Nach knapp einer Stunde waren wir zurück in der Zentrale, und ich brachte meine Sachen mit Liv ins Gästezimmer.

„Du kannst mit Benedikt dauerhaft das Gästezimmer bewohnen. Benedikts Zimmer in der dritten Etage viel zu klein für uns euch beide", sagte Liv.

So bezog ich mein neues Heim und räumte meine Sachen in die Schränke. Auch Benedikt brachte seine Sachen nach unten. Das Zimmer war groß genug, es hatte neben einem großen Bett noch Platz für eine kleine Sitzecke und einen Schreibtisch. Dazu gab es noch das Gemeinschaftswohnzimmer und die Küche im Erdgeschoss. Nachdem wir alles verstaut hatten, gingen wir in den Kommandoraum, wo die anderen gerade ihren Anführer Alrik und dessen Gefährtin Adelina begrüßten. Sie besprachen die neuesten Erkenntnisse und beratschlagten, wie sie sich Magnus schnappen konnten, ohne dass dieser sich wieder in Luft auflöste.

„Als ich Kara gestern auf dem Heiligenberg getroffen habe, hat sie ein Lagerfeuer allein mittels ihrer Gedanken entzündet", sagte Benedikt.

Alle sahen mich an.

„Wie hast du das gemacht?", fragte Alrik. „Ist das eine deiner Gaben?"

Ich trat vom Tisch zurück. „Tretet bitte alle einen Schritt zurück", sagte ich, hob die rechte Hand und konzentrierte mich auf meine Handfläche. Im selben Moment formte sich eine fünf Zentimeter große Feuerkugel. Ich blickte die Flamme an und ließ sie um das doppelte anwachsen, dann teilte ich sie mit der anderen Hand und begann die Kugeln durch die Luft zu jonglieren. „Wenn ich auf unseren mittelalterlichen Märkten auftrete, denken alle, es wäre ein Trick", sagte ich. Ich fügte beide Kugeln wieder zusammen und blies gegen die Flamme, die sogleich in einer riesigen Feuersäule gegen die Decke schoss.

„Ich müsste nur nahe genug an Magnus herankommen, um ihn in Flammen zu setzen. Töten wird es ihn vielleicht nicht, aber hoffentlich lange genug ablenken", sagte ich, löschte die Flammen und sah die anderen an.

„Du musst die Blutrose auf jeden Fall als Erstes verbrennen", sagte Alrik. „Magnus weiß, dass die Zerstörung der Rose uns alle vernichten würde, ihn eingeschlossen. Wenn er sich in die Enge getrieben sieht, würde er eventuell sogar seine eigene Vernichtung in Kauf nehmen. Wenn jemand die Rose zerstört, dann bitte du", sagte Alrik. „Ich möchte gern noch ein wenig weiterleben."

Heute Nacht war Magnus auf der Jagd. Er würde sich eine willige Gespielin suchen und all seine Gelüste an ihr befriedigen. Wenn sie nicht willig wäre, würde er sie sich schon gefügig machen.

Er hatte die letzten Monate damit zugebracht, neue Rekruten zu suchen und sich eine Armee von Tagwandlern zu schaffen. Sie waren alle skrupellos und ihm bedingungslos ergeben.

Heute allerdings wollte er sich vergnügen, deshalb schlenderte er durch die Altstadt und hielt nach einer passenden Blutwirtin Ausschau. Er blieb vor einer Kneipe stehen. Sein Blick fiel auf eine an den Tresen gelehnte, schlanke blonde Frau, die sich gerade etwas zu trinken bestellte. Sie griff sich zwei

Flaschen, und ging in den hinteren Raum, wo sie sich zu einer weiteren Frau gesellte.

Er folgte ihr und setzte sich zwei Tische entfernt von den Frauen an einen freien Tisch. Ihre Begleiterin war klein, zierlich und hatte kurzes rotes Haar. Auch gegen sie hätte er nichts einzuwenden. Vielleicht würde er auch beide nehmen. Ihm waren alle recht, sie waren nur zu seinem Vergnügen da. Beide Frauen waren angetrunken, hatten ihn bereits bemerkt, und die Blonde grinste ihn unverhohlen an. Seine Spezies hatte leichtes Spiel mit Blutwirtinnen, meist mussten sie nicht einmal ihre Gedanken beeinflussen.

Die Bedienung kam an seinen Tisch. Sie hielt ihn an, sofort zu bezahlen, da sie gleich Schichtwechsel hätte. Eilig brachte sie ihm das geordete Bier und kassierte gleich ab.

Er nahm einen großen Schluck. Das kalte Bier rann ihm die Kehle hinab. Es war wohltuend, und er liebte den Geschmack, auch wenn es ihn nicht nährte.

Ich hätte jetzt lieber einen Schluck kühles Blondes, dachte er sich und fixierte die Blonde, die ihm lüsterne Blicke zuwarf.

Sie schnappte sich ihre Zigaretten, ging langsam und mit einem aufreizenden Blick an ihm vorbei.

Er stand auf und folgte ihr nach draußen. Er zog ein Zigarettenetui aus der Tasche seines Ledermantels, nahm eine heraus und zündete sie an.

Die Blonde trat an ihn heran. „Hast du vielleicht Feuer für mich Süßer?", fragte sie ihn und schmachtete ihn unverhohlen an.

„Aber gerne doch."

„Bist du öfters hier? Du wärst mir bestimmt schon aufgefallen, mit deinen tollen grünen Augen", sagte

237

sie und ließ ihre Finger immer wieder wie zufällig über seine Brust wandern.

Genug geplänkelt, dachte Magnus, schob sie in den kleinen Seiteneingang, der zur Kneipe führte, und drückte sie dort in die Ecke. Er schirmte ihren Körper gegen die Blicke der anderen Gäste ab und schlug sogleich die Fänge in ihren zarten Hals. Er gönnte sich nur ein paar Züge, sozusagen als Vorgeschmack auf später. Genüsslich fuhr er mit der Zunge über die Wunde und löschte ihre Erinnerungen an die kleine Geschmacksprobe und schickte sie an ihren Tisch zurück. Auch er ging zurück an seinen Tisch und nahm einen weiteren Schluck Bier. Er wollte sich gerade zu den beiden Frauen gesellen, da schwang die Tür am anderen Ende des Raumes auf und eine junge Frau mit diversen Tellern in den Händen betrat den Raum.

Die nächsten Sekunden liefen für ihn wie in Zeitlupentempo ab. Die Frau mit den Tellern warf ihm einen Blick aus ihren hellen, graublauen Augen zu und lächelte ihn an. Ihr langes schwarzes Haar, das sie zum Zopf gebunden hatte, reichte ihr fast bis zur Hüfte. Zu ihrem enganliegenden Shirt trug sie einen kurzen, weit schwingenden schwarzen Rock und Schnürstiefel, die bis zu den Knien gingen.

Sie blieb am Nachbartisch stehen, stellte die Teller ab, drehte sich dann zu ihm um und lächelte ihn an. „Darf es noch was sein?"

Er konnte sich kaum von ihren Augen und ihren vollen Lippen losreißen. Sein Blick fiel auf ihr Namensschild. Helena … die schöne Helena, wie passend, dachte er. Er sog tief die Luft ein. Sie roch nach Kokos.

„Bring mir noch ein Bier", sagte er und sie verschwand hinter dem Tresen. Er musste sich regelrecht von ihrem Anblick losreißen. Die beiden Frauen am Nachbartisch interessierten ihn nicht mehr die Bohne. Magnus hatte nur noch Augen für die schwarzhaarige Schönheit.

Er wollte sie!

Er wollte sie in seinem Bett, gefesselt und auf den Knien liegend.

Da kam sie auch schon zurück und stellte das Bier vor ihm ab. „Bitte schön."

Ihr Duft hüllte ihn ein und vernebelte ihm die Sinne. Im selben Moment brannte eine Glühbirne neben seinem Tisch durch. Helena seufzte und verschwand im hinteren Raum. Mit einer Leiter bewaffnet kam sie zurück. Sie stellte sie auf, stieg die Stufen nach oben und wechselte die defekte Lampe aus.

Helena stand direkt neben ihm. Sein Blick glitt über die schwarzen Stiefel nach oben unter ihren Rock, der ihm einen reizenden Blick auf ihr schwarzes Spitzenhöschen bot. Da fiel sein Blick auf ein kleines, rubinrotes Mal in Form einer Hagalaz-Rune, das sich direkt unterhalb ihres Höschens befand.

Ein Götterkind, dachte er.

Jetzt musste er sie erst recht besitzen. Sie hatte gerade die Lampe gewechselt und blickte auf ihn hinab, als er sie angrinste.

„Reizende Aussicht, ist die im Trinkgeld inbegriffen?"

Sie schreckte auf, als ihr bewusst wurde, dass sie ihm den besten Blick auf ihre Wäsche bot. Sie kam ins Straucheln, und als die Leiter anfing zu wackeln, verlor sie das Gleichgewicht. Er sprang auf, und sie landete direkt in seinen Armen.

Helena hätte vor Scham im Boden versinken können. Da gab sie diesem Typen unbeabsichtigt freie Sicht auf ihre Unterwäsche, und vor lauter Schreck landete sie auch noch direkt in seinen Armen. In seinen starken Armen, wie sie feststellen musste. Er hatte sie mit festem Griff aufgefangen. Als er sie absetzte, hielt er sie einen Moment zu lange fest. Er blickte sie mit seinen herrlich grünen Augen an, sodass ihr ein Schauer über den Rücken jagte.

Sie hatte ihn hier noch nie gesehen, und aufgefallen wäre er ihr bestimmt mit seinen schulterlangen schwarzen Haaren, den schönen grünen Augen und diesem verführerischen Lächeln, das bestimmt jede Frau dahinschmelzen ließ. Sie konnte jedoch auch die dunkle, gefährliche Aura wahrnehmen, die ihn umgab.

Vampir, hallte es durch ihre Gedanken. Sie wusste, was er war und das ließ sofort die Alarmglocken läuten.

Und dennoch stand sie hier, bekam nur ein stotterndes „Danke" über die Lippen und war dabei, knallrot angelaufen. Schnell räumte sie die Leiter wieder nach hinten und nahm weiter Bestellungen entgegen.

Er bestellte noch ein paar Bier und ließ sie den restlichen Abend nicht mehr aus den Augen. Deutlich spürte sie seine Blicke. Nach einiger Zeit orderte er die Rechnung und bezahlte mit einem ordentlichen

Trinkgeld. Als sie kurz darauf aus der Küche zurückkam, war sein Platz verwaist.

Eine Stunde später hatte auch Helena Feierabend. Sie verabschiedete sich von ihren Kollegen und machte sich auf den Heimweg. Durch enge, verwinkelte Gassen ging sie in Richtung der alten Brücke, die sie überqueren musste, um zu ihrer kleinen Einzimmerwohnung zu kommen. Sie liebte es, spät abends am Ufer entlang zu schlendern, um so einen stressigen Tag ausklingen zu lassen. Vertieft in ihre Gedanken, wurde sie durch ein Motorengeräusch aufgeschreckt. Sie blieb stehen und drehte sich gerade um, als ein Motorrad neben ihr hielt.

Es war der Mann aus der Kneipe.

Er grinste sie an. „Soll ich dich nach Hause fahren?"

„Nein danke, ich habe nicht mehr weit", sagte sie und setzte ihren Weg fort.

Er ließ den Motor aufheulen und fuhr im Schritttempo neben ihr her. „Es macht mir nichts aus, dich nach Hause zu bringen. Ich könnte es nie verantworten, wenn dir auf dem Weg etwas passieren würde", sagte er.

Sie blieb stehen und grinste ihn an. „Ich habe keine Angst, ich habe das hier zu meinem Schutz", sagte sie und zog einen Elektroschocker aus ihrer Manteltasche. „Außerdem hat meine Mutter mich gewarnt, bei schönen Männern nicht zu vertrauensselig zu sein", sagte sie und biss sich auf die Zunge.

Dumme Kuh, dachte sie, sag ihm noch, dass er dir gefällt.

Er lachte laut auf, stellte den Motor ab und bockte die Maschine auf.

Sie sah ihn verblüfft an, denn er ließ die Maschine stehen und war im Begriff, sie zu Fuß zu begleiten.

„In welche Richtung müssen wir? Du kannst ruhig den Elektroschocker auf mich richten, um dich zu versichern, dass ich nicht über dich herfalle", sagte er lachend.

Jetzt musste auch sie lachen. „Wir müssen über die alte Brücke und dann rechts am Neckar entlang, es sind noch gut zehn Minuten zu Fuß."

Kurze Zeit später erreichten sie die Brücke. Sie überquerten sie, und aus Gewohnheit ging Helena die Stufen zum Neckarufer hinunter, um dann direkt den Weg entlang des Flusses zu nehmen, wie sie es sonst auch immer tat. Er war direkt neben ihr, und insgeheim schalt sie sich, da sie hier mit ihm ganz allein war.

Wie vorteilhaft für ihn. Helena hatte ihn direkt auf den kleinen Weg entlang des Neckarufers geführt. Hier hatte sie keine Chance, ihm zu entkommen. Während sie sich über belanglose Dinge unterhielten, raubte ihm ihr Duft fast den Verstand. Am liebsten hätte er sie hier auf der Stelle genommen und die Zähne in ihren schlanken Hals geschlagen. Es würde ihn keine Mühen kosten, ihre Gedanken zu beeinflussen, um sie sich zu Willen zu machen. Er konnte seine Gier nach ihr kaum noch zügeln.

Plötzlich scheuchten sie ein Getier in den Büschen auf. Helena schrie erschrocken auf und klammerte sich an ihn.

Jetzt hatte er sie genau dort, wo er sie haben wollte, in seinen Armen. Er zog sie fest an sich und blickte ihr tief in die Augen. Er gab ihr den mentalen Befehl, ihm zu Willen zu sein, und im selben Moment senkte er seine Lippen auf ihre.

Wie süß sie doch schmeckte. Ihre Lippen nahmen ihn gefangen und schürten ein Verlangen in ihm, wie er es bis dahin noch nie gespürt hatte.

Plötzlich jedoch löste sie sich abrupt von ihm und sah ihn erschrocken an. „Nein … das geht nicht", sagte sie. „Ich kenne dich doch gar nicht."

Er griff nach ihr und zog sie wieder in seine Arme. Er legte die Finger an ihre Schläfen und traf auf enormen geistigen Widerstand. Ihr Geist war sehr stark. Nur so hatte sie seinem mentalen Befehl widerstehen können. Er hätte sie jetzt mit Gewalt nehmen können, doch irgendetwas an ihr reizte ihn. Magnus beschloss, ihr Vertrauen zu gewinnen, und wenn er es hätte, hätte er auch ihren Körper und ihr Blut.

Er griff nach ihrer Hand. „Komm, ich bringe dich nach Hause." Und das tat er auch. Er brachte sie zu ihrer Wohnung und verabschiedete sich mit einem flüchtigen Kuss von ihr.

Es war bereits spät, als wir uns auf unser Zimmer zurückgezogen hatten. Benedikt zog mich in seine Arme und fragte mich, wie er seine Schuld einlösen

243

solle. Ich grinste ihn an und sagte ihm, dass ich mir da schon etwas Bestimmtes vorstellen könne. Im nächsten Augenblick verschwamm die Umgebung um uns herum, und als sie wieder feste Form annahm, standen wir direkt in der Krypta des Michaelsklosters.

Wir blickten uns erschrocken um.

„O mein Gott", sagte ich. „Ich habe nur daran gedacht, dass ich jetzt gerne mit dir hier oben allein wäre. Wie ist das möglich?", fragte ich.

„Wir sind teleportiert", sagte er. „Das konnten bis jetzt nur Alrik, Halfdan, Liv und Magnus. Dein Blut scheint noch mehr Überraschungen zu bergen. Lass mich etwas ausprobieren", sagte er, und schon standen wir direkt auf der Plattform des großen Turms auf dem Heiligenberg.

„Wir haben anscheinend beide die Fähigkeit, zu teleportieren", sagte er, zog mich an sich und küsste mich. Seine Hände wanderten über meinen Rücken zu meinem Hintern, den er ausgiebig knetete. Dann drückte er mich gegen die Mauer und küsste mich. Seine Lippen waren fordernd. In einem innigen Intermezzo vereinte sich seine Zunge mit meiner. Sein ganzer Körper bebte vor Verlangen. Sein Kuss wurde stürmischer, seine Hände wanderten über meinen Körper. Fest krallte er die Finger in meinen Hintern und presste seinen Unterleib gegen meinen. Seine Hände glitten nach oben zu meinen Brüsten, um dort Halt zu machen und meine Brustwarzen mit den Fingern zu necken.

Benedikt trieb mich in den Wahnsinn. Pures Verlangen strömte aus jeder Pore seines Körpers. Sein Verlangen riss mich mit und tauchte mich in einen Strudel aus Begierde und Leidenschaft.

Augenblicklich griff ich in seinen Nacken, zog seinen Hals an meine Lippen und überzog ihn abwechselnd mit Küssen und leichten Bissen.

Unter meinen Bissen warf er den Kopf in den Nacken. „O Gott, wenn du nicht gleich damit aufhörst, kann ich für nichts mehr garantieren", sagte er.

Mein Blut schien nach seinem Blut zu schreien. Ich konnte nicht mehr, ich musste sein Blut kosten. Meine Zähne waren bereits vollständig ausgefahren, sogleich schlug ich sie in sein zartes Fleisch und begann zu trinken.

Nichts hätte mich auf diesen Augenblick vorbereiten können. Sein Blut überwältigte mich regelrecht, es brannte in meinem Inneren und zog mich in einen nicht enden wollenden Strudel aus purer Leidenschaft.

Nachdem wir in unser Zimmer zurückgekehrt waren, liebten wir uns leidenschaftlich und tranken erneut voneinander. Dieses erste, äußerst sinnliche Nähren jedoch würde mir ewig in Erinnerung bleiben.

Helenas Tag im Büro war lang und anstrengend gewesen, und sie war froh, heute Abend nicht auch noch kellnern zu müssen. Sie arbeitete vier Tage die Woche im Büro und zwei Abende unter der Woche als Bedienung. Da morgen Samstag war, war sie froh, einen freien Tag zu haben. Es war bereits achtzehn Uhr durch. Sie wollte sich nur etwas Schnelles zu essen machen und dann einfach nur bei einem guten

Buch entspannen, als es an ihrer Tür klingelte. Sie ging zur Tür und öffnete.

Er war es … ihr Begleiter von gestern Abend.

Er stand vor ihrer Tür, lächelte sie an und streckte ihr einen Motorradhelm entgegen.

„Du schuldest mir eine Ausfahrt", sagte er und blickte an ihr vorbei auf den Küchentisch, auf dem sie gerade ihr Essen vorbereitet hatte.

„Ich wüsste da ein gemütliches Restaurant, etwa eine halbe Stunde von hier", sagte er.

„Du bist verrückt", sagte sie und bat ihn lächelnd herein. Sie packte das Essen in den Kühlschrank, schnappte sich Lederhose, Pullover und verschwand im Bad, um sich umzuziehen. Sie zog ihre Stiefel an und schlüpfte in einen knielangen Ledermantel, dann nahm sie ihr Handy, tippte etwas ein und reichte es ihm.

„Hier, gib deinen Namen und deine Telefonnummer ein, dass ich sie an eine Freundin schicken kann. Nur für den Fall, falls du mich anschließend irgendwo im Wald verbuddeln willst", sagte sie.

Er tippte etwas in die Tastatur und reichte ihr das Handy.

Magnus … Magnus heißt er also, dachte sie, als sie die Nummer mit einer kleinen Nachricht an eine Freundin schickte und dann die Wahltaste drückte. Im nächsten Augenblick klingelte sein Handy.

Sie warf ihm ein Lächeln zu. „Na, dann lass uns gehen, ich habe tierischen Hunger."

Sein Motorrad parkte direkt vor ihrem Haus. Sie nahm hinter ihm Platz, legte die Hände um seine Hüften und schmiegte sich an ihn. Er startete die

Maschine, fuhr los und heizte mit einem Heidentempo den Neckar entlang.

Keine dreißig Minuten später hatten sie ihr Ziel erreicht. Eine alte Burg, hoch über dem Städtchen Hirschhorn gelegen. Er lenkte die Maschine auf den Parkplatz und stellte die dort ab.

Begeistert blickte Helena sich um und bewunderte die herrliche Architektur des alten Gemäuers und des Bergfrieds.

Magnus nahm ihre Hand und führte sie auf die Terrasse, von der man einen wunderbaren Blick über den Neckar hatte. Fasziniert von der Schönheit der Natur betrachtete Helena die idyllisch in die Landschaft eingebettete Neckarschleife, die inmitten einer dicht bewaldeten Hügellandschaft lag. Sie setzten sich an einen Tisch und orderten bei der Bedienung die Karte. Sie bestellte eine mediterrane Gemüselasagne, dazu ein Glas Weißwein, während Magnus nur einen Kaffee orderte.

Die Aussicht war herrlich und sie genoss die Gesellschaft von Magnus. Sie unterhielten sich über dies und das. Sie berichtete ihm von ihrem Job in einer kleinen Anwaltskanzlei und ihrer Tätigkeit als Bedienung. Magnus erzählte ihr, dass er Inhaber eines kleinen, privaten Sicherheitsunternehmens sei.

Knapp zwei Stunden später beglich Magnus die Rechnung und sie beschlossen die Burg zu besichtigen. Sie stiegen auf den Bergfried, der einen weiten Blick ins Land ermöglichte. Anschließend führte er sie über eine Treppe hinunter in einen etwas abseits gelegenen Teil der Burg. An einer niedrigen Mauer angekommen, setzte sie sich, während Magnus vor ihr stehen blieb und sich eine Zigarette anzündete.

Mittlerweile war es dunkel geworden. In diesem abgelegenen Teil der Burg waren sie ungestört. Magnus nahm einen letzten Zug von seiner Zigarette und schlang die Arme um ihre Hüften. Ohne ein Wort zu sagen, blickte er sie schweigend an, dann zog er sie in seine Arme und küsste sie. Sein Kuss war sinnlich und intensiv. Sie spürte seine innere Anspannung. Es musste ihm schwerfallen sich so lange zurückzuhalten.

Helena fuhr ihre Barrieren hoch, denn sie ahnte, dass er wieder versuchen würde, in ihren Geist einzudringen, doch sie war gewarnt. Die Dunkelheit, die ihn umgab, hatte sie sofort gespürt, und sie wusste, dass er ein Vampir er war. Sie wusste, dass ihre Schutzschilde stark waren, aber bis jetzt hatte sie noch nie eine direkte Konfrontation mit seinesgleichen gehabt. Die wenigen Vampire, denen sie bis jetzt begegnet war, hatte sie schon im Vorfeld abwehren können. Sie ließ ihnen nicht die Möglichkeit, in ihren Geist einzudringen, und so verloren sie schnell das Interesse an ihr.

Eigentlich war es verrückt gewesen, mit ihm hierherzukommen. Doch Magnus faszinierte sie, er war anders. Nicht nur, dass er wahnsinnig gut aussah, irgendetwas reizte sie an ihm. Er zog sie regelrecht an, obwohl sie seine mächtige dunkle Aura deutlich wahrnahm. Gestern hatte er versucht, ihren Geist zu beeinflussen, und fast wäre es ihm gelungen. Sie hatte ihn geküsst, dann gerade noch die Kurve gekriegt und ihn zurückgedrängt. Er hatte sich so gut angefühlt. Auch jetzt, als er mit seiner Zunge ihren Mund erkundete, presste sie sich an ihn und spielte mit der metallenen Kugel in seiner Zunge.

Sie spürte keine Berührung seines Geistes.

Dann löste er die Lippen von ihren und glitt zu ihrem Hals, den er erst mit leichten Küssen und dann mit leichten Bissen überzog.

Helena entwich ein leises Stöhnen. Oh Gott, wie gut sich das anfühlt, dachte sie. Aber sie durfte jetzt nicht schwach werden, sonst würde er sie beißen. Sie sendete ihm den mentalen Befehl, sie jetzt loszulassen.

Sie fühlte sich so gut an. Er konnte gar nicht genug von ihren Lippen kriegen. Die zarte Haut an ihrem Hals löste in ihm das immer stärker werdende Bedürfnis aus, die Zähne in ihren Hals zu schlagen und ihr Blut zu kosten. Doch auf einmal löste er sich von ihr und sah sie verdutzt an.

Hatte sie ihm gerade den mentalen Befehl gegeben, sie loszulassen?

„Können wir noch ein wenig mit dem Motorrad den Neckar entlangfahren?", fragte sie und grinste ihn unschuldig an.

„Dein Wunsch ist mir Befehl", sagte er. Hand in Hand gingen sie zurück zum Motorrad.

Er jagte das Motorrad durch die Nacht und fragte sich, wer diese Frau war, die sich gerade fest an ihn klammerte und den Kopf gegen seine Schulter lehnte. Sie hatte ihm den mentalen Befehl gegeben, sie loszulassen, und er hatte ihn befolgt.

Wie war das möglich?

Er war es nicht gewohnt, Befehle zu erhalten und diese auch noch zu befolgen. Er war derjenige, der andere befehligte.

249

Magnus würde der Sache auf den Grund gehen. Sie war ein Götterkind, wenn er sie wandeln würde, würde ihre Gabe vielleicht auf ihn übergehen. Er musste sich nur lange genug zurückhalten, um hinter ihr Geheimnis zu kommen. Er musste ihrem Körper und ihrem Blut entsagen. Normalerweise nahm er sich, was er wollte, und er wollte sie. Noch nie hatte er jemanden so sehr begehrt wie Helena.

Eine Stunde später hatte er Helena zu Hause abgesetzt und war in die Stadt gefahren, um seinen Blutdurst an irgendeiner dahergelaufenen Menschenfrau zu stillen.

Als er in seiner Wohnung angekommen war, telefonierte er mit Ragi und ging dann ins Wohnzimmer. Von hier aus hatte er einen idealen Blick auf die Zentrale und auch auf das Haus, in dem Helena wohnte. Er blickte gerade aus dem Fenster, als er hinter sich eine vertraute Stimme wahrnahm.

„Kann es sein, dass du mit deinen Gedanken nicht bei der Sache bist, sondern bei einer kleinen Bedienung, die dir den Kopf verdreht hat?", fragte Loki.

Magnus drehte sich um und begrüßte Loki mit einer tiefen Verbeugung. Der saß im Sessel vor Magnus' Schreibtisch. „Seid mir gegrüßt, Meister. Verzeiht mir, ich werde das Problem mit der Menschenfrau schnellstens beseitigen und meine Geschäfte nicht durch sie stören lassen. Helena ist ein Götterkind, und sie verfügt über enorme Geisteskräfte. Diese will ich an mich bringen, und dann werde ich sie beseitigen", sagte Magnus und hoffte, Loki dadurch zu beschwichtigen.

„Nichts dergleichen wirst du tun", sagte Loki mit finsterer Miene. „Du wirst ihr den gebührenden Respekt entgegenbringen, den sie als mein Fleisch und Blut verdient. Sie ist meine Enkelin, und sie verfügt über die gleichen Kräfte wie ihre Mutter Hel. Du wirst sie zu deiner Gefährtin machen und ein Kind mit ihr zeugen. Freya und Odin haben eine Göttin geschickt, um dich zu töten. Sie ist bereits bei Halfdan in der Zentrale. Sei auf der Hut, Magnus! Diese Göttin kann dir sehr gefährlich werden. Du musst der Sippe immer einen Schritt voraus sein."

„Helena verfügt über die Gabe, dich vor den anderen zu schützen. Du musst zeitnah handeln. Der nächste Neumond ist bereits morgen Nacht. Du musst sie wandeln und ein Kind mit ihr zeugen. Dieses Kind wird ihre Kräfte noch verstärken. Also tu, wie ich dir geheißen habe, sonst wirst du vernichtet werden!", sagte Loki und verschwand.

Magnus trat ans Fenster und blickte zu Helenas Wohnung. Sie war also Lokis Enkelin, und er sollte sie wandeln.

Nichts lieber als das, dachte er.

Er begehrte sie mehr, als er je eine Frau begehrt hatte. Doch konnte es ihm gelingen, ihr Herz in so kurzer Zeit zu gewinnen? Denn das musste er. Wandeln konnte er sie auch ohne ihre Einwilligung, aber ein Kind empfangen konnte sie nur, wenn sie ihn auch liebte.

Sein Blick fiel auf die ihm verhasste Zentrale. Die Götter hatten also jemanden geschickt, um ihn zu vernichten. Alrik wusste, dass er die Rose zerstören würde, wenn er keine andere Chance mehr hätte.

251

Lieber würde Magnus sich selbst vernichten, als ihnen den Sieg zu überlassen.

Sein Blick fiel wieder auf Helenas Haus, und er wusste, wenn er sie für sich gewinnen wollte, musste er sich etwas einfallen lassen.

Da kam ihm eine Idee.

Er ging zu seinem Laptop, rief einige Seiten auf, griff zum Telefon und machte eine Reservierung. Jetzt musste sie nur noch mit ihm kommen. Wusste sie, wer sie war und was er war? Die Möglichkeit bestand, denn sie hatte ihm jetzt schon zwei Mal widerstanden.

Helena hatte bis in den späten Vormittag geschlafen. Sie war einkaufen gegangen und hatte ihre Wohnung auf Vordermann gebracht, als gegen siebzehn Uhr ihr Handy klingelte.

Es war Magnus.

Er wollte sie gegen achtzehn Uhr abholen und mit ihr zu einem mittelalterlichen Markt fahren. Sie sollte ein paar Sachen einpacken, er hätte eine Überraschung für sie. Natürlich nur, wenn sie Lust hätte, das Wochenende mit ihm zu verbringen.

Sie war sprachlos. Er wollte das Wochenende mit ihr verbringen. Und sie? Wollte sie wirklich mit ihm … mit einem Vampir das Wochenende verbringen?

Wer kann denn schon Nein sagen zu einem Date mit solch einem äußerst sexy Vampir?, dachte sie sich.

„Ich würde dich gerne begleiten", sagte sie.

„Ich bin in einer Stunde bei dir", sagte Magnus. „Und ich freu mich."

Eine Stunde später klingelte es, sie öffnete ihm die Tür und starrte ihn überrascht an.

Er trug die authentische Gewandung eines Wikingers des 9. Jahrhunderts, bestehend aus Tunika, Hose, Stiefel mit Beinwickel, einen mit Messingplättchen besetzten Gürtel und einen Überwurf, der durch Fibeln gehalten wurde.

Helena hatte sich überraschenderweise ebenfalls für ein Wikinger-Outfit entschieden.

Sie trug ein beigefarbenes Unterkleid mit langer bordeauxroter Schürze, die mit Scheibenfibeln verziert war. Dazu trug sie Bernsteinschmuck und einen Gürtel, an dem sie diverse Dinge wie eine Ledertasche, Schlüssel und ein Messer befestigt hatte. In ihr Haar hatte sie verschiedene Perlen und Bänder geflochten.

Er war ebenso überrascht wie sie und zog sie in seine Arme. „Wo warst du nur die ganzen Jahrhunderte?", frage er, und küsste sie.

Kurze Zeit später saß sie neben ihm im Wagen. Sie machten sich auf den Weg nach Bretten, wo gerade ein großes Mittelalterfest stattfand. Nachdem Magnus einen Parkplatz gefunden hatte, machten sie sich auf den Weg in die Stadt.

Der Mittelaltermarkt zog sich durch einen großen Teil der Brettener Altstadt. Es gab etliche Buden mit mittelalterlichem Essen, Getränken, Schmuck, Waffen und diversen anderen handwerklichen Buden. Es gab zwei Bühnen, auf denen Bands spielten oder Gaukler und Jongleure ihre Kunststücke darboten. Vor einer der Bühnen blieben sie stehen und lauschten den mittelalterlichen Klängen. Magnus hatte die Arme

253

von hinten um sie gelegt und hielt sie fest umschlungen.

Sie fühlte sich geborgen in seinen Armen, und der Gedanke, dass er ein blutrünstiger Vampir war, rückte in weite Ferne. Bei ihrem Bummel über den Markt fiel ihr Interesse auf eine Kette, die sie an einem Stand entdeckt hatte. Ein Lapislazuli, in den eine Hagalazrune eingraviert war.

Sie nahm sie in die Hand, ließ ihre Energien fließen und murmelte leise ein paar Worte. Sie bezahlte die Kette und legte sie Magnus um den Hals.

Verblüfft über ihr Geschenk, bedankte er sich mit einem innigen Kuss bei ihr.

Sie genoss seinen Kuss und seine Nähe, doch plötzlich bemerkte sie, dass etwas nicht in Ordnung war. In ihren Eingeweiden machte sich ein ungutes Gefühl breit. Von irgendwoher drohte Gefahr.

Vampire!

Sie konnte ihre Anwesenheit spüren.

Für heute Abend hatte Benedikt mir eine Überraschung versprochen. Nach gut einer Stunde Fahrt erreichten wir unser Ziel, und ich erspähte an einem Laternenpfahl ein Plakat mit dem Hinweis auf ein Mittelalterfest. Er lenkte den Wagen in eine freie Parklücke. Wir stiegen aus und ich bedankte mich bei Benedikt mit einem Kuss. Anschließend betraten wir den Markt, der sich idyllisch durch die Gassen der Altstadt schlängelte.

Es dämmerte bereits, das Wetter war schön, was zur Folge hatte, dass der Markt gut besucht war. Wir waren bereits einige Zeit unterwegs, als wir in eine kleine Gasse einbogen, in der sich unzählige Gäste vor den Buden tummelten. Mein Blick schweifte über die anwesenden Gäste, bis ich bei einem bestimmten Mann verharrte.

Augenblicklich gefror mir das Blut in den Adern. Ich blieb abrupt stehen, sodass Benedikt in mich hineinlief. Erschrocken starrte ich den Mann an. Er hielt gerade eine Frau im Arm und küsste sie.

Genauso wie damals, dachte ich, wie an dem Tag, als ich ihn das erste Mal gesehen habe.

Doch Moment … ich spürte ihn nicht.

Er stand keine hundert Meter von uns entfernt, aber ich spürte ihn nicht.

Wie war das möglich?

Ich hatte die Gegenwart von Vampiren immer gespürt. Erst vor ein paar Tagen hatte ich ihn im Haus am Neckarufer gespürt.

„Kara, was ist los? Wieso bleibst du stehen?", fragte Benedikt.

Ich konnte nur schockiert in Magnus Richtung zeigen. „Da ist Magnus", brachte ich stotternd heraus.

Helena löste sich abrupt von Magnus und sah ihn erschrocken an.

„Was ist los?", fragte er.

Sie blickte sich erschrocken um.

„Vampire", sagte sie. „Hier sind irgendwo Vampire. Wir müssen sofort weg von hier."

Sie zog Magnus am Arm, dabei fiel ihr Blick auf eine Frau, die mit dem Finger auf sie zeigte. Sie war in Begleitung eines großen schwarzhaarigen Mannes. Das waren die Vampire, wie es ihr ihre Sinne sagten.

Magnus hatte die beiden ebenfalls gesehen und fluchte laut. „Benedikt", sagte er. Er schien den Mann zu kennen und wollte gerade auf ihn zustürmen, als Helena ihn am Arm festhielt und versuchte, ihn zurückzuhalten. Genauso wie die andere Frau, die ihrerseits versuchte, ihren Mann davon abzuhalten, Magnus anzugreifen.

„Magnus … bitte, wir müssen hier weg", schrie Helena. „Du bist in Gefahr."

Er fluchte, packte ihre Hand und zog sie durch die Menschenmassen, weg von den beiden Vampiren. Sie bogen um die nächste Ecke und verschwanden in einer Gasse, in der er sie in eine dunkle Ecke zog. Er riss sie fest in seine Arme, und im selben Augenblick verschwamm die Welt um sie herum.

Helena schloss erschrocken die Augen.

„Du kannst die Augen wieder öffnen", sagte er Sekunden später. Sie standen sie direkt neben seinem Wagen. Er zog sie fester an sich, küsste sie und hieß sie dann an, ins Auto zu steigen. Er öffnete die Tür und sagte ihr erneut, sie solle einsteigen. Verblüfft blickte sie ihn an, stieg dann aber doch ein. Er ging um den Wagen herum, stieg ein und gab Vollgas.

Sie blickte sich immer wieder um, um sich zu vergewissern, dass sie ihnen nicht doch folgten. Obwohl sie eigentlich wusste, dass die Vampire sie nicht finden konnten.

Helena hatte ihren Schutz auf Magnus' Kette gelegt. Sie wusste nicht, warum sie es getan hatte, es war reine Intuition gewesen, so, als hätte sie die Vampire schon vorher kommen sehen.

Jetzt heizte er durch die Dunkelheit und hatte seit ihrer Abfahrt kein Wort mit ihr gesprochen. Plötzlich lenkte er den Wagen auf einen kleinen, abgeschiedenen Waldparkplatz. Er stellte den Motor ab und sagte, dass er eine rauchen wolle. Er stieg aus und zündete sich eine an.

Helena war ebenfalls ausgestiegen, lehnte sich gegen die Fahrertür, und beobachtete ihn, während er gedankenverloren auf und ab ging.

Als sich plötzlich ein Auto mit überhöhter Geschwindigkeit näherte, fuhr er herum.

„Keine Angst, das sind keine Vampire, sie können uns nicht finden", sagte Helena in dem Moment, als das Auto an ihnen vorbeischoss.

Er sah sie fragend an. „Du hast die beiden schon vor mir gespürt, oder? Wieso können sie uns nicht finden?"

„Ich habe einen Schutz auf deine Kette gelegt, sie können uns nicht aufspüren", sagte sie.

„Du wusstest von Anfang an, was ich bin, oder? Du hast mich zweimal davon abgehalten, dein Blut zu trinken. Wie hast du das gemacht?", fragte er.

„Ich hatte schon Begegnungen mit Vampiren, ich konnte sie jedoch immer rechtzeitig abwehren. Ich verschließe meine Gedanken vor ihren Manipulationen und kann auch ihre Gedanken beeinflussen, sodass sie mich in Ruhe lassen. So wie bei dir gestern Nacht, als du kurz davor warst, mich zu beißen. Ich habe deine innere Unruhe und Anspannung gespürt."

Er legte die Arme um ihre Hüften, küsste sie und überzog dann ihren Hals mit Küssen.

„Und wieso hast du dich dann doch mit mir getroffen, obwohl du wusstest, was ich bin? Wieso lässt du dich auf mich ein? Wieso lässt du es zu, dass ich zum Beispiel das hier mit dir mache?", fragte er sie und fuhr mit den Spitzen seiner Fänge leicht über die empfindliche Haut an ihrem Hals. „Oder das hier?", sagte er und fing an, ihren Hals mit leichten Bissen zu überziehen.

Sie erschauderte und wohlige Schauer jagten ihr über den Rücken.

„Und warum hältst du mich nicht davon ab, das hier mit dir zu tun?", fragte er und drückte die Spitzen seiner Zähne mit leichtem Druck in ihr Fleisch. Nicht fest, nur so viel, um ihre Haut zu durchbrechen und einem kleinen roten Rinnsal die Möglichkeit zu geben, sich über ihre zarte Haut zu ergießen.

„Weißt du, wieso du es zulässt, dass ich die kleine Spur, die dein Blut gezogen hat, genüsslich mit der Zunge von deiner erhitzten Haut lecke? Weil du meine Gefährtin bist. Weil wir füreinander bestimmt sind", sagte er und fuhr mit der Zunge die Spur ihres Blutes nach.

Sie warf den Kopf zurück und spürte nur noch die Hitze seiner Zunge, als sie eine heiße Spur über ihre Haut zog. Er kostete ihr Blut, und sie ließ es zu.

Er kam nach oben und eroberte ihren Mund mit einem leidenschaftlichen Kuss. Dann sah er ihr tief in die Augen. „Du bist ein Götterkind. Du bist die Tochter von Hel und somit Lokis Enkelin. Wie jedes Götterkind verfügst du über magische Fähigkeiten. Wenn meinesgleichen sich ein Götterkind zur Gefährtin nimmt, ist dies eine besonders starke und intensive Verbindung. Wenn ich dein Blut trinke, besteht die Möglichkeit, dass deine Fähigkeiten auf mich übergehen. Loki hat mich angehalten, dich zu meiner Gefährtin zu machen und ein Kind mit dir zu zeugen. Nur du und deine Kräfte können mich vor den anderen schützen", sagte er.

Was?", sagte Helena verwirrt. „Götterkind? Gefährtin? Loki? Wovon redest du da? Loki hat dir gesagt, dass du mich zu einem Vampir machen und mir ein Kind machen sollst?"

Magnus sah betroffen aus.

„Deshalb hast du mich also vorgestern nach Hause gebracht." Ihr traten Tränen in die Augen. „Wenn ich dich nicht davon abgehalten hätte, hättest du mich gebissen, und wahrscheinlich wärst du über mich hergefallen", sagte sie tief enttäuscht und versuchte, ihn von sich wegzudrücken.

Er sah sie erstaunt an, schüttelte den Kopf.

„Nein … Loki hat mich erst gestern Nacht aufgesucht und mir gesagt, dass du seine Enkelin bist. Als ich dich vorgestern nach Hause brachte, wusste ich nicht, wer du bist. Und ja, ich wollte von dir kosten und dich verführen, aber als du mich abgewehrt hast, hast du etwas in mir geweckt. Ich bin es nicht gewohnt, abgewiesen zu werden, und schon gar nicht, Befehle von jemandem anzunehmen. Deshalb beschloss ich, hinter dein Geheimnis zu kommen und dich für mich zu gewinnen. Das will ich immer noch, und ich will dich auch ohne Lokis Befehl in meinem Bett. Noch nie hat mich eine Frau so fasziniert, wie du es tust. Dein Duft raubt mir fast den Verstand. Ich will dich, und ich würde nichts lieber tun, als Lokis Befehl auszuführen und dich zu der meinen machen. Ich habe für heute Nacht ein Zimmer für uns gemietet", sagte er. „Heute Nacht ist Neumond. Wir müssen uns heute Nacht vereinen. Ich würde dir gerne mehr Zeit geben, aber die bleibt uns leider nicht. Die anderen sind mir auf der Spur, und wenn sie mich finden, werden sie mich vernichten."

„Sie werden dich vernichten?", fragte sie erstaunt. „Aber wieso? Was hast du getan? Dieser Typ auf dem Markt, er war bereit, auf dich loszugehen, wieso?".

„Ich werde dir alles erzählen, aber jetzt steig ein, wir müssen weiter", sagte er.

Sie stieg ins Auto, und während der Fahrt berichtete Magnus ihr vom Ursprung seiner Rasse und warum er sich gegen sie, gegen ihre Arroganz und Unterwürfigkeit entschieden hatte. „Verstehst du nun, warum ich mich ihren Regeln nicht unterordnen konnte? Wir sind die Spitze der Nahrungskette. Und doch kriechen sie vor der Menschheit zu Kreuze. Alrik und Halfdan haben mich verbrennen und sterben lassen. Loki hat mich gerettet. Und deshalb werde ich alles tun, um sie zu vernichten."

„Na, hervorragend", sagte Helena. „Da lerne ich einen sexy Vampir kennen und verliebe mich ausgerechnet in den Lex Luthor aller Vampire", sagte sie.

Er verriss das Lenkrad und bekam den Wagen gerade noch unter Kontrolle.

„Du liebst mich?", fragte er, und Helena schalt sich wieder einmal für ihr loses Mundwerk.

Erst denken, dann sprechen, dachte sie sich.

„Ja, ich mag dich, und dass, obwohl du mir gerade erzählt hast, dass du nicht Superman bist, sondern sein böser und rachsüchtiger Gegenspieler", sagte sie.

Dann lenkte er den Wagen in eine Einfahrt und hielt direkt auf ein herrliches altes Schloss zu. Sie blickte auf das imposante Gemäuer.

„Das ist nicht dein Ernst?", sagte sie und sah ihn fragend an.

Er lächelte.

„Doch … darf ich vorstellen, das Schlosshotel Götzenburg zu Jagsthausen, einst Wohnstätte des legendären Götz von Berlichingen." Er lenkte den Wagen in den Innenhof und stellte ihn auf einem der Parkplätze ab.

Sie stieg aus und drehte sich um die eigene Achse. Sie bewunderte das herrliche Fachwerk und die vielen kleinen Türmchen und Fenster. Die Beleuchtung tauchte das ganze Gemäuer in ein mystisches Licht. Magnus nahm das Gepäck aus dem Kofferraum und ging mit ihr in Richtung Rezeption.

Mit Müh und Not konnte ich Benedikt davon abhalten, Magnus auf offener Straße und vor den Augen aller anwesenden Menschen anzugreifen. Ich konnte mir nicht erklären, weshalb ich ihn nicht gespürt hatte. Durch puren Zufall hatte ich die beiden im Gedränge entdeckt. Die Frau schien nicht unter Magnus' Bann zu stehen. Sie hatte uns ebenfalls entdeckt und Magnus ihrerseits davon abgehalten, Benedikt anzugreifen, bis er mit ihr in der Menge verschwunden war. Ich hatte noch versucht, ihn aufzuspüren … Aber da war nichts. Ich konnte ihn nicht spüren. Auch die Frau konnte ich nicht ausmachen, sie musste ein Mensch sein.

Wir waren die einzigen Vampire, die durch die Straßen irrten. Nach einer Stunde gaben wir auf und fuhren zurück zur Zentrale, wo Benedikt sofort alle im Kommandoraum zusammenrief, um ihnen von unserer Begegnung mit Magnus berichteten.

„Das sind wirklich sehr schlechte Neuigkeiten", sagte Alrik. „Irgendetwas muss passiert sein, dass Kara Magnus nicht mehr spüren kann. Damit verschlechterten sich unsere Chancen, ihn und die Blutrose aufzuspüren, deutlich. Wir müssen seinen Unterschlupf rund um die Uhr beobachten und zuschlagen, sobald er dort auftaucht. Wir müssen herausfinden, wer diese Frau ist und was für ein Interesse Magnus an ihr hat. Vielleicht ist sie ein Götterkind? Vanja, befrage bitte die Runen, vielleicht kannst du etwas Licht ins Dunkel dieser neuen, beunruhigenden Situation bringen. Jetzt können wir Magnus nur noch anhand der Blutrose ausfindig machen."

Nachdem sie eingecheckt hatten, ließ Magnus das Gepäck aufs Zimmer bringen. Er führte Helena inzwischen in den Rittersaal, wo die Bedienung sie in Empfang nahm und zu ihrem Tisch führte. Etwas abseits gelegen nahmen sie Platz.

Helena bewunderte den Tisch, der für ein Candle-Light-Dinner eingedeckt war. Die Umgebung wurde nur durch Kerzen beleuchtet, was dem Ganzen einen Hauch von Romantik verlieh. Magnus hatte bereits die Bestellung aufgegeben, und beide bekamen ein edles Vier-Gänge-Menü.

Amüsiert stellte Helena fest, wie Magnus immer wieder Teile seines Essens vom Tisch verschwinden ließ. „Wie machst du das?", fragte sie.

„Du weißt doch, wie wir zum Auto teleportiert sind, genauso lasse ich das Essen verschwinden. Ich teleportiere es einfach weg, denn ein Vier-Gänge-Menü sprengt eindeutig mein Aufnahmevermögen", sagte er und schenkte ihr ein Lächeln.

Helena fühlte sich wohl und genoss die gemeinsame Zeit mit Magnus sehr. Sie fragte sich, wie sie ihm nur so schnell hatte verfallen können. Und dass, obwohl er seiner eigenen Aussage nach der Bösewicht aller Vampire zu sein schien. Ihr gegenüber verhielt er sich immer zurückhaltend und ganz gentlemanlike. Nachdem sie das Dinner beendet hatten, gingen sie noch einige Zeit im Schlossgarten spazieren. Das Ambiente der Burg war traumhaft. Neben der großen Hauptburg gab es die Vorburg und ein Burgmuseum.

Als sie die Hauptburg betraten und sich über eine steinerne Wendeltreppe auf den Weg zu ihrem Zimmer machten, war Helena vom Charme der alten Burg völlig gefangen. Stilecht hatte Magnus das Zimmer „Götz" reserviert. Als er die Tür aufstieß, verschlug es ihr die Sprache.

Das Zimmer war groß. Die Ausstattung bestand aus teuren Teppichen, alten Bildern und herrlichen antiken Möbeln. Die Möbel waren groß und wuchtig, und allesamt hatten sie schon einige Jahrhunderte auf dem Buckel. Ein besonderer Blickfang war das große antike Himmelbett mit Baldachin, welches vermutlich aus massivem Eichenholz gefertigt war. Es war versehen mit verschiedenen Schnitzereien und Drechslerarbeiten.

Magnus hatte inzwischen in einem der antiken Sessel Platz genommen, während Helena ihre Sachen im Schrank und Badezimmer verstaute.

Er hatte die Fingerspitzen aneinandergelegt und verfolgte ihre Bewegungen mit begierigen Blicken.

Sie konnte sein Verlangen nach ihr deutlich spüren. Das Grün seiner Augen hatte einen helleren Ton angenommen, und mit seinen Blicken schien er sie bereits auszuziehen. Dann spürte sie eine leichte Berührung ihres Geistes und sie wusste, was er von ihr wollte. Langsam begann sie, den Gürtel ihrer Gewandung zu öffnen.

Sein Hunger nach ihr fraß ihn innerlich auf. Seit ihrer ersten Begegnung sehnte er sich danach, sie zu der Seinen zu machen. Er wollte sie berühren, jeden Zentimeter ihres Körpers erkunden, und er musste von ihr kosten. Sein Blick fiel auf die pulsierende Ader an ihrem Hals, welche ihn unaufhörlich lockte, seine Fänge in sie zu schlagen. Die kleine Kostprobe, die er von ihr genommen hatte, war bereits mehr, als er ertragen konnte. Jetzt stand sie vor ihm, und er schickte ihr den mentalen Befehl, sich zu entkleiden.

Langsam öffnete sie ihren Gürtel und legte ihn auf dem freien Stuhl ab. Nacheinander öffnete sie die seitlichen Schnürungen ihrer Schürze, zog sie sich über den Kopf und legte sie ebenfalls beiseite. Dann zog sie die Riemenschuhe aus, legte ihr rechtes Bein auf sein Knie und fuhr langsam an seinem Bein entlang in Richtung seines Schrittes. Dort angekommen begann sie, ihn mit leichten kreisenden Bewegungen zu stimulieren.

Schon allein ihr Anblick hatte ihn hart werden lassen. Aber jetzt zu spüren, wie sie ihn mit ihrem kleinen zarten Fuß unaufhörlich reizte und neckte, raubte ihm fast den Verstand. Langsam glitt er mit seinen Händen an ihrem Bein entlang und schob ihr dabei das Unterkleid nach oben. Ihre Haut war weich wie Seide. Als er über ihre Pobacken glitt, stellte er fest, dass sie keine Unterwäsche trug.

Diese Feststellung war zu viel für seine schon wankende Selbstbeherrschung. Er ergriff ihr Unterkleid, stand zeitgleich auf und zog es ihr in einer schnellen Bewegung über den Kopf. Er betrachtete ihren nackten, reizvollen Körper, zog sie in seine Arme und küsste sie leidenschaftlich. Dabei ließ er seine Zunge in ihren Mund wandern und flüsterte heiser ihren Namen.

„Helena … Ich brauche dich", keuchte er an ihren Lippen. „Ich muss in dir sein und dein Blut kosten … Es schreit regelrecht nach mir. Ich werde dir heute Nacht noch genügend Zeit geben, aber jetzt kann ich nicht mehr an mich halten. Ich brauche dich … jetzt!"

Er entledigte sich in Windeseile seiner Kleidung. Dann packte er Helena, hob sie hoch, und während er tief in sie eindrang, umklammerte sie seine Hüften fest mit ihren Schenkeln. Um die Hände freizuhaben, trug er sie zum Bett, setzte sie auf der Balustrade ab und presste ihren Rücken fest gegen den Bettpfosten. Mit festen Stößen nagelte er sie regelrecht an den Bettpfosten. In ihr zu sein, fühlte sich so gut, so richtig an. Noch nie hatte er etwas Derartiges gespürt. Sein Mund eroberte ihren, während er ihre Brüste mit seinen Händen liebkoste und neckte. Unaufhörlich stieß er in sie. Helena stöhnte heftig und krallte die Finger in seine Schultern.

Er spürte, dass sie kurz vor ihrem Höhepunkt stand. Dem ersten von vielen, die er ihr heute Nacht noch bescheren würde. Dann spürte er, wie sich ihr Unterleib anspannte und die erste Welle der Lust sie überrollte. Sie klammerte sich an ihn, schrie seinen Namen und schlug ihre stumpfen Zähne in seinen Hals. Ihre Lust riss ihn in einem Strudel mit sich und ließen seine Fänge vollkommen ausfahren. Augenblicklich kam auch er, und um all seine Gier zu befriedigen, schlug er die Fänge in ihren zarten Hals.

Als er den ersten, tiefen Schluck nahm, war dieser tausendmal intensiver, als es die kleine Kostprobe vom Parkplatz gewesen war. Ihr Blut elektrisierte seine Adern. Wie ein wütender Gewittersturm jagte es mit tausenden von Blitzen durch seinen Körper. Er musste sich mit ihr vereinigen, und da sie immer noch leidenschaftlich an seinem Hals saugte, wusste er, was zu tun war. Er löste die Fänge von ihrem Hals, zog sich von ihr zurück und brachte sich mit seinem Fingernagel eine Wunde am Hals bei, aus der sich sogleich sein Blut ergoss.

„Trink, meine Geliebte, und werde eins mit mir", sagte er und führte ihren Kopf an die blutende Wunde.

Als Helena am Morgen erwachte, konnte sie nicht anders, als Magnus noch eine Zeit lang zu beobachten. Magnus war faszinierend, schön, aber als Vampir auch sehr gefährlich. Er hatte sie die ganze Nacht über geliebt, und nicht nur das, er hatte sie auch gewandelt. Instinktiv griff sie sich an den Hals. Die Wunde, die er ihr mit seinem Biss beigebracht hatte, war mittlerweile verschwunden. Ihr Blick fiel auf ihre Handfläche. Auch die tiefen Schnittwunden, welche ihr die Rose zugefügt hatte, waren verschwunden. Magnus hatte sie zu einem Vampir gemacht.

Sie hatte sein Blut getrunken, und wider Erwarten hatte es ihr gefallen. Noch nie hatte sie eine derartige Nacht erlebt. Noch nie war sie so geliebt worden. Sie war Magnus mittlerweile mit Haut und Haaren verfallen, und sie würde alles tun, um ihn vor den anderen zu schützen. Mit den Fingern fuhr sie die Rosenranke nach, die sich über seine Brust zog. Er hatte ihr gesagt, dass sich die Ranke nach kurzer Zeit auch auf ihrer Brust bilden würde.

Er hatte ihr letzte Nacht alles über die Sippe erzählt, und auch über die Fähigkeiten, welche sie nach und nach erhalten würde. Die Blutrose würde sie mächtiger machen als die meisten Vampire, und welche Auswirkungen die Rose und Magnus' Blut auf sie und ihr ungeborenes Kind haben würden, würde die Zeit zeigen.

Doch Zeit war etwas, das sie nicht hatten. Magnus wollte sie noch heute aus Deutschland fortbringen.

Er hatte seinen Gehilfen Gunnar bereits angewiesen, alles in die Wege zu leiten.

Sie hätte noch stundenlang mit Magnus das Bett teilen können. Es fiel ihr schwer, sich von ihm loszureißen und sich auf ihre Abreise vorzubereiten. Doch sie musste duschen und sich fertig machen, denn in gut einer Stunde würden sie abreisen und zurück nach Heidelberg fahren.

Ich hatte die ganze Nacht kein Auge zugemacht. Die schlechten Nachrichten von Magnus' seltsamer Veränderung hatten nicht nur mich, sondern auch die ganze Zentrale in Alarmbereitschaft versetzt. Vanja hatte noch in der Nacht die Runen befragt, und ihre Vorhersage deutete auf ein schnelles Handeln oder schnelle Veränderungen hin. Halfdan hatte einen Grundriss von Magnus' Unterschlupf auf dem Tisch des Kommandoraums ausgebreitet, und gemeinsam besprachen wir die verschiedenen Vorgehensweisen. Zudem hatte die Überwachung von Magnus' Haus seit dem frühen Morgen rege Aktivität gezeigt. Mindestens fünf bis sechs Tagwandler hielten sich seit dem Morgen im Haus auf, und sie schienen sich auf eine Abreise vorzubereiten. Magnus und die Frau waren jedoch nicht im Haus gesichtet worden.

Alrik war sich aber sicher, dass Magnus nicht lange auf sich warten lassen würde.

Wenn Magnus zum Haus kommen sollte, würden die Huskarlar von außen ins Haus vordringen, während Alrik, Halfdan, Benedikt und ich uns ins Haus teleportieren würden. Alrik würde vorrangig nach der Blutrose Ausschau halten, um mir die Möglichkeit zu geben, diese zu vernichten. Die anderen würden sich um die Tagwandler und um Magnus kümmern. Benedikt hieß mich an, immer an seiner Seite zu bleiben. Er wusste, dass ich mich verteidigen konnte, dennoch war ihm nicht wohl bei dem Gedanken, mich dieser Gefahr auszusetzen.

Wenn sich die Frau noch in Magnus' Gesellschaft befände, sollte sich Halfdan um sie kümmern. Sollten Magnus' Männer das Haus geschlossen verlassen, würde ihnen ein Teil der Männer folgen. Die nächsten

Stunden würden für alle zur Zerreißprobe werden. Alle mussten sofort einsatzbereit sein, um Magnus aufzuhalten.

Gut zwei Stunden später hatten sie ausgecheckt und befanden sich bereits kurz vor Heidelberg. Magnus teilte Helena mit, dass sie noch heute nach Gotland reisen würden. Die Veränderungen in ihrem Leben kamen rasch und waren unabänderlich. Doch Helena wusste, dass ihr Platz an Magnus' Seite war, und so würde sie mit ihm nach Gotland gehen.

Magnus hatte letztes Jahr das alte Stadthaus im historischen Stadtkren von Visby gekauft und Ragi, seine rechte Hand, hatte bereits alles vorbereitet. Laut Magnus gab es neben seinen Männern keine weiteren Vampire auf der Insel. Von hier aus würde Magnus in Zukunft alle weiteren Schritte planen."

Dann bog er auch schon in eine Seitenstraße ein, welche parallel zum Neckar verlief, und parkte den Wagen vor dem Haus. Sie stiegen aus, gingen ins Haus, und fuhren mit dem Aufzug in die vierte Etage. Oben angekommen trafen sie einige von Magnus' Männern an, die bereits dabei waren, Sachen zusammenzupacken. Sie schienen es sehr eilig zu haben.

Helena folgte Magnus in sein Arbeitszimmer. Er nahm einige Papiere aus der oberen Schublade und verstaute sie zusammen mit der Blutrose in einer Umhängetasche.

In diesem Moment hörte Helena vom Gang her Kampfgeräusche.

Ich schreckte hoch. Ohrenbetäubender Lärm hallte durch die Zentrale. Der Alarm. Es war so weit. Magnus hatte vor wenigen Minuten seinen Unterschlupf betreten und er war in Begleitung der fremden Frau. Die Huskarlar waren bereits vor Ort. Sie hatten nur eine Straße weiter in einem Van auf der Lauer gelegen. Ich würde mich mit Benedikt an Alrik halten, der versuchen würde, die Blutrose zu lokalisieren. Auf Alriks Zeichen hin teleportierten wir uns in Magnus' Wohnung.

Helena bekam einen Stoß und stolperte hinter die Couch. Da flimmerte auch schon die Luft, und von einem Augenblick auf den anderen erschienen zwei Männer und eine Frau mitten im Raum.

Magnus griff unter seinen Schreibtisch, zog ein Schwert hervor und griff die beiden Männer an. Augenblicklich entbrannte ein erbitterter Kampf auf Leben und Tod. Helena erkannte zwei der Personen wieder, es war das Pärchen vom Mittelalterfest.

Die Frau hielt sich im Hintergrund, als plötzlich zwei von Magnus' Männern in den Raum gestürmt kamen. Einer griff sie augenblicklich an. Doch sie wusste sich zu wehren. Sie zog eine Waffe und lieferte sich mit ihm eine handfeste Auseinandersetzung. Ihr Gefährte eilte ihr zu Hilfe und entschied den Kampf zu seinen Gunsten, indem er seinem Gegenüber mit

270

einem gekonnten Schlag den Kopf vom Rumpf trennte.

„Gunnar! Bring Helena in Sicherheit. Du schützt sie mit deinem Leben!", rief Magnus. Gunnar sprang zu Helena, packte sie und zog sie aus dem Zimmer.

Helena stolperte im Flur über eine enthauptete Leiche und schrie entsetzt auf. Im selben Augenblick brach Magnus, immer noch in den Kampf verwickelt, durch die Wand, seine Angreifer folgten und erwischten ihn mit einer Klinge schwer an der Schulter.

Magnus ging zu Boden.

In Panik schrie Helena seinen Namen: „Magnus … nein! Lasst ihn in Ruhe!"

Wie in Trance hob sie die Hände. Augenblicklich schossen Blitze aus ihren Fingern und rissen in einer gewaltigen Explosion alles und jeden um, der ihr im Weg stand.

„Oh mein Gott!", sagte Helena und starrte entsetzt auf ihre Hände, als sie auch schon unsanft von hinten gepackt wurde.

„Nein, Halfdan! Lass sie sofort los", schrie Magnus. Wenn du ihr auch nur ein Haar krümmst, dann …"

Der Mann, den Magnus Halfdan nannte, hatte sie unsanft von hinten gepackt und ihr die Hände auf dem Rücken fixiert, sodass sie sich nicht mehr wehren konnte. Gleichzeitig war sie noch immer erschrocken über die Explosion, die sieverursacht hatte.

Mit einer schnellen Bewegung drehte Halfdan sie zu sich herum, er griff ihr in den Nacken und blickte ihr in die Augen. Helena spürte, wie er in ihre Gedanken eindrang. Sie versuchte sich zu wehren, aber sie war auch sehr verwirrt. Sie hatte große Angst

271

um Magnus und sie sorgte sich um ihr ungeborenes Kind. So gelang es Halfdan, in ihre Gedankenwelt vorzudringen.

„Ein Kind … du erwartest ein Kind von Magnus?", fragte er überrascht. Augenblicklich lockerte er seinen Griff und sah Magnus fragend an.

„Was geht in deinem kranken Hirn vor? Was hast du vor?", fragte er anklagend.

„Lass sie los! Helena ist meine Gefährtin, und glaube mir, ihren Großvater willst du nicht erzürnen", rief Magnus.

Halfdan blickte sie nachdenklich an, und wieder gelang es ihr nicht, ihn abzuwehren.

„Loki … Loki ist dein Großvater? Das muss ein für alle Mal aufhören, Alrik. Wir müssen Magnus vernichten", sagte Halfdan.

„Nein, nicht … lasst ihn in Ruhe!", schrie Helena und versuchte, sich aus Halfdans Griff zu befreien.

„Wo ist die Blutrose?", fragte Alrik an Magnus gewandt. „Gib sie uns, und Halfdan wird deine Gefährtin vielleicht verschonen."

Ich sah, wie Magnus' Blick auf seine Tasche fiel.

„Kara, sieh nach, ob die Blutrose in der Tasche ist", sagte Alrik.

Ich nahm die Tasche, zog eine hölzerne Schatulle hervor und öffnete sie. Auf schwarzen Samt gebettet, lag die Rose vor mir. Vorsichtig nahm ich sie aus der Schatulle und blickte von Benedikt zu Alrik.

„Zerstör sie, schnell!", sagte Alrik.

Magnus machte Anstalten, sich aus Alriks Griff zu befreien, doch auf einen Wink von Halfdan hin hielt er inne. So konzentrierte ich mich und richtete meine ganze Energie auf die Blutrose. Augenblicklich schossen Flammen aus ihrem inneren hervor und hüllten sie ganz und gar ein. Ihr Innerstes begann regelrecht zu kochen und mit einem heftigen Knall zerbarst die Blutrose in tausend Stücke.

Ich hatte es geschafft, die Blutrose war zerstört.

Und da wir alle noch aufrecht standen, hatte sich Freyas Prophezeiung bewahrheitet.

„Und jetzt Magnus ... Du musst ihn vernichten", sagte Halfdan zu mir.

Wir hatten darüber gesprochen, und ich wusste, dass ich es tun musste. Doch nun, bei Halfdans Worten, wurde mir erst bewusst, was das bedeutete. Ich musste Magnus den Flammen aussetzen.

Ich musste ihn töten.

Benedikt kam zu mir und nahm mich in den Arm. „Du musst es tun, für unser aller Sicherheit", sagte er.

Ich blickte zu Magnus. Alrik und einer der Huskarlar hatten ihn zwischenzeitlich auf die Beine gezogen.

Die Wunde an seiner Schulter heilte bereits, und er blickte mich einem hasserfüllten Blick an. Wieder sah ich die Szene vom Mittelaltermarkt vor meinem geistigen Auge. Ich musste ihn aufhalten, und dies konnte ich nur auf meine Art. Ich konzentrierte mich, und augenblicklich schossen Flammen aus meinen Fingern, die ihn mit voller Wucht trafen und ihn zusammen mit den anderen zu Boden rissen.

In Sekundenschnelle fingen Magnus Kleider Feuer. Er schrie und rollte sich auf dem Boden, um die Flammen zu ersticken.

Seine Gefährtin schrie und brüllte von Grauen gepackt. Sie flehte mich an aufzuhören, und dabei liefen ihr Tränen der Verzweiflung übers Gesicht. „Nein ... bitte ... töte ihn nicht, nimm meinem Kind nicht den Vater ... bitte nicht!", schrie sie.

„Kara, du musst es tun!", schrie Alrik. „Töte ihn, jetzt!"

Erneut hob ich die Arme und feuerte eine Salve auf ihn, woraufhin seine Gefährtin sich zusammenkrümmte und einen markerschütternden Schrei ausstieß. Im selben Augenblick schoss eine Explosionswelle durch den Raum, welche uns alle von den Füßen riss. Die Wände bebten. Die Welle war so stark, dass die Mauern bröckelten und knirschten.

Halfdan hatte es nach hinten geschleudert. Magnus' Gefährtin rannte los, die Flammen waren durch die Druckwelle erloschen. Aber Magnus hatte schwere Verbrennungen erlitten. Doch noch bevor sie ihn erreicht hatte, stellte sich Alrik ihr in den Weg und versperrte ihr den Weg.

„Alrik, bitte tu ihr nichts. Lass sie gehen, und ich begebe mich in eure Hände. Einer meiner Männer soll sie in Sicherheit bringen, und ich gebe dir mein Wort, dass ich mich eurem Urteil stellen werde. Selbst, wenn es meine Vernichtung bedeuten sollte, ich will sie nur in Sicherheit wissen", rief Magnus.

Eine gespenstische Stille legte sich über den Raum. Alle waren von Magnus' Worten überrascht. War es eine seiner zahlreichen Listen oder liebte er diese Frau wirklich?

„Du wirst dich unserem Urteil bedingungslos unterwerfen. Solltest du auch nur einen Fluchtversuch wagen, werden wir deine Gefährtin jagen und vernichten", sagte Alrik.

„Nein, Magnus, ich verlasse dich nicht", rief seine Gefährtin.

Im selben Augenblick kam einer von Halfdans Männern den Flur entlang gerannt und teilte uns mit, dass es hier in wenigen Augenblicken nur so von Polizei und Feuerwehr wimmeln würde.

Wir mussten so schnell wie möglich verschwinden.

„Helena, du musst gehen", sagte Magnus. „Geh und bring dich und unser Kind in Sicherheit. Es muss hier enden, ich muss dich in Sicherheit wissen", sagte er, als plötzlich ein heller Lichtschein aufblitzte und Loki im Raum stand. Er packte Helena, und augenblicklich waren beide verschwunden.

Schweigend waren wir in die Zentrale zurückgekehrt. Nachdem Loki Helena geholt hatte, hatten sich die Ereignisse überschlagen. Uns waren nur wenige Minuten geblieben, um aus Magnus Wohnung zu verschwinden, ehe die Polizei aufgetaucht war.

Magnus wurde in eine Zelle gesteckt und stand unter strenger Bewachung. Bis über ihn geurteilt werden würde, würde noch einige Zeit vergehen. Natürlich hätte er sich jederzeit aus seinem Gefängnis wegteleportieren können, doch wider Erwarten hielt er Wort, sich dem Sippenurteil zu stellen.

Wir wussten nicht, wohin Loki Helena gebracht hatte und was nun aus Magnus und seinen Männern werden würde. Die Sippe würde jedoch versuchen, alle Verräter ausfindig zu machen und zu eliminieren. Ich für meinen Teil war froh, dass das Schlimmste vorüber war und ich mich auf ein gemeinsames Leben mit Benedikt freuen konnte. Ich war endlich zu Hause angekommen.

<u>Visby, Gotland</u>

Acht Monate waren vergangen, seit Loki sie nach Visby gebracht hatte. Jeden Abend saß sie stundenlang am Ufer und ließ den Blick übers Meer schweifen. Sanft strich sie dabei über ihren dicken Babybauch und flüsterte ihrem ungeborenen Sohn liebevolle Worte zu. Sie wusste, dass Magnus noch am Leben war. Er musste es einfach sein.

Selbst, wenn Ragi es für unwahrscheinlich hielt, dass die anderen ihn am Leben gelassen hatten, Helena glaubte daran.

Ragi hatte Magnus' Geschäfte übernommen, und anscheinend hätte er auch gerne Helena übernommen. Doch ihr Herz gehörte Magnus. Helena würde nie aufhören, ihn zu lieben, und sie würde ihn finden, das schwor sie sich beim Leben ihres ungeborenen Sohnes.

Ende von Buch 3

Lokis Fluch der Unsterblichkeit

Blinder Hass

Buch 4

Stockholm im Jahr 2029

Meine Schritte hallten durch die Gänge und warfen ein Echo gegen die kahlen Wände. Vater hatte mir strengstens verboten, in den Keller zu gehen, doch ich war neugierig, ich musste wissen, was er dort unten versteckt hielt. Eigentlich war ich ja bereits ein großes Mädchen, ich war schon sechs Jahre alt.

Schon öfters hatte ich die Huskarlar bei ihren Gesprächen belauscht. Sie hatten sich über einen bösen Mann unterhalten, der schon sehr lange in unserem Keller eingesperrt war. Heute hatte ich beobachtet, wie sie eine gefesselte Menschenfrau in den Keller gebracht hatten. Ich wusste, dass keine fremden Personen ins Haus durften. Was machte diese Frau hier? Momentan waren nur die Huskarlar und mein Vater im Keller.

Auf Zehenspitzen schlich ich den spärlich beleuchteten Gang entlang. Die Wände waren kalt und feucht. Immer weiter ging ich den abschüssigen Gang entlang in Richtung des Raumes, in dem sich die Gefängniszellen befanden. Als ich das letzte Mal hier unten gewesen war, hatte ich einen Blick in die Zellen werfen können, doch damals waren sie leer gewesen.

Neugierig warf ich einen Blick um die nächste Ecke, in die erste Zelle. Auch dieses Mal war der Raum leer, niemand war hier.

„Ach menno! Hier ist niemand. Wo sind die alle hin?" Frustriert, stampfte ich mit dem Fuß auf.

Mein Blick fiel auf eine Tür am anderen Ende des Raumes. Sie stand offen und leise Geräusche drangen mir von dort entgegen. Ich schlich durch den leeren Raum und folgte den Geräuschen durch einen weiteren, schwach beleuchteten Gang.

Fest drückte ich meinen Teddy an mich. Jetzt hatte ich doch ein wenig Angst. Aber nur ein klein wenig. Teddy hatte viel mehr Angst als ich und so drückte ich ihn fester an mich.

„Keine Angst Teddy, ich beschütze dich vor dem bösen Mann", sagte ich und schlich um die nächste Ecke. So weit war ich noch nie gekommen.

Plötzlich war der Gang zu Ende. Dort, wo eine Tür sein sollte, war die Öffnung zugemauert. Ich spitzte die Ohren und vernahm leise Stimmen hinter der Mauer. Ich legte ein Ohr an die Wand und lauschte. Zwei Männer unterhielten sich und einer davon war mein Vater.

Der Staub des Kellers kitzelte mich in der Nase: „Hatschi."

„Annabell! Was machst du hier unten? Hatte ich dir nicht verboten, in den Keller zu gehen?", hörte ich eine laute Stimme hinter mir.

Erschrocken fuhr ich herum.

„Daddy, ich wollte nur ...", begann ich, verstummte aber abrupt, als ich den bösen Blick meines Vaters sah. Ich war in ernsthaften Schwierigkeiten. Noch nie hatte mich mein Vater mit einem derartigen Blick angesehen. „Ich, ich wollte doch nur … Teddy wollte wissen, mit wem du geredet hast."

„Ach, Teddy war das? Na, dann bekommt Teddy für seinen Ungehorsam zwei Wochen Hausarrest und du wirst ihm Gesellschaft leisten", sagte er, hob mich hoch und trug mich nach oben in mein Zimmer.

Stockholm im Jahr 2032

„Hallo Onkel Magnus, schläfst du schon?"

Zu so später Stunde hatte ich mich noch nie zu ihm teleportiert, doch heute war ein ganz besonderer Tag. Es war der Tag meiner ersten Jagd. Gestern hatte ich meinen neunten Geburtstag gefeiert, ab jetzt durfte ich endlich auf die Jagd gehen. Erst nur mit meinem Vater, später dann allein.

Bisher hatte mich nur meine Mutter genährt, doch nun war ich alt genug, um selbst zu jagen. Der neunte Geburtstag eines Vampirkindes war ein Festtag für die Sippe, der mit vielen Geschenken und großen Ehrungen gefeiert wurde.

Doch eine Person hatte bei meiner Feier gefehlt.

„Onkel Magnus? Bist du noch wach?"

Ich hörte das leise Rascheln der Bettdecke und dann knipste er das Licht an.

„Annabell! Ja, ich bin wach. Komm, setz dich und erzähl mir, wie deine erste Jagd war, mein kleiner Engel."

„Oh, es war so toll!", sagte ich und sprang zu ihm aufs Bett. „Daddy ist mit mir in einen Vergnügungspark gefahren. Dort war es toll. All die bunten Farben und verschiedenen Gerüche. Noch nie durfte ich an einen Ort, mit so vielen Menschen." Onkel Magnus lächelte.

„Dann sollte ich, genau wie Daddy es mir gezeigt hatte, mein erstes Opfer finden. Wir liefen durch den Park und ich sah mir alles an, die Buden, die Fahrgeschäfte. Und beim Kettenkarussell sah ich ein Mädchen, ungefähr in meinem Alter. Ich sprach sie an. Wir unterhielten uns eine Zeit lang. Ihr Name war Ida. Wir sind mit dem Kettenkarussell gefahren und haben eine Runde über den Platz gedreht, bis wir zum Spuk-Haus gekommen sind. Das war unheimlich, ich habe mich so gegruselt. In einer dunklen Ecke habe ich Ida dann in Trance versetzt, genauso wie Mama es mir gezeigt hat und dann habe ich zum ersten Mal allein getrunken. Nur vom Handgelenk, am Hals darf ich erst später. Es war so toll. Es hat ganz anders als Mamas Blut geschmeckt. Als ich fertig war, habe ich ihre Wunde verschlossen und Ida nach Hause geschickt. Papa war so stolz auf mich. Er hat mich gelobt, was ich doch schon für ein großes Mädchen bin. Er ist sogar Achterbahn mit mir gefahren. Schade, dass du nicht dabei warst", sagte ich und fühlte mich traurig.

„Sei nicht traurig, mein Engel! Heute ist dein besonderer Tag. Auch ich bin sehr stolz auf dich. Ich wusste, dass du deine erste Jagd mit wehenden Fahnen bestehen würdest. Jetzt solltest du zurück auf dein Zimmer gehen, bevor dein Vater dich hier erwischt. Wenn er wüsste, wie gut du das Teleportieren mittlerweile beherrschst und wie oft du mich besuchst, würde er vor Wut toben", sagte Magnus und gab mir einen zärtlichen Kuss auf den Kopf.

Ich fiel ihm in die Arme und drückte mich fest an ihn. „Ich finde es so gemein, dass sie dich hier unten einsperren. Wenn ich könnte, würde ich dir den Wendelring abnehmen, dass du dich hinaus teleportieren kannst", sagte ich.

„Du weißt doch Annabell, das Freya ihn extra für mich anfertigen ließ, um gerade das zu unterbinden. Außerdem soll er verhindern, dass mich jemand hier unten findet", sagte Magnus. „Sei nicht traurig. Heute ist dein besonderer Tag, und ich bin sehr stolz auf dich", sagte er und küsste mich auf die Stirn.

„Ich habe dich ganz doll lieb, Onkel Magnus", sagte ich, drückte ihm einen Kuss auf die Wange und teleportierte mich zurück in mein Zimmer.

Stockholm im Jahr 2037

Onkel Magnus saß vornübergebeugt am Tisch und schien zu zeichnen. Wie immer spürte er meine Anwesenheit und drehte sich zum mir um.

„Guten Abend Annabell! Komm, setzt dich zu mir", sagte er.

Ich setzte mich und betrachtete die Zeichnung, die er angefertigt hatte. „Sie ist eine sehr schöne Frau."

„Ja, das ist sie. Helena ist etwas ganz Besonderes. Nie hätte ich gedacht, dass mir einmal jemand so wichtig sein würde wie sie. Und unser Kind natürlich. Vor allem jetzt wieder", sagte er und klang resigniert.

Ich konnte ihn verstehen. „Es tut mir so leid, Onkel Magnus", sagte ich und legte meine Hand auf seine. Ich ließ meinen Fähigkeiten freien Lauf und augenblicklich überfluteten mich seine Gefühle. Er empfand tiefe Traurigkeit und große Enttäuschung. „Es tut mir so leid. Dad hat mich über die Entscheidung des Rates informiert. Sie haben dein Begnadigungsgesuch schon wieder abgelehnt."

„Wen wundert es?", sagte er. „Sie haben immer noch Angst vor mir. Ich würde mir selbst nicht trauen, wenn ich sie wäre."

„Du tust dir selbst unrecht. Du hast dich geändert, das weiß ich genau. Ich kann es fühlen", sagte ich und drückte seine Hand. „Auch wenn die Räte es noch nicht wahrhaben wollen", sagte ich und nahm ihn tröstend in die Arme.

Stockholm im Jahr 2041

Meine Eltern hatten keine Kosten und Mühen gescheut, um mir einen unvergesslichen achtzehnten Geburtstag zu bescheren. Liebevoll hatte Mutter das Wohnzimmer geschmückt und sogar meine Großeltern waren aus Deutschland angereist, um mir zu gratulieren und mit mir zu feiern.

Ich freute mich, sie wiederzusehen und all meine Freunde, die gekommen waren, um mit mir zu feiern. Trotz des freudigen Anlasses waren sie aber auch gekommen, um sich von mir zu verabschieden.

Nach endlosen Diskussionen hatten meine Eltern endlich eingewilligt, dass ich für eine Ausbildung zur

Fotografin nach Paris gehen durfte. Natürlich nur unter der Voraussetzung, dass ich in eines der neu gegründeten Sippenhäuser in einem der noblen Pariser Vororte zog.

Meinem Vater war nicht wohl bei dem Gedanken, sein kleines Mädchen, als dass er mich zweifellos immer noch sah, ziehen zu lassen. Meine Sicherheit hatte für ihn höchste Priorität. Als Anführer war er für das Wohl der Sippe und ihre Sicherheit verantwortlich. Auch nach Magnus' Gefangennahme stifteten dessen Männer immer noch Zwietracht und Unruhe. Magnus' rechte Hand, das ehemalige Ratsmitglied Ragi, hatte dessen Geschäfte bereitwillig übernommen und führte den Krieg gegen die Sippe fort.

Mich ziehen zu lassen, hatte meinen Vater große Überwindung gekostet. Meine Mutter war es, die ihm gut zugeredet hatte und ihn schließlich umgestimmt hatte. Morgen früh würde ich abreisen und meinen eigenen Weg gehen.

Seit meiner Kindheit liebte ich es, alles und jeden zu fotografieren und schon früh hatte ich mich entschieden, diese Leidenschaft zu meinem Beruf zu machen. Als Tagwandlerin würde ich keine Probleme haben, auch tagsüber Kundenaufträge auszuführen, und bei Gefahr konnte ich mich immer noch wegteleportieren. Weltweit verfügte die Sippe über gut getarnte Unternehmen und so konnte ich problemlos im Schutz der Sippe arbeiten.

Doch der sogenannte Ernst des Lebens sollte erst morgen beginnen, heute wollte ich mit meinen Liebsten feiern. Eine Person fehlte mir allerdings in der fröhlichen Runde. Schade, dass du nicht hier bei uns sein kannst, Onkel Magnus.

Obwohl er nicht mein richtiger Onkel war und als Feind der Sippe gefangen gehalten wurde, hatte ich mich schon als Kind mit ihm angefreundet. Für mich war er kein Feind. Er war mein heimlicher Vertrauter, bei dem ich mich ausgeweint hatte, wenn mein Vater mich wieder einmal wegen meines Ungehorsams bestraft hatte. Wobei ich eigentlich hauptsächlich wegen meiner heimlichen Besuche bei Magnus bestraft wurde. Vater befürchtete, dass er mir etwas antun oder mich dazu benutzen könnte, seine Freiheit zu erzwingen.

Doch in all den Jahren hatte Magnus nie eine Bedrohung für mich dargestellt. Wir waren Freunde geworden und meine Besuche halfen ihm über den Verlust seiner eigenen Familie hinweg. Er hatte seine Gefährtin und sein Kind verloren und sie waren all die Jahre über verschwunden geblieben. Sein Sohn musste mittlerweile dreiundzwanzig Jahre alt sein. Nicht zu wissen, wo sie waren und was aus ihnen geworden war, hatte Magnus mürbe gemacht.

Ich hatte ihn besucht, sooft ich konnte, um ihn etwas von seiner Einsamkeit abzulenken. Doch morgen würde ich für eine lange Zeit abreisen, vielleicht für immer, und ihn heute nicht bei meiner Feier dabei zu haben, stimmte mich traurig. Er hatte mich immer dazu angehalten, meinen eigenen Weg zu gehen.

Wehmütig dachte ich an unsere letzte Unterredung: „Sorge dich nicht um mich. Du musst gehen und dein eigenes Glück finden. Such dir einen Gefährten und verbringe deine Abende nicht mit einem alternden Halunken wie mir", hatte er mir geraten.

„Du bist kein alternder Halunke, du bist immer

noch ein sehr attraktiver Mann und du wirst immer einen Platz in meinem Herzen haben. Ich liebe dich wie einen Vater und ich verspreche dir, dass ich dich weiterhin besuchen werde, auch wenn ich nicht mehr hier wohne", hatte ich ihn zu trösten versucht oder auch mich, denn ich würde ihn ebenfalls sehr vermissen.

Plötzlich wurde ich aus meinen Gedanken gerissen, denn ein Raunen ging durch den Raum. Augenblicklich verstummten alle und starrten zur Tür. Ich drehte mich um und traute meinen Augen kaum.

Dort stand er.

Onkel Magnus.

Zur Sicherheit flankiert von zwei Männern der Huskarlar. Mein Vater stand hinter ihm und flüsterte ihm etwas ins Ohr. Magnus nickte, setzte sich in Bewegung und kam auf mich zu.

„Meine Liebe, ich wünsche dir alles, alles Gute zu deinem achtzehnten Geburtstag", sagte er und nahm mich in eine innige Umarmung.

Ich war sprachlos, Tränen traten mir in die Augen. Ich warf einen Blick zu meinem Vater.

Ein wortloses *Danke* kam über meine Lippen. Das war das schönste Geburtstagsgeschenk, das er mir hätte machen können. Ich wusste, was das für eine Überwindung für ihn gewesen sein musste. Magnus war sein Feind und doch schien er zu akzeptieren, dass wir befreundet waren, dass er keine Gefahr für mich darstellte. Magnus löste sich aus unserer Umarmung und reichte mir ein Päckchen.

„Für dich, dein Vater hat es in meinem Auftrag besorgt. Wenn du mit deiner Ausbildung beginnst, solltest du das mit dem richtigen Equipment tun."

Ich nahm das Päckchen entgegen und öffnete es ungeduldig. Was zum Vorschein kam, ließ mein Herz im Dreieck springen. Es war eine nagelneue Spiegelreflexkamera. Ich machte einen Satz und sprang ihm erneut in die Arme.

„Danke, danke, danke, Onkel Magnus. Die kostet doch ein Vermögen", sagte ich und drückte ihn voller Dankbarkeit fest an mich. „Ich bin so froh, dass du hier bist."

Ich hörte, wie die anderen Gäste tuschelten und vernahm den einen oder anderen bösen Kommentar.

Ich wusste, dass mein Vater meinen Großvater Halfdan daran hindern musste, auf Magnus loszugehen. Großvater hat Magnus nie verziehen, dass er meine Großmutter angegriffen und fast getötet hatte.

Doch ich wusste, dass Magnus sich geändert hatte. Es war seit vielen Jahren eingesperrt und in all den Jahren, die er ohne seine Familie verbracht hatte, hatte er immer wieder Reue gezeigt. Eventuell war die lange Gefangenschaft auch der erste Schritt zu Magnus' Rehabilitierung und vielleicht würde er eines Tages sein Gefängnis verlassen können. Ich jedenfalls wollte diese Hoffnung nicht aufgeben und sein Besuch auf meiner Feier zeigte mir, dass sowohl mein Vater als auch der Rat bereit waren, Kompromisse einzugehen.

„Wie lange gewähren sie dir Ausgang?"

„Eine Stunde", sagte er und sah sich um. Zwei der Wachen standen hinter ihm und weitere Männer sicherten Fenster und Türen.

Mein Vater wollte wohl auf Nummer sicher gehen, falls Magnus einen Fluchtversuch wagen sollte.

Doch das tat er nicht. Er blieb die ganze Zeit bei

mir und gemeinsam genossen wir meinen letzten Abend in Stockholm.

Paris im Jahr 2045

Erschöpft ließ ich mich in meinen Sessel fallen, zog die Stiefel aus und warf sie in hohem Bogen in die Ecke.

„Aua", sagte ich und rieb mir die schmerzenden Beine. „Was nützt es, unsterblich zu sein, wenn einem die Beine wehtun und man Blasen an den Füßen bekommt wie jeder Sterbliche", sagte ich und konzentrierte mich darauf, die blutende Wunde an meinem Fuß zu heilen.

Normalerweise hätte mir der kilometerlange Fußmarsch durch den Wald von Fontainebleau nichts anhaben dürfen, doch ich hatte zu lange kein menschliches Blut mehr zu mir genommen. Und die Aufträge der letzten Wochen sowie die Trennung von Richard hatten enorm an meinen Kräften gezerrt.

Ich stand auf und warf einen Blick auf das Display meines Home Centers und meine Befürchtung bewahrheitete sich. Die Anzeige meiner Mailbox blinkte fröhlich vor sich hin. Ich drückte die Play-Taste.

„Nachricht Nummer eins: Annabell, mein Schatz, ich vermisse dich. Bitte überleg es dir noch einmal, du kannst doch nicht einfach alles hinschmeißen. Bitte ruf mich an!"

Ich drückte auf ‚Weiter'.

„Nachricht Nummer zwei: Annabell, versteh mich

doch, ich wollte dir deinen Job nicht verbieten, aber als Frau eines zukünftigen Ratsmitglieds geziemt es sich nicht, dass du arbeiten gehst. Lass uns doch noch einmal darüber reden."

Ich seufzte. Nächste Nachricht.

„Nachricht Nummer drei: Annabell, bitte, ignoriere mich nicht. Wir müssen reden, bitte. Ich liebe dich."

Ich hatte mir die Trennung von Richard nicht leicht gemacht, doch der Gedanke mich dauerhaft an ihn zu binden, hatte Zweifel in mir aufkommen lassen. Richard war im Grunde ein guter Mann. In letzter Zeit jedoch war ich mir zunehmend vorgekommen wie ein in die Enge getriebenes Reh. Da Richard in Kürze den Ratssitz seines Vaters Sollvar übernehmen würde, wollte Richard, dass wir so schnell wie möglich die Blutsverbindung eingingen. Doch ich wollte mich nicht unter Druck setzen oder in einen goldenen Käfig sperren lassen. In letzter Zeit hatte er Tendenzen zu Eifersucht gezeigt und hatte begonnen mich zu kontrollieren. So hatte ich die Beziehung knapp ein Jahr nach unserem Kennenlernen beendet.

Um den Kopf freizubekommen, hatte ich mich in die Arbeit gestürzt und darüber vergessen, mich regelmäßig zu nähren. Bereits vor einigen Nächten hatte ich auf die Jagd gehen wollen, dann aber kurzfristig den Auftrag für eine Fotodokumentation im Wald von Fontainebleau angenommen.

Der Termin war zeitlich knapp bemessen, deshalb hatte ich mich gestern Abend auf den Weg nach Fontainebleau gemacht. Ich hatte mir ein Zimmer genommen, um möglichst früh in den Wald gehen zu können. Nur so war es mir möglich gewesen, die verschiedenen Lichtstimmungen einzufangen.

Nahezu magische Pfade führten durch diesen sagenhaften Wald. Nach einer Weile hatte ich vor einem Meer aus Sandsteingiganten gestanden, Felsen in unterschiedlichen Formen und Größen. Ich schoss unzählige Fotos von diesen sagenhaften Formationen. Der Wald war ein wahrhaft magischer Ort und ein Eldorado für jeden Fotografen.

In meiner Ausbildung hatte ich das Glück gehabt, bei einem berühmten Fotografen zu lernen, was mir Tür und Tor geöffnet hatte. Nach meiner Ausbildung spezialisierte ich mich auf Landschafts- und Architekturfotografie, aber auch Modeshootings waren mein Ding. Bei einem Auftrag für die Pariser Modewelt hatte mich jemand gefragt, ob ich nicht selbst als Model vor der Kamera stehen wollte. Nach anfänglichen Zweifeln war ich zu einer Agentur gegangen und stand seither ab und an auch selbst vor der Linse und nicht immer nur dahinter.

Ich warf einen Blick auf die Uhr. Bald würde die Sonne untergehen. Trotz des Umstandes, dass ich total erledigt war, beschloss ich, endlich auf die Jagd zu gehen. Nichts Aufwendiges, Zeitraubendes, nur ein kleiner Snack sozusagen.

Eine Stunde später spazierte ich durch den Parc Monceau. Ich liebte diesen im englischen Stil angelegten Park. Romantisch schlängeln sich die Wege durch die malerische Gartenlandschaft, die wunderschöne, alte Bäume beherbergte und viel Platz für verschiedene Statuen, Pavillons, Pyramiden, Windmühlen und chinesische Bauten bot.

Mich jedoch zog es zum See, den ein prächtiger Bogengang im Renaissance-Stil säumte. Inmitten des Sees lag eine kleine Insel mit einer uralten Trauerweide. Es dämmerte bereits, die letzten Sonnenstrahlen wichen langsam der Dunkelheit. Mit Einbruch der Nacht leerte sich der Park. Nur noch vereinzelt nahmen Menschen die Abkürzung durch den Park, um die nahe gelegene Metro zu erreichen oder um ihre Hunde eine schnelle Runde Gassi zu führen, ehe der Park seine Pforten schließen würde.

Genau eine solche Gassigängerin steuerte jetzt auf mich zu. Es war eine Frau mittleren Alters mit einem kleinen, neugierigen Jack-Russell-Terrier an der Leine. Für sie nicht sichtbar stand ich verborgen in den Schatten des antiken Bogenganges.

Für mich war es eine Leichtigkeit, dem Hündchen einen mentalen Schubs zu geben. Augenblicklich riss er sich los und rannte schnurstracks in meine Richtung, wo ich ihn schnappte und auf den Arm nahm.

Aufgeregt rannte Frauchen hinter ihm her. „Cookie, Cookie! Komm sofort hierher."

Auf meinen mentalen Befehl hin gab er ein leises Winseln von sich, woraufhin Frauchen in Richtung des Sees eilte. Sie stieg über die halbhohe Absperrung und lief zum Wasser.

„Cookie, komm zu Frauchen", rief sie, als ich mit dem Hund auf dem Arm aus den Schatten trat.

Sie stieß einen kurzen Schrei aus, besann sich jedoch, als sie den Hund auf meinem Arm sah. „Oh, da bist du ja, du Ausreißer. Dankeschön, dass Sie ihn eingefangen haben."

Ich nickte ihr zu, setzte den Hund auf den Boden und reichte ihr die Leine. Sie nahm sie lächelnd entgegen und strich ihrem Hündchen liebevoll über den Kopf. Gerade als sie sich verabschieden und entfernen wollte, packte ich sie am Kragen ihres Mantels, riss sie herum und drückte sie mit dem Rücken gegen eine Säule. Überrascht schrie sie auf. Cookie winselte. Ein mentaler Befehl und beide verstummten abrupt.

Durch die lange Abstinenz fuhren augenblicklich meine Fänge aus. Ich stieß die Zähne in ihr warmes Fleisch und begann zu trinken.

Ihr Blut rann durch meine ausgedörrte Kehle und erfüllte mich augenblicklich mit Adrenalin. Mit jedem Schluck kehrten Kraft und Energie zurück. Erst jetzt bemerkte ich, wie ausgehungert ich war. Ihr Herzschlag dröhnte in meinen Ohren. Als er langsamer wurde, wusste ich, ich musste aufhören, sonst würde ich sie töten.

Ich löste meine Lippen von ihrem Hals, strich mit der Zunge über die Wunde, die ich ihr zugefügt hatte, und augenblicklich verschloss sie sich. Ich blickte ihr in die Augen, löschte die letzten Minuten aus ihrem Gedächtnis und schickte sie nach Hause.

Kurze Zeit später kam ich wieder in meiner Wohnung an. Vor gut einem Jahr war ich in das neue Sippenhaus gezogen. Es handelte sich um ein modernes Hochhaus, das Erste seiner Art, mit verschieden Appartements, die durch die Huskarlar gut gesichert waren.

Ich warf die Schlüssel in eine Schale neben der Tür und sah entnervt auf das Display des Home Centers. Erneut empfing es mich mit einem fröhlichen roten Blinken. Ich drückte mich durch die Liste der Anrufer. Vier Anrufe waren von Richard, einer von meiner Freundin Cécile und der letzte von meiner Agentin Lorie. Ich drückte die Play-Taste für die beiden letzten Nachrichten.

„Nachricht Nummer fünf: Hallo meine Süße, wie geht es dir? Ach, ich weiß schon, wie es dir geht. Ich habe eine Flasche Wein besorgt, um dich auf andere Gedanken zu bringen, und hoffe, dass du mir heute Abend Gesellschaft leistest. Ich würde mich freuen. Bis später Süße."

„Nachricht Nummer sechs: Hallo Annabell, ich bin es Lorie. Du hast heute einen Auftrag für ein Shooting bekommen und jetzt halte dich fest, der Auftrag kommt von niemand anderem als Kjell Hansen. Er will dich für ein Shooting in Visby auf Gotland. Ich habe dir bereits alle Informationen per E-Mail geschickt. Hotel und Flug sind gebucht und bereits bezahlt. In zwei Tagen sollst du in Visby sein."

„Oh mein Gott, das darf doch nicht wahr sein!", sagte ich aufgeregt und eilte zu meinem Laptop, um ihn hochzufahren. „Na mach schon du Mistding, geht das auch schneller?", sagte ich und hämmerte ungeduldig auf der Tastatur herum, auch wenn ich wusste, dass es dadurch nicht schneller ging. Endlich kam das erlösende Signal, das mir sagte, dass der Computer hochgefahren war. Eilig rief ich meine E-Mails auf und las Lories Nachricht.

„Es stimmt, Kjell Hansen will mich für ein Shooting. Mich. Oh mein Gott!"

Kjell Hansen war nicht irgendein Fotograf. Er war

der Fotograf der New Yorker High Society. Oder er war es gewesen, bis er sich vor gut einem Jahr aus der Öffentlichkeit zurückgezogen und auf Gotland sein neues Studio eröffnet hatte. Ein Shooting bei ihm zu bekommen, glich einem Sechser im Lotto. Seine Warteliste war auf Jahre hin ausgebucht. Er war ein Meister seines Fachs. Seine Bilder erzielten bei Auktionen horrende Preise. Letztes Jahr war er zum begehrtesten Single des Jahres gekürt worden. Die Frauen rissen sich regelrecht um ihn. So reich und gut aussehend er auch war, so distanziert war er allerdings auch. Er hielt sein Privatleben geheim und hatte immer sehr zurückgezogen gelebt, auch schon vor seinem Rückzug nach Gotland.

Und nun bot sich mir die Möglichkeit, ihn kennenzulernen. Ich freute mich wie ein kleines Kind.

Keine zehn Minuten später stand ich vor Céciles Tür und drückte die Klingel. Sie war meine beste Freundin und bewohnte ein Appartement drei Etagen unter mir. Sie war als Götterkind im Schutze der Sippe aufgewachsen. Mit ihrer Bestimmung sich einen Gefährten zu nehmen, nahm sie es nicht so genau. Sie war jung und sprühte geradezu von Lebensfreude. Genau diese Lebensfreude strahlte mir entgegen, als sie die Tür öffnete.

„Annabell, Süße", sagte sie und fiel mir um den Hals. „Komm herein, ich freue mich, dass du da bist. Wie geht es dir? Und hat Richard sich schon wieder gemeldet? Was gibt es Neues?", rasselte sie in einer Geschwindigkeit herunter, dass mir schwindelig wurde. „Was möchtest du trinken? Ach, was frage ich überhaupt, ich mach dir einen Kaffee und gönne mir ein Glas Wein zur Feier des Tages. Neben deiner Großmutter bist du der einzige Vampir, den ich kenne, der für eine Tasse Kaffee töten würde", sagte sie lachend und verschwand in der Küche. Ich ging ins Wohnzimmer und machte es mir auf dem Sofa bequem.

Kurze Zeit später kam Cécile mit einem Tablett in den Händen zurück und setzte mir eine herrlich duftende Tasse Kaffee vor. Tief sog ich den Duft ein und schmunzelte. Wie recht sie doch hatte. Ich liebte Kaffee.

Sie goss sich ein Glas Wein ein und prostete mir zu. „Und, und erzähl schon, wie geht es dir? Was gibt es Neues und was ist mit Richard?", fragte sie wie ein aufgeregter Teenager.

„Du bist unmöglich", sagte ich lachend. „Holst du zwischen zwei Sätzen auch mal Luft? Und wenn du es wissen willst, ja, Richard hat sich gemeldet. Wenn er so weitermacht, bekommt er von meiner Mailbox eine einstweilige Verfügung. Mir geht es gut, nein, mir geht es hervorragend. Ich war endlich jagen und vorhin habe ich eine Wahnsinns-Nachricht bekommen", sagte ich, nippte an meinem Kaffee und stellte die Tasse betont langsam auf dem Tisch vor mir ab.

„Oh, nun sag schon, spann mich nicht auf die Folter", sagte Cécile. Sie platzte geradezu vor Neugierde.

„Ich habe eine Nachricht von meiner Agentin erhalten. Ich wurde für ein Shooting gebucht und jetzt halte dich fest, der Auftrag kam von keinem anderen als Kjell Hansen. In zwei Tagen muss ich in Visby sein."

Céciles Augen weiteten sich und ihre Lippen formten sein stummes Oh.

„Wow", sagte ich. „Habe ich es endlich geschafft, dich sprachlos zu machen?"

„K … Kjell Hansen?", brachte sie nur stotternd hervor. „Oh mein Gott, Wahnsinn. Weißt du, was ich dafür geben würde, diesen heißen Typen zu treffen? Oh, warte mal", sagte sie und hielt inne. „Ich werde dich nach Visby begleiten! Bitte, bitte, lass mich mitkommen. Bitte!" Mit großen rehbraunen Augen sah sie mich an.

„Wer kann diesem Blick schon widerstehen?", sagte ich und stimmte ihrer Bitte mit einem Nicken zu.

„Oh, danke, danke", sagte sie und fiel mir überschwänglich um den Hals. „Du wirst es nicht bereuen. Die Ablenkung wird dir guttun. Über einen alten Lover kommst du am besten mit einem neuen Lover hinweg", sagte sie. „Vor allem, wenn die Ablenkung Kjell Hansen heißt."

„Ach, jetzt hör aber auf! Ich werde mich bestimmt nicht Hals über Kopf in ihn verlieben. Und er ist übrigens der Inbegriff eines ewigen Singles."

Am nächsten Morgen war es soweit. Mit fertiggepacktem Koffer und Cécile im Schlepptau machte ich mich auf den Weg nach Gotland.

Wir fuhren mit dem Aufzug nach unten und als sich die Türen zur Lobby hin öffneten, erblickte ich Richard. Er stand direkt vor mir mit einem Strauß roter Rosen in der Hand. „Richard … Was tust du hier? Ich habe dir doch gesagt, dass es aus ist und dass ich Abstand brauche", sagte ich.

„Annabell, bitte! Du hast nicht auf meine Anrufe reagiert. Ich habe mir Sorgen gemacht, ich dachte dir wäre etwas zugestoßen. Deshalb bin ich hier, nur um nach dem Rechten zu sehen." Er verbeugte sich mit einer eleganten Bewegung vor Cécile. „Koffer? Ihr verreist?"

„Hallo Richard", sagte Cécile. „Ja, wir fliegen nach Visby. Annabell hat ein Shooting mit Kjell Hansen."

Reflexartig stieß ich sie in die Seite.

„Kjell Hansen?", sagte Richard und augenblicklich verfinsterten sich seine Gesichtszüge. Eindeutig Eifersucht.

„Ja, ich fliege zu einem Shooting und der Fotograf ist ein junger, attraktiver Mann. Genau diese Eifersucht und dein Zwang, alles zu kontrollieren, hat mich unsere Beziehung beenden lassen. Du engst mich ein Richard, du nimmst mir die Luft zum Atmen. Lass mich einfach in Ruhe", sagte ich und ging an ihm vorbei zum Ausgang, wo das Taxi bereits auf uns wartete.

Wir stiegen in den Wagen und als ich noch einmal einen Blick in die Lobby warf, konnte ich sehen, wie Richard versuchte, seine Wut zu unterdrücken. Ich wusste, dass ihn meine Worte gekränkt hatten, doch ich konnte nicht anders. Ich empfand nichts mehr für ihn außer Mitleid.

Es dämmerte bereits als unser Flieger in Visby zur

Landung ansetzte. Wir nahmen ein Taxi und fuhren zum Hotel, das direkt im Herzen von Visbys historischer Altstadt lag. Das Gebäude stammte aus dem 13. Jahrhundert und war mit viel Liebe zum Detail restauriert worden, sodass sein ursprünglicher, mittelalterlicher Stil erhalten geblieben war. Ich jedoch war zu müde, um mich allzu sehr an der historischen Altstadt zu erfreuen.

Wir checkten ein, ich verabschiedete mich von Cécile und ging auf mein Zimmer. Beim Anblick des traumhaften Himmelbetts beschleunigte sich mein Herzschlag allerdings noch einmal kurzzeitig. Der anhaltende Stress mit Richard und der Flug forderten jedoch ihren Tribut. Ich packte nur das Nötigste aus, ließ mich in die weichen einladenden Federn fallen und war augenblicklich eingeschlafen.

Als ich am nächsten Morgen die Augen öffnete, warf die Morgensonne ihr gleißend helles Licht in den Raum. Ich hatte tief und fest geschlafen und streckte mich nun mit einem ausgiebigen Gähnen.

Ich lehnte mich über den Bettrand und öffnete das knietiefe Fenster, um frische Luft ins Zimmer zu lassen. Fröhlich zwitschernd empfingen die Vögel die aufgehende Morgensonne. Mein Blick glitt über die Dächer der Stadt, über Teile der alten Stadtmauer, Kirchen und Ruinen. Plötzlich stieg mir der Duft von frisch gebrühtem Kaffee in die Nase. Ein Blick auf die Uhr sagte mir, dass es in dreißig Minuten Frühstück gab. Ich schwang mich aus dem Bett und verschwand im Badezimmer, um eine erfrischende Dusche zu nehmen.

Eine halbe Stunde später saß ich mit Cécile im Frühstücksraum und hatte es mir mit einer Tasse Kaffee gemütlich gemacht, während Cécile sich durch das Buffet futterte.

„Was sieht dein Termin heute vor? Bist du schon aufgeregt?", fragte sie und schob sich die restliche Hälfte ihres Brötchens auf einmal in den Mund. „Du nimmst mich doch mit, oder? Stell mich einfach als deine Stylistin vor", sagte sie und grinste mich hoffnungsvoll an.

„Ja, ich nehme dich mit. Ich habe ihn bereits per E-Mail darüber informiert, dass du mich begleitest. Wir treffen uns um zehn Uhr in seinem Studio. Vielleicht will er einige Probeaufnahmen machen. Die Einzelheiten will er vor Ort mit mir durchgehen. Es soll ganz zwanglos werden", sagte ich und nippte an meinem Kaffee. „Und natürlich bin ich aufgeregt, man arbeitet ja nicht jeden Tag mit solch einem außergewöhnlichen Fotografen. Ich kenne seine Arbeiten. Geradezu auf magische Weise fängt er den richtigen Augenblick ein und bannt ihn auf Papier. Nicht umsonst nennt ihn die Presse, den Fotografen mit dem magischen Blick'."

„Na, sein magischer Blick resultiert wohl eher aus seinen unsagbar blauen Augen, mit denen er reihenweise Frauenherzen wie Eisberge schmelzen lässt. Dieser Kerl ist einfach zu gutaussehend für einen normalen Menschen. Er zieht Frauen an wie Motten das Licht."

„Wem sagst du das?", sagte ich mit einem Blick auf die Uhr. „Apropos Motte, wenn wir uns jetzt nicht beeilen, kommen wir noch zu spät zum Licht", sagte ich, stand auf, schnappte meine Sachen und verließ mit Cécile im Schlepptau das Hotel.

Kjell Hansens Studio lag nur wenige Gehminuten von unserem Hotel entfernt. Kopfsteinpflaster zog sich durch die engen Gassen, vorbei am Dom zu Visby zu einer der zahlreichen Kirchenruinen. Das Haus, in dem sich Kjell Hansens Studio befand, grenzte direkt an eine Ruine und schien regelrecht mit ihr zu verschmelzen. Es waren die Reste einer Kirche aus dem 13. Jahrhundert, die Wände vom Efeu überwuchert und voller Blüten.

Ich drückte die Klingel und augenblicklich waren Schritte zu hören. Eine junge Frau mit feuerrotem kurzen Haar streckte den Kopf durch den Türspalt. „Ja, bitte?"

„Guten Tag, mein Name ist Annabell Holmgren, das ist Cécile Rousseau. Ich habe einen Termin bei Herrn Hansen."

„Ah, Annabell, willkommen! Ich bin Erin, Kjells Assistentin. Kommt doch herein", sagte sie, führte uns zu einer Sitzgruppe und verschwand im hinteren Zimmer. Kurze Zeit später kam sie zurück. „Was möchtet ihr trinken? Kaffee? Tee? Wasser?"

„Ich hätte gern einen Kaffee. Und du, Cécile?"

„Für mich ein Wasser bitte."

„Kommt sofort", sagte Erin und verschwand durch einen Vorhang, hinter dem sich offenbar die

Küche befand. „Ich bringe es euch dann hinaus in den Garten. Geht schon vor, hier durchs Studio und dann durch die nächste Tür. Kjell erwartet euch."

„In den Garten?" Ich sah Cécile verwundert an, ging dann aber nach hinten, auf eine offenstehende Tür zu.

Als ich den Garten betrat, stockte mir der Atem. Zur Linken ragte das mächtige Gemäuer der Ruine empor, eingebettet in Efeuranken, wilden Wein und ein buntes Blumenmeer. Zur Rechten stand ein Brunnen aus schwarz-rotem Schiefer, aus dem sich in mehreren Kaskaden Wasser in einen Teich ergoss. Am Ufer wuchsen Blumenstauden und wilde Büsche, alles überwuchert von intensiv duftenden, weißen Blüten. Selbst die Luft dieses Gartens strahlte in einem besonderen Glanz.

In einem Pavillon saß Kjell Hansen. Sein langes rabenschwarzes Haar fiel ihm in wilden Strähnen ins Gesicht. Er trug einen Vollbart, was seinem Äußeren eine gewisse Wildheit verlieh.

„Wow, was für ein schöner Garten", entfuhr es Cécile, die hinter mir aus dem Haus getreten war.

„Was?", fragte ich verwirrt. Céciles Worte hatten mich aus meinen Gedanken gerissen.

Kjell hob den Kopf und unsere Blicke trafen sich. Das intensive Blau seiner Augen entflammte ein inneres Feuer in mir, wie ich es noch nie gespürt hatte.

Er erhob sich und kam auf uns zu: „Du musst Annabell sein, es freut mich, dass du hier bist", sagte er. „Und du bist Cécile, bitte nehmt Platz." Er hatte eine tiefe, angenehme Stimme, die mir wohlige Schauer über den Rücken jagte.

Mich überkam ein unerklärliches Verlangen, Kjell die Kleider vom Leib zu reißen und unsagbare Dinge mit ihm zu tun, wie ich sie nicht einmal mit Richard getan hatte. Ich wollte meine Zähne in seinen Hals schlagen und sein Blut trinken, während sich unsere Körper in vollkommener Ekstase vereinten. Noch nie hatte ich mich zu einem Menschen so hingezogen gefühlt. Blut war alles, was ich von ihnen begehrte.

Ich musste einen klaren Kopf bekommen. Als Erin mit den Getränken kam, nahm ich dankbar Platz, packte die Tasse und versuchte meine Verwirrung mit einem großen Schluck frisch gebrühtem Kaffee zu vertreiben.

Mein Blick fiel auf die Zeichnungen, die vor Kjell auf dem Tisch lagen. Skizzen von Ruinen mit einer weiblichen Person, die mir sehr ähnelte. Instinktiv griff ich danach. „Wow, die sind wunderbar. So machst du das also. Du bringst die Bilder bereits vor der Aufnahme zu Papier. Sieh dir das an, Cécile", sagte ich und reichte ihr die Zeichnung.

„Die sind ja fantastisch", sagte Cécile gerade, als vom Haus her das Klingeln eines Telefons ertönte und kurze Zeit später Erin im Türrahmen erschien.

„Kjell, Telefon für dich. Es ist Vincent Eklund."

„Entschuldigt mich kurz, ich bin gleich wieder bei euch", sagte Kjell und verschwand im Haus.

„Oh mein Gott! Cécile, wer oder was ist dieser Kerl? Noch nie hat mich ein Mensch derart aus dem Konzept gebracht."

„Ich habe dich ja gewarnt. Frauen umschwärmen ihn wie Motten das Licht. Und dennoch, ich kann seine Aura nur schwer lesen. Du weißt ja, dass ich die Auren von allen Lebewesen deutlich erkennen kann und das sogar im Dunkeln. Selbst Vampire können sich vor mir nicht verbergen. Seine Aura ist zweifelsfrei menschlich, aber es liegt ein Schatten über ihr. Irgendetwas liegt hinter dem Offensichtlichen, ich weiß nur noch nicht, was es ist. Als er dich angesehen hat, hat er auf jeden Fall reges Interesse verspürt", sagte sie und grinste mich wissend an.

Vom Haus kam ein leises Knarren. Ich fühlte mich beobachtet, drehte mich um, doch der Türrahmen war leer. Dabei hätte ich schwören können, dass ich gerade noch die Präsenz von jemand gespürt hatte. Meine Sinne schienen mir heute ihren Dienst zu versagen. „Ich muss professionell bleiben. Auch wenn er absolut heiß ist, darf ich mich nicht ablenken lassen", sagte ich gerade, als Kjell anscheinend sein Telefonat beendet hatte und zurück in den Garten kam.

„Entschuldigt bitte, das war Vincent Eklund, der Auftraggeber für dein Shooting", sagte er und setzte sich wieder zu uns. „Er ist der Pressesprecher einer schwedischen Umwelt- und Kulturorganisation. Sie planen ein großes Projekt zur Erhaltung des schwedischen Kulturguts. Und sie wollen dich als ihr Gesicht. Du verkörperst für sie den perfekten skandinavischen Typ. Geplant sind verschiedene Shootings in der Altstadt, an der Stadtmauer, im Kapitelhusgården, einem mittelalterlichen Restaurant, und in der Drottens ruin. Das ist die Ruine der Dreifaltigkeitskirche. Wir werden die Shootings in zwei Ausführungen machen. Ich hatte dich ja gebeten, für heute vier deiner privaten Lieblingsoutfits mitzubringen. Vormittags machen wir die Fotos für die moderne Schwedin. Nachmittags und abends die Aufnahmen in mittelalterlicher Gewandung. Zeig mal, was du mitgebracht hast."

Ich stellte meine Tasche auf den Tisch und noch ehe ich den Reißverschluss geöffnet hatte, riss er sie mir aus den Händen und begann meine komplette Wäsche auf dem Tisch zu verteilen. Der Anblick meines Strings in seinen Händen trieb mir die Schamesröte ins Gesicht. Ihm jedoch kam ein breites Grinsen über die Lippen.

„Das hier, das ist perfekt und bringt all deine Vorzüge zur Geltung", sagte er und reichte mir ein luftiges, weißes Sommerkleid aus Spitze mit Trompetenärmeln und Rückenausschnitt. „Und dann noch das Outfit, das du aktuell trägst."

„Was? Das Outfit, das ich trage?" Ich blickte an mir herunter. Ich trug eine schwarze Jeans, kniehohe Stiefel und einen schulterfreien Strickpullover.

„Genau das", sagte er. „Zur Hose trägst du Zopf und zum Kleid offenes Haar. Wir gehen zuerst in die Altstadt und nachmittags in die Drottens ruin, welche ihr übrigens hier zu eurer Linken seht. Heute Nachmittag ist sie nur für uns geöffnet. Ich habe letztes Jahr die Patenschaft über die Ruine übernommen und kann so jederzeit meine Termine planen, wenn sie geschlossen ist."

„Was? Dir gehört die Ruine?", fragte Cécile.

„Nein, ich habe nur die Patenschaft, was mir aber ziemlich viele Freiheiten lässt. Wenn ihr dann so weit seid, sollten wir uns auf den Weg machen."

Keine fünfzehn Minuten später standen wir in der Ruine der Sankt Karinskirche. Das einschiffige Langhaus mit Kreuzgewölbe wurde im Jahr 1233 von

Franziskanermönchen gegründet.

Kjell verlangte von mir, dass ich mich völlig zwanglos zwischen den Besuchern bewegen sollte. Was für mich kein Problem darstellte, da ich verfallene Ruinen liebte. Diese Mauern erzählten Geschichten. Wenn ich daran dachte, dass mein Vater bei der Gründung dieser Kirche bereits seit zweihundertfünfzig Jahren gelebt hatte, bekam ich eine Gänsehaut. Mit meinen zweiundzwanzig Jahren war ich so gesehen ein Staubkorn im Wind. Allerdings ein unsterbliches Staubkorn.

Völlig gefangen von der Magie dieses Ortes drehte ich mich im Kreis, bis mir schwindelig wurde und mich plötzlich jemand in seine Arme zog.

„Vorsicht, du kleiner Wirbelwind", sagte Kjell und zog mich noch ein Stück fester an sich.

Ihm so nahe zu sein, ließ mich erschaudern. Es fühlte sich gut an, in seinen Armen zu liegen, so vertraut. Sein Haar roch nach Kokos. Irgendetwas an ihm kam mir seltsam vertraut vor, aber ich konnte nicht sagen was. Dann löste er die Umarmung und zog seine Kamera hervor.

„Hier, sieh dir die letzten Fotos an. Du bist ein echtes Naturtalent. Die Kamera liebt dich."

Bei der Begutachtung seiner Fotos konnte ich nur bestätigen, dass er über ein magisches Auge verfügte. Die Fotos waren fantastisch. Er war ein wahrhaft begnadeter Fotograf.

Für die nächsten Aufnahmen besuchten wir den Stadtpark, Teile der Stadtmauer und das Gotland-Museum.

Gut zwei Stunden später führte Kjell uns in ein Restaurant. Er und Cécile waren hungrig. Als Vampir benötigte ich keine menschliche Nahrung, sie war jedoch von Zeit zu Zeit nötig, um nicht aufzufallen. So bestellte ich mir einen Teller Suppe, während es sich die anderen beiden schmecken ließen.

„Wir sollten jetzt los, wir haben noch viel Arbeit vor uns", sagte Kjell. Nachdem er bezahlt hatte, machten wir uns auf den Rückweg ins Studio.

Im Studio angekommen schlüpfte ich schnell in mein Kleid, kümmerte mich um Frisur und Make-up und stand kurze Zeit später inmitten der verfallenen Ruine.

„Was für ein wundervoller Ort", sagte Cécile und dieses Mal war sie es, die sich um die eigene Achse drehte. Kjell hielt die Kamera auf sie und knipste eine Serie. Was Cécile natürlich gefiel. Sie ließ es sich nicht nehmen, sich gekonnt in Pose zu setzen.

Ich nutzte die Gelegenheit, um mich umzusehen. Cécile hatte nicht übertrieben, dieser Ort war wirklich wunderschön. Wie Kjell uns beim Essen erzählt hatte, war die Kirche im Jahr 1240 erbaut worden. Sie wurde als deutsche Kirche der heiligen Dreifaltigkeit geweiht. Die Bezeichnung ‚Drotten' stammte aus dem Altnordischen und bedeutete Herrscher oder Gott. Der Dachstuhl war mittlerweile eingestürzt und am hinteren Ende bei Kjells Haus ragte eine riesige Eiche in den Kirchhof hinein.

Eine steile Treppe führte nach oben auf eine Empore. Oben angekommen beobachtete ich Cécile und Kjell, die sichtlich ihren Spaß hatten. Kjell sah wirklich gut aus. Der schwarze Rollkragenpulli zeichnete detailliert seine Muskeln ab und in der engen Lederhose kam sein knackiger Hintern gut zur Geltung.

Er schien meine Blicke zu spüren, sah zur Empore auf und hielt die Kamera auf mich. Unentwegt drückte er den Auslöser, als plötzlich eine frische Brise durch das alte Gemäuer wehte. Ich hatte Mühe mein Kleid an seinem Platz zu halten, um Kjell nicht ungewollt einen Blick auf meine Unterwäsche zu gewähren. Mit einem frechen grinsen knipste er jedoch unentwegt weiter.

Kurzerhand beschloss ich wieder nach unten zu gehen, doch die schmale, steile Treppe hatte schon beim Hochgehen keinen sicheren Eindruck bei mir hinterlassen. Vorsichtig nahm ich eine Stufe nach der anderen, als Kjell mir von unten entgegenkam.

„Sei vorsichtig, die Stufen sind tückisch", sagte er gerade, als ich auch schon stolperte und den Halt verlor. Mit einem Satz war er bei mir und fing mich auf. Fest drückte er mich gegen die kühle Mauer. Sein Gesicht war nur Zentimeter von meinem entfernt.

Ich spürte seinen Atem auf meiner Haut, spürte seine Anspannung. Die Luft zwischen uns schien zu vibrieren. Mein Blick fiel auf seine Lippen. Seine vollen, einladenden Lippen. Ich wollte ihn küssen. Jetzt! Sofort! Er schien den gleichen Gedanken zu haben, denn langsam senkte er den Kopf, um seine Lippen auf meine zu legen, als plötzlich von unten Céciles Stimme erklang.

„Hallo, seid ihr da oben?"

Augenblicklich löste Kjell sich von mir, nahm meine Hand und führte mich die restlichen Stufen nach unten. Cécile stand unten und grinste mich breit an. Sie hatte natürlich mitbekommen, dass wir kurz davor gewesen waren, uns zu küssen.

„So, wir sind hier fertig. Wir sollten jetzt gehen und uns auf die Session im Kapitelhusgården vorbereiten. Die Besitzerin ist eine gute Freundin von mir. Sie erlaubt mir die Räume für Fotos zu nutzen. Außerdem brauen sie den besten Met weit und breit, den müsst ihr unbedingt probieren", sagte Kjell und ging mit uns zurück ins Studio.

Kjells Assistentin kam uns auf halbem Weg entgegen. „Hallo Kjell, ich mache jetzt Feierabend. Auf deinem Schreibtisch liegen ein paar Notizen von Kunden, die um Rückruf gebeten haben", sagte sie und nickte uns zu. Dann zog sie ihr Handy aus der Tasche und verschwand eilig um die nächste Ecke.

„Wenn es um ihren Feierabend geht, kann Erin nicht schnell genug sein", sagte Kjell lachend, schloss die Tür und bat uns herein. Er führte uns nach hinten in sein Studio und nahm ein Kleid im Stil einer klassischen Schankmaid von der Stange. Es bestand aus einer weißen schulterfreien Bluse, Mieder und mehrfarbigen Röcken.

„Hier, zieh das an", sagte er und reichte es mir. „Trag die Haare offen, vielleicht mit ein paar geflochtenen Zöpfen. Hier hinten findest du Blumen und Ähnliches, was du verwenden kannst. Ich werde inzwischen telefonieren, ihr entschuldigt mich also", sagte er und verschwand in seinem Büro.

Das Telefon klingelte und er nahm ab. „Hallo Erin. Hast du neue Informationen für mich?"

„Ja Boss, die habe ich. Ich konnte Annabell und ihre Freundin Cécile belauschen, als sie allein im Garten waren. Ich habe erfahren, dass Cécile die Fähigkeit besitzt, die Aura von Menschen und Vampiren zu lesen. Selbst im Dunkeln kann sie die Aura erkennen. Sie sollten vorsichtig sein."

„Danke Erin. Das ist ein wichtiger Hinweis", sagte er und legte auf.

Cécile half mir beim Ankleiden und schnürte das Mieder mit viel Inbrunst. „Nicht so fest, du erstickst mich ja", sagte ich und japste nach Luft.

„Stell dich nicht so an, nur so kommt dein Dekolleté gut zur Geltung. Du musst ihm doch etwas bieten. Er steht auf dich, das hat man vorhin doch gesehen, ihr hättet euch fast geküsst", sagte sie. „Aber sei vorsichtig. Ich weiß nicht", sagte sie und schüttelte nachdenklich den Kopf. „Irgendetwas stimmt nicht. Da ist etwas an ihm, das mich irritiert."

„Ich weiß, mir geht es genauso. Ich fühle mich schon fast übernatürlich zu ihm hingezogen. Und doch ist da so ein Gefühl. Oder besser gesagt kein Gefühl. Wenn ich mich einem Menschen nähere, um ihn zu beißen, kann ich seine Gefühle lesen. Doch er scheint seine Gefühle gut vor mir verbergen zu können."

Der Kapitelhusgården lag direkt auf der anderen Straßenseite. Wie viele Gebäude in Visby stammte er aus dem 13. Jahrhundert. Der große Saal war gut gefüllt. Die Gäste passten mit ihrer mittelalterlichen Kleidung perfekt ins Ambiente. Selbst Kjell hatte sich umgezogen und trug originalgetreue Wikinger-Kleidung. Wir setzten uns, genossen den von Kjell empfohlenen Met und besprachen unsere weitere Vorgehensweise. Auch jetzt sollte ich mich ungezwungen verhalten, die Gäste bedienen oder hinter der Theke frische Getränke zapfen. Hier kam mir meine Studienzeit in Paris zugute, in der ich in einem Café bedient hatte. Kjell sprach mit der Bedienung und mit den Gästen, um sich ihr Einverständnis für die Aufnahmen zu holen.

„Na, dann werde ich mal hinter die Theke verschwinden und unseren Met abarbeiten", sagte ich lachend. Ich band mir eine Schürze um und bediente die Gäste. Die Band, die mittlerweile spielte, rundete das Ambiente ab.

Gut eine Stunde später begutachteten wir die Bilder und ließen den restlichen Abend bei dem einen oder anderen Krug Met ausklingen. Cécile rutschte der Kopf immer näher zur Tischplatte.

„Cécile hat ganz schön einen weg. Ich bringe sie besser ins Hotel", sagte ich und stand auf.

„Nein, meine Süße, mir geht es gut, ich will noch einen Met", lallte sie.

„Nein, du hast genug für heute", sagte nun auch Kjell und stand ebenfalls auf. „Ich bringe euch zum Hotel, kommt nicht infrage, dass ihr allein geht", sagte er, zog Cécile hoch und legte den Arm um ihre

Hüfte um sie zu stützen.

„Uiii, mein Süßer, fummeln kostet extra. Pass auf, sonst wird Annabell noch eifersüchtig. Du unglaublich sexy Wikinger du, ich finde dein Geheimnis schon noch heraus."

„Geheimnis? Was für ein Geheimnis?", fragte er mich.

„Ach nichts, da spricht nur der Met aus ihr. Wird Zeit, dass sie ins Bett kommt", sagte ich und steuerte auf den Ausgang zu. Keine zehn Minuten später standen wir vor unserem Hotel.

„So, da sind wir", sagte Kjell. „Sie sollte jetzt zu Bett gehen."

„Jawohl", sagte Cécile und salutierte vor Kjell. „Ich werde euch beide Turteltäubchen jetzt allein lassen und dieses Mal störe ich euch nicht bei eurem Kuss. Weißt du, Kjell", sagte sie und tippte ihm dabei mit dem Zeigefinger auf die Brust, „sie will dich nämlich küssen, also verhau es nicht. Ich bin froh, dass sie dich kennengelernt hat und sich nicht mehr mit diesem langweiligen Richard abgibt."

„Cécile, jetzt ist aber Schluss", sagte ich und schob sie Richtung Hoteltür.

Sie öffnete die Tür und drehte sich noch einmal zu mir um. „Viel Spaß meine Süße, hab dich lieb", sagte sie und verschwand im Hotel.

Ich drehte mich zu Kjell um. „Es tut mir leid, wenn sie trinkt, verwandelt sie sich in einen plappernden Wasserfall."

„Kein Problem. Du weißt doch, was man sagt: Im

Wein liegt Wahrheit. Wer ist Richard?"

„Was? Richard?" fragte ich überrascht über den plötzlichen Themenwechsel. „Er ist, nein, er war mein Verlobter. Ich habe die Beziehung beendet."

„Du hast also niemanden? Und, willst du mich immer noch küssen?", fragte er mich geradeheraus und zog mich abrupt in seine Arme. „Ich will dich küssen und dieses Mal werde ich es auch tun", sagte er und legte seine Lippen auf meine.

Augenblicklich stand mein ganzer Körper buchstäblich in Flammen. Seine Lippen waren heiß und fordernd. Seine Zunge suchte die meine und vereinte sich mit ihr in einem wilden Ritt. Ich klammerte mich an ihn und legte die Handflächen auf seinen Rücken.

Im selben Augenblick schossen seine Gefühle in meine Handflächen. Sie waren aufrichtig und seine Leidenschaft überraschte mich. Geradeso, als hätte er meinen Versuch gespürt, seine Gefühle für mich zu erkunden, beendete er den Kuss und brachte etwas Abstand zwischen uns.

„Du solltest jetzt auch zu Bett gehen. Wir haben morgen einen langen Tag vor uns", sagte er und küsste mich zum Abschied noch einmal zärtlich.

Ich sah ihm nach, bis er um die nächste Ecke verschwand, und ging auf mein Zimmer. Erschöpft aber glücklich schlief ich ein.

Er hatte den ganzen Nachmittag damit verbracht, ihnen zu folgen und sie zu beobachten. Jetzt sah er, wie Cécile im Hotel verschwand und Annabell und

Kjell sich leidenschaftlich küssten.

Er ballte die Hände. Da bemerkte er eine Bewegung, auf der anderen Seite der Straße. Ein großgewachsener Kerl mit halblangem Haar drückte sich in die Schatten. Und er beobachtete eindeutig die beiden Turteltäubchen.

Er näherte sich und hörte ihn vor sich hin murmeln. „Du engst mich ein, Richard!", äffte er jemanden nach. „Du nimmst mir die Luft zum Atmen. Lass mich einfach in Ruhe. Hahaha, das kann sie aber vergessen." Der Kerl sah vorsichtig um die Ecke. Kjell hatte sich von Annabell gelöst und war auf dem Weg zu seinem Studio.

„Schmeißt sich jedem an den Hals, he? Sie gehört mir! Am besten, du lässt die Finger von ihr, du Scheißkerl!" Der Kerl setzte sich in Bewegung, um Kjell zu folgen.

Das war eine Gelegenheit, die er sich nicht entgehen lassen konnte. Er zog eine Spritze aus der Tasche. Mit wenigen Schritten war er bei dem Kerl, der sich Richard nannte, und rammte ihm die Spitze in den Nacken.

Richard stöhnte noch einmal, dann sank er in sich zusammen.

Er rief Ragi an, damit er Richard abholte. Denn er hatte noch etwas anderes zu erledigen.

Langsam ging er auf das Bettende zu. Cécile war bereits fest eingeschlafen. Er setze sich rittlings auf sie und versuchte, sie aus ihrem deliriumsähnlichen Schlaf zu wecken. „Wach auf, du Miststück", sagte er und verpasste ihr eine Ohrfeige.

Benommen öffnete sie die Augen. Als ihr bewusst wurde, dass sie nicht allein war, ergriff sie Panik. Sie versuchte den Lichtschalter zu erreichen, doch er packte ihre Hände und hielt sie mit eisernem Griff fest.

„Was machen Sie hier? Gehen Sie von mir runter", rief sie und versuchte, ihn von sich herunter zu schieben.

„Sag mir, du kleine Hexe, welche Fähigkeit hast du? Wie kannst du die Aura eines Vampirs lesen? Woran kannst du sie erkennen? Sag es mir!", sagte er und schlug ihr abermals ins Gesicht.

„Au, Sie tun mir weh. Wieso tun Sie das?"

„Sag es mir!" Wieder schlug er sie. Dieses Mal so fest, dass ihr die Tränen kamen.

„Die Aura legt sich wie ein Lichtkranz um den Körper. Bei Menschen besteht dieser aus mehreren Schichten. Bei einem Vampir hat er eine besondere Farbe. Er … er ist schwarz-rot", sagte sie weinend.

„Und welche Aura erkennst du bei mir, wenn ich es zulasse?", fragte er.

Sie lag ganz still. Er konnte ihre wachsende Panik deutlich spüren. „Vampir! Vampir!", schrie sie.

Augenblicklich legte er seine Hand über ihre Lippen, um jeden weiteren Schrei zu unterdrücken. „Genau, Vampir", sagte er. „Und ich kann es nicht zulassen, dass du meine Pläne gefährdest", sagte er, drehte ihren Kopf zur Seite und biss zu.

Durch ein leises Klopfen an der Tür wurde ich wach. Ich blickte auf die Uhr. Es war gerade halb acht

315

Uhr morgens durch.

Ich stand auf und öffnete. Es war der Hotelbote, der mir eine Nachricht in die Hand drückte und sich verabschiedete. Ich öffnete den Brief.

Guten Morgen meine Süße. Leider kann ich dich heute nicht begleiten, da ich einen bösen Kater habe und mich die ganze Nacht übergeben habe. Ich wünsche dir viel Spaß.

In Liebe deine Cécile

Ich kannte Céciles Eskapaden und beschloss nach dem Frühstück, noch kurz nach ihr zu sehen. Dann würde ich den Tag eben allein mit Kjell verbringen. Unglücklich war ich darüber nicht.

Eine Stunde später klopfte ich an Céciles Tür. „Hallo Cécile. Ich bin es, Annabell. Geht es dir besser? Ich gehe jetzt zu Kjell. Schade, dass du nicht mitkommen kannst. Ich wünsche dir gute Besserung."

Ich lauschte, doch ich vernahm keinen Laut von der anderen Seite der Tür. „Okay Süße, du schläfst wohl. Erhole dich", sagte ich noch und verließ dann das Hotel.

Bei Kjells Haus angekommen, drückte ich die Klingel. Erin öffnete und bat mich herein.

„Guten Morgen, Annabell. Kjell erwartet dich bereits. Geh bitte nach hinten durch, er ist in seinem Büro."

Ich ging an ihr vorbei und klopfte an Kjells

Bürotür.

„Herein."

Als ich eintrat, empfing er mich mit einem freudigen Lächeln. Er stand auf und kam zu mir herüber.

„Willkommen Annabell. Du bist allein? Wo ist Cécile?" fragte er.

„Sie entschuldigt sich, sie liegt mit einem ordentlichen Kater im Bett."

„Oje, die Arme. Richte ihr liebe Grüße aus. Dann gehört der Tag uns", sagte er, nahm mich in die Arme und küsste mich. „Ich kann mir nichts Schöneres vorstellen, als den Tag mit dir zu verbringen. Ich bin noch nie einer Frau wie dir begegnet. Ich weiß nicht, ob ich dich wieder gehen lassen kann."

„Aber, aber, du kennst mich doch gar nicht. Ich kann nicht abstreiten, dass es da eine gewisse Spannung zwischen uns gibt, eine sehr große Spannung muss ich zugeben, aber ich wohne in Paris und du hier auf Gotland. Es gibt Dinge, die du nicht weißt und wahrscheinlich nicht verstehen wirst."

„Das ist alles nebensächlich. Das Wichtigste ist, dass wir das gleiche füreinander empfinden. Wir sind füreinander bestimmt. Du bist meine Gefährtin", sagte er.

„Gefährtin?", fragte ich und sah ihn überrascht an. Gerade als ich ihn fragen wollte, wie er das meinte, klopfte es an der Tür und Erin streckte ihren Kopf herein.

„Kjell, Ed Swanson hat angerufen. Er braucht ganz dringend noch eine Korrektur der letzten Aufnahmen und er will, dass wir sofort zu ihm kommen. Er hat in zwei Stunden den Termin für die Präsentation."

„Verdammter Mist, das darf doch nicht wahr sein!

317

Ich muss diesen Termin wahrnehmen, sonst verliere ich diesen Kunden. Eventuell erwartet mich eine hohe Vertragsstrafe. Und ich kann dich zu diesem Termin leider nicht mitnehmen. Wir werden gut eine Stunde weg sein. Wartest du hier auf mich? Bitte. Ich werde dir alles erklären und dann wirst du verstehen."

„Ja, ich warte. Zeig mir nur wo die Kaffeemaschine steht", sagte ich und küsste ihn zum Abschied.

Ich brühte mir einen Kaffee auf und ging hinaus in den Garten.

Dieser wunderschöne Ort trug Kjells Handschrift, wahrscheinlich hatte er ihn selbst bepflanzt. Ganz in Gedanken versunken, hörte ich plötzlich wieder das Knarren der Dielen und drehte mich um. Doch dieses Mal stand Kjell in der Tür.

„Kjell, was zum …? Habt ihr etwas vergessen?"

Er kam auf mich zu. „Nein, ich habe es mir anders überlegt und Erin allein zu unserem Kunden geschickt. Sie schafft das auch ohne mich", sagte er und zog mich in seine Arme.

Noch ehe ich antworten konnte, küsste er mich. Ich erwiderte seinen Kuss, doch ich war verwirrt. Dieser Auftrag schien ihm so wichtig gewesen zu sein. Sein Kuss wurde stürmischer. Unsanft schob er mir die Zunge in den Hals.

Was sollte das? Ich schob ihn sanft von mir weg. „Wir müssen reden. Du hast gesagt, du wolltest mir etwas erklären und dass ich dich dann verstehen würde?"

„Reden können wir später immer noch. Ich will dich. Jetzt! Du gehörst mir."

„Was soll das? Wieso verhältst du dich so seltsam?", fragte ich.

Er zog mich wieder in seine Arme und versuchte erneut, mich zu küssen. Irgendetwas stimmte hier nicht.

Ich legte meine Hände auf seine Oberarme. Eine Welle aus Wut und Hass ergriff mich und riss mich mit sich. Ich erschrak so sehr, dass ich zusammenzuckte.

Was zum Teufel ging hier vor? Noch nie hatte ich so viel Hass gespürt. Kjell schien wie ausgewechselt. „Was geht hier vor? Wer bist du? Du bist nicht Kjell."

„Da hast du recht. Ich bin nicht Kjell. Ich bin sein Zwillingsbruder Hjalmar!", sagte er, packte mich am Arm und verpasste mir einen so heftigen Schlag, dass ich zu Boden ging. „Ich bin euer schlimmster Alptraum und du wirst alles tun, was ich von dir verlange, sonst bist du für das Ableben deiner Freundin verantwortlich", sagte er und zog eine Kette hervor.

Ich kannte diese Kette. Sie gehörte Cécile. Sie hatte sie von ihrer verstorbenen Mutter bekommen und würde sie nie abnehmen. „Wo ist Cécile? Was hast du mit ihr gemacht?"

„Noch geht es ihr gut, aber solltest du auch nur an Flucht denken, wird sie den heutigen Tag nicht überleben. Du bist mein Köder. Du wirst deinen verdammten Vater hierherlocken und dann werde ich ihn töten. Alrik wird für den Tod meines Vaters bezahlen! Endlich werde ich meine Rache bekommen."

„Was? Wovon redest du? Wen soll mein Vater

319

getötet haben?"

Außer sich vor Wut schleuderte er mir Céciles Kette entgegen. „Du fragst, wen dein Vater getötet hat? Er hieß Magnus und war der größte unter uns. Der Beste!", schrie er.

„Was? Nein", sagte ich und schüttelte den Kopf. „Magnus ist nicht tot. Er wurde gefangen genommen, aber nicht getötet."

Meine Worte brachten ihn aus der Fassung. „Mein Vater lebt?", sagte er und kniff die Augen zusammen. „Dann wird Alrik tun, was ich von ihm verlange. Er wird meinen Vater freilassen und du bist meine Versicherung, um der Sache Nachdruck zu verleihen. Um zu verhindern, dass du dich einfach wegteleportierst, habe ich das hier", sagte er und zog eine Spritze aus seiner Jackentasche.

Er kam auf mich zu, packte mich an den Haaren und zog mich hoch.

„Ketamin. Es bewirkt bei Vampiren eine augenblickliche Bewusstlosigkeit, die durch Infusionen nahezu unbegrenzt aufrechterhalten werden kann", sagte er und drückte mir die Spritze in den Hals.

Ich wollte etwas dagegen tun, wollte mich wehren, doch die Welt versank plötzlich in Dunkelheit.

Als ich wieder zu mir kam, lag ich in einem Bett und blickte ich in das Antlitz einer Frau. Sie hatte blaugraue Augen und ein hübsches Gesicht, das umrandet war von langem, schwarzem Haar. Sie kam mir irgendwie bekannt vor. Betroffen blickte sie mich an, entfernte eine Infusion aus meinem Arm und strich mir übers Haar.

„Es tut mir so leid, mein Kind. Ich habe die Infusion gelöst, bis auf einen leichten Schwindel wird es dir gleich besser gehen. Ich wusste nicht, dass Hjalmars Hass auf deinen Vater so weit gehen würde. Er ist blind vor Hass auf Alrik und sein Neid auf Kjell zerfrisst ihn."

„Kjell, wo ist Kjell? Geht es ihm gut?", fragte ich besorgt und da fiel es mir wie Schuppen von den Augen. „Oh mein Gott, ich kenne dich! Du bist Helena. Ich kenne dich von Onkel Magnus' Zeichnungen."

Alle Farbe wich ihr aus dem Gesicht und Tränen schossen ihr in die Augen. „Magnus?", fragte sie mit zitternder Stimme. „Du kanntest meinen verstorbenen Mann?"

„Was? Nein!", sagte ich, schüttelte den Kopf und ergriff ihre Hände. „Magnus ist nicht tot. Er lebt!"

„Aber, aber … als ich seine Anwesenheit nicht mehr spürte, dachte ich, sie hätten ihn getötet."

„Sie haben ihm einen von Freya angefertigten Wendelring angelegt. So konnte er sich nicht mehr teleportieren und sein Aufenthaltsort konnte von niemandem gefunden werden. Als ich sechs Jahre alt war, habe ich mich das erste Mal heimlich in den Keller geschlichen und in Magnus' geheimes Versteck teleportiert. Von diesem Tag an war er mein Onkel Magnus und ich besuchte ihn regelmäßig. Natürlich hat mich Vater immer wieder dafür bestraft, doch es hat mich nicht davon abgehalten, Magnus zu besuchen. Er hat nie einen Fluchtversuch unternommen, da er nicht riskieren wollte, dass sie

Jagd auf dich und dein Kind …! Oh mein Gott, du hast Zwillinge bekommen. Deshalb hatte ich das Gefühl, dass mit Kjell etwas nicht stimmt, es war Hjalmar der sich für ihn ausgegeben hat und mich geküsst hat."

„Du und Kjell?", fragte sie erstaunt.

„Wir kennen uns erst seit gestern, aber da ist eine geradezu magische Verbindung zwischen uns, die ich mir nicht erklären kann. So stark und intensiv. Oh …", sagte ich dann und hielt inne. „Kjell wollte mir etwas erklären, wenn er von seinem Termin zurückkommt und dass ich dann alles verstehen würde. Er hat gesagt, ich wäre seine Gefährtin. Mein Gott, er ist ein Vampir. Kein Wunder, dass ich mich so zu ihm hingezogen fühle. Warum habe ich nicht bemerkt, dass er ein Vampir ist?"

„Meine Söhne haben wie ich die Macht ihre Identität zu verschleiern. Sogar vor anderen Vampiren", sagte sie, gerade als sich die Tür öffnete.

„Kjell", sagte ich und hielt erstaunt inne.

„Das ist nicht Kjell", sagte Helena. „Das ist Hjalmar."

„Richtig erkannt, Mutter! Und jetzt kann ich endlich wieder ich selbst sein", sagte er und drehte sich selbstverliebt im Kreis. „Jetzt habe ich euch genau da, wo ich euch haben wollte, ihr seid in meine perfekt gestellte Falle getappt." Langsam kam er auf das Bett zu.

Er hatte sich verändert, war glatt rasiert, das Haar fein säuberlich zum Zopf geflochten, und trug einen edlen, teuren Anzug. Optisch war er das genaue Gegenteil von Kjell

„Bald wird Alrik hier eintreffen und wir werden ihn gebührend empfangen", sagte er und nahm eine

Armbrust aus der Truhe, die direkt am Bettende stand. „Eine Spezialanfertigung, die Pfeile sind gefüllt mit hoch dosiertem Ketamin. Es hat Zeit und viele unglückliche Experimente gekostet, bis Ragi und ich die richtige Dosierung gefunden hatten. In dieser Dosierung betäubt es einen Vampir augenblicklich und bei einer intravenösen Gabe über einen längeren Zeitraum verwandelt es einen Vampir in einen willenlosen Fleischsack. Er ist nicht mehr fähig zu denken oder zu handeln, da es in kürzester Zeit das Gehirn angreift und zersetzt. Genau das Richtige für deinen unsterblichen Vater. Wenn ich ihn schon nicht töten kann, so wird es eine Genugtuung für mich sein, zu sehen, wie er sich in ein willenloses Stück Fleisch verwandt."

„Hjalmar!", sagte seine Mutter scharf. „Das darfst du nicht tun. Dein Vater lebt und wir werden alles tun, ihn wieder in unsere Arme zu schließen, aber sicher werden wir nicht noch mehr Blut vergießen. Dieser Hass muss endlich aufhören."

„Ja, das wird er, nachdem ich meine Rache bekommen habe", sagte er, kam auf mich zu, griff meine Hand und riss mich unsanft hoch. In meinem Kopf drehte sich alles. Ich drohte zu stürzen, doch er zog mich in seine Arme. Mich mit sich schleifend ging er zur Tür, doch da stellte sich ihm Helena in den Weg.

„Hjalmar, bitte sei nicht so dumm. Du machst einen großen Fehler, dein Hass zerfrisst dich."

„Geh mir aus dem Weg, Mutter. Glaube nicht, dass du mich aufhalten kannst. Mach den Weg frei oder du wirst es bereuen."

Helena griff nach mir. Das versetzte Hjalmar derart in Rage, dass er mit der Armbrust ausholte und ihr einen Schlag verpasste. Hart getroffen ging sie zu Boden. Dann richtete er die Armbrust auf sie.

„Ich habe dich gewarnt", sagte er und drückte den Abzug. Ein kurzes Zischen und der Pfeil steckte in ihrer Schulter.

Erschrocken schrie Helena auf, griff nach dem Pfeil, zog ihn aus ihrer Schulter und sackte dann bewusstlos zusammen.

„Schach matt, mein Freund", sagte Magnus. Auch nach all den Jahren bist du immer noch ein miserabler Schachspieler."

Siegessicher lehnte sich Magnus in seinem Sessel zurück. Wie immer kostete er seinen Sieg über Alrik in vollen Zügen aus und er ließ es sich auch dieses Mal nicht nehmen, es ihm unter die Nase zu reiben. Und dennoch genoss er die gemeinsamen Abende. Über die Jahre hatten sie sogar eine Art Freundschaft aufgebaut, auch wenn er immer noch gefangen war.

Wie jedes Jahr würde der Rat demnächst über seine Freilassung abstimmen. Nur wenn alle Räte zustimmten, konnte er freigelassen werden. Über diese Regelung konnte sich selbst Alrik nicht hinwegsetzen. Magnus wusste, er benötigte die Zustimmung aller Ratsmitglieder und so lange seine Männer unter der Führung von Ragi immer noch Probleme machte, würden sie seiner Begnadigung nicht zustimmen.

Sein Blick ruhte auf Alrik, der kaum auf Magnus' bevorstehenden Sieg reagiert hatte. Er schien heute irgendwie nachdenklicher als sonst.

„Was ist los, mein Freund? Du bist schon den ganzen Abend so bedrückt. Ist irgendetwas nicht in Ordnung?"

„Ach, ich weiß nicht. Annabell ist bei einem Shooting in Visby. Normalerweise hätte sie sich nach ihrer Ankunft melden sollen, aber das hat sie nicht", sagte Alrik nachdenklich.

„Was, Annabell ist in Visby?", sagte Magnus, stand auf und ging nervös auf und ab. „Nein, das kann nicht sein. Das ist unmöglich", sagte Magnus. „Alrik, mein Mann sollte Helena damals nach Visby bringen. Wenn sie immer noch dort sind … dann, oh mein Gott", sagte Magnus gerade, als Alriks Handy klingelte. „Dann ist vielleicht Ragi für Annabells fehlende Nachricht verantwortlich."

Alrik zog sein Handy aus der Tasche, las die Nachricht und erstarrte zur Salzsäule.

„Was ist? Was ist?", rief Magnus.

Ohne ein weiteres Wort reichte Alrik ihm sein Handy. Was Magnus dann zu sehen bekam, ließ ihm das Blut in den Adern gefrieren. Ein Foto von Annabell, ohne Bewusstsein, auf einem Bett liegend. Darunter folgte ein Text:

Wenn du deine Prinzessin lebend wiedersehen willst, komm nach Visby. Bring meinen Vater mit, er wird wissen, wo Annabell zu finden ist. Sollte Magnus nicht unversehrt in Visby erscheinen, werde ich deiner kleinen Prinzessin unsagbares Leid zufügen.

Magnus' Sohn Hjalmar

„Was zum Teufel? Das kann doch nicht wahr sein! Wir müssen sofort los, sonst wird er sie töten. Alrik,

325

worauf wartest du noch?"

Ganz langsam erhob sich Alrik. Er hatte die Arme auf die Tischplatte gestützt. „Nach all den Jahren holt uns dieser Krieg nun ein. Es wird Zeit, ihn ein für alle Mal zu beenden. Wenn du mich begleitest, musst du dich unter Umständen gegen dein eigen Fleisch und Blut wenden. Du musst gegebenenfalls deinen eigenen Sohn töten."

„Alrik, Annabell ist wie eine Tochter für mich. Wie das Kind, das ich nicht aufwachsen sehen konnte. Ich werde alles Erdenkliche tun, um sie zu retten, das schwöre ich dir."

„Dann lass uns gehen. Wir werden Ausrüstung und Waffen brauchen. Wir werden teleportieren. Es werden einige Stopps nötig sein. Warte, eins noch", sagte er, griff nach Magnus' Hals und nahm ihm den Wendelring ab. Er reichte ihm den Ring. „Ich finde, es ist an der Zeit und ich vertraue dir. Wir können nicht länger warten."

Gemeinsam teleportierten sie sich aus der Zelle, die so lange Magnus' Gefängnis gewesen war.

Kjell hatte das Gaspedal durchgedrückt, nur um möglichst schnell in Eds Büro zu kommen. Nach rekordverdächtigen zwanzig Minuten kamen sie an dem abgelegenen Bürogebäude an. Sie stiegen aus und betraten das Foyer. Der Empfangstresen war seltsamerweise unbesetzt und sonst waren auch keine Angestellten zu sehen, geschweige denn zu hören. Eine gespenstische Stille lag über dem Gebäude. Und noch etwas anderes lag in der Luft. Er rümpfte die

Nase.

Blut. Der Duft von frischem Blut lag in der Luft.

Er sagte Erin, sie solle am Empfang warten, dann folgte er der Spur. Sie führte ihn direkt zu Eds Büro. Direkt vor der großen Flügeltür war der frische Blutgeruch derart stark, dass Kjells Zähne ausfuhren und er Mühe hatte, den Vampir in sich zu unterdrücken. Er legte die Hände auf die Klinken und öffnete die Türflügel.

Nichts hätte ihn auf diesen Anblick vorbereiten können. Vor ihm hing, geschmacklos in Szene gesetzt, der leblose Körper von Cécile. Ausgeblutet und an die Wand genagelt wie ein sterbender Engel. Sekundenlang starrte er sie an, konnte keinen klaren Gedanken fassen.

Da klingelte sein Handy und tat lautstark kund, dass eine Nachricht eingegangen war. Er zog es aus der Hosentasche und öffnete die Mitteilung. Was er dann sah, ließ ihm das Blut in den Adern gefrieren.

Es war ein Foto von Annabell, wie sie bewusstlos in einem Bett lag. Ein kurzer Text stand darunter.

Wenn du sie lebend wiedersehen willst, komm nach Hause.

Hjalmar

„Du bist ein eiskaltes Monster! Wie konntest du nur auf deine Mutter schießen?", rief ich, während Hjalmar mich weiter durch den Gang zerrte.

„Wer nicht für mich ist, ist gegen mich, und wer sich mir in den Weg stellt, den beseitige ich. Erst Alrik und dann Kjell", sagte Hjalmar mit hasserfüllter Stimme.

„Was? Wieso Kjell? Er ist dein Bruder", sagte ich.

„Mein Bruder", sagte er abfällig. „Dieser verdammte Bastard. Der Erstgeborene und der Liebling unserer Mutter. Sie hat ihn mir gegenüber immer vorgezogen. Kjell sollte ursprünglich Vaters Organisation übernehmen, doch er weigerte sich. Er wollte mit unseren Machenschaften, wie er es nannte, nichts zu tun haben. Er ging dann nach Amerika, um ein berühmter Fotograf zu werden. Pah! Dieser Feigling, er hat unseren Vater einfach im Stich gelassen."

„Nein, das hat er nicht. Er wusste genauso wenig wie eure Mutter oder du, dass Magnus noch am Leben ist", schrie ich ihn an.

„Wenn ich es mir Recht überlege, meine Schöne, sollte ich dich vor Kjells Augen töten. Das würde ihm das Herz brechen", sagte Hjalmar lachend. „Aber auch für dich habe ich noch eine Überraschung", sagte er und zerrte mich über eine Treppe hinunter in den Keller.

Vor einer Tür standen zwei Wachen. Hjalmar stieß die Tür auf und zog mich in den Raum dahinter. Es war ein großer Raum mit einem hohen Gewölbe, überall standen medizinische Geräten herum, an den Wänden waren Zellen für Gefangene. Das musste das Labor sein, in dem er die Experimente mit dem Ketamin gemacht hatte.

In der Mitte stand eine Art elektrischer Stuhl, auf dem, mit dem Rücken zu uns, ein Mann saß. Er war an Händen und Beinen gefesselt und vornüber zusammengesackt.

Plötzlich trat ein weiterer Mann hinter einem

Paravent hervor. Er war großgewachsen, hatte kurzes blondes Haar und stechend blaue Augen. Er trug einen blauen Arztkittel und ging mit einer Spritze in der Hand auf den gefesselten Mann zu. Vor dem Stuhl blieb er stehen und sah mich an.

„Guten Tag Annabell, verzeih mir, dass ich mich erst jetzt vorstelle, ich bin Ragi. Du hast sicher schon von mir gehört."

„Ja, ich habe schon von dir gehört, du Verräter", sagte ich wütend.

„Na, wer wird denn so unfreundlich sein", sagte er und winkte mich zu sich heran. „Komm her, ich werde dir zeigen, was mit deinem Vater geschieht, wenn er hier eintrifft."

Hjalmar gab mir einen Schubs in Ragis Richtung. Langsam ging ich auf ihn zu.

Ragi beugte sich nach vorne und injizierte dem Gefangenen den Inhalt der Spritze. „Ein Adrenalincocktail, wahrlich herrlich in seiner Wirkung. Ach ja, geh nicht zu nahe ran. Ich weiß nicht, wie er auf deine Anwesenheit reagieren wird, schließlich war er sehr wütend auf dich und Kjell, als Hjalmar vor deinem Hotel auf ihn gestoßen ist."

„Was? Was meinst du?", fragte ich und ging langsam um den Stuhl herum.

Der Gefesselte bäumte sich auf. Ein markerschütternder Schrei hallte durch den Raum. Er schrie, aber seine Laute hatten nichts Menschliches mehr an sich.

Und da erkannte ich ihn. Es war Richard.

„Oh mein Gott! Richard, was haben sie mit dir gemacht?"

Als er meine Stimme vernahm, drehte er den Kopf in meine Richtung. Wie von Sinnen zerrte er an den

Fesseln. Er war vollständig transformiert. Seine Zähne glichen denen von Raubtieren, sein Blick war leer und kalt. Nichts Menschliches, nichts Vertrautes war mehr in ihm. „Oh Richard, es tut mir so leid", sagte ich. „Es tut mir so leid."

Sie überwanden die Distanz bis Visby mit einigen Zwischenstopps in weniger als einer Stunde. Magnus lotste sie direkt zu dem Haus, das er vor über zwanzig Jahren für Helena erstanden hatte.

Er konnte sowohl Annabells als auch Helenas Anwesenheit spüren. Helenas Präsenz kam aus einem Zimmer in der oberen Etage. Sie brachen die Tür auf und fanden Helena bewusstlos auf dem Boden liegend. Magnus eilte sofort zu ihr und zog sie in seine Arme.

„Helena, meine Liebste. Wach auf, bitte sag etwas", sagte er und legte seine Lippen auf ihre.

Sie öffnete die Augen und blickte ihn stumm an. „Was für ein schöner Traum. Bitte lass mich nie wieder aufwachen", sagte sie und berührte seine Wange mit ihren Fingern. Als ihr bewusst wurde, dass sie nicht träumte, riss sie die Augen auf.

„Magnus", sagte sie mit zitternder Stimme und fiel ihm um den Hals.

Die Tür wurde aufgerissen und ein Mann mit langen schwarzen Haare und Vollbart kam hereingestürmt.

Er erblickte Helena auf dem Boden, in den Armen eines Fremden, und ging sofort in Angriffsstellung.

„Nicht Kjell!", rief Helena, „das ist dein Vater!"

„Vater?", stieß Kjell hervor.

„Kjell?", keuchte Magnus. „Ist sein Name nicht Hjalmar?", fragte er und sah Helena an.

„Du hast zwei Söhne, Magnus. Zwillinge. Kjell und Hjalmar. Nur, dass Hjalmar mit Ragi gemeinsame Sache macht. Sie haben Annabell. Ihr müsst ihn aufhalten."

Vater und Sohn blickten sich an.

„Wo ist Annabell?", fragten beide wie aus der Pistole geschossen.

„Sie sind alle im Keller. Schnell Kjell, bring sie in den Keller, ich komme nach.

„Kann ich dich wirklich hier allein lassen?", fragte Magnus und sah Helena besorgt an.

„Ja, geh und rette Annabell, sie ist die Gefährtin deines Sohnes", sagte Helena.

Magnus und Alrik schrien wie aus der Pistole geschossen: „Was?"

„Nun geht schon!"

Richard zerrte wie wahnsinnig an seinen Fesseln. Ich war mir nicht sicher, ob er sie in seiner Raserei nicht zerreißen würden. Entsetzt wich ich zurück.

Ein Krachen war zu hören. Ich blickte mich um und sah meinen Vater, Magnus und Kjell in den Keller stürmen.

„Kjell", schrie ich und wollt auf ihn zurennen, doch im selben Augenblick löste Ragi die elektronische Fessel, die Richard an seinem Platz hielt. Sofort sprang er auf und kam zähnefletschend auf mich zu. Ich wich zurück.

331

„Annabell, zurück mit dir", schrie Kjell. „Kümmert euch um Hjalmar und Ragi. Ich kümmere mich um dieses Monster", schrie er, nahm Anlauf und sprang mit einem Satz auf Richard zu. Er traf ihn mit voller Wucht und riss ihn mit sich zu Boden. Der Aufprall war gewaltig und fegte alles weg, was ihnen im Weg stand.

Ein wildes Gerangel entstand. Beide wälzten sich auf dem Boden, während hinter mir mein Vater gegen Hjalmar und Magnus gegen Ragi kämpften. Schließlich gewann Kjell die Oberhand und fixierte Richard am Boden. Dann hob er seine rechte Hand und ließ Blitze aus ihr hervorschießen, die in Richards Körper eindrangen und ihn fürchterlich aufschreien ließen. Seine Schreie waren herzzerreißend. Sein Körper zuckte unter den Stromschlägen. Seine Bewegungen wurden schwächer und schließlich blieb er regungslos liegen.

Kjell stand auf, kam auf mich zu und nahm mich in den Arm.

Ich blickte auf den leblosen Körper. „Es tut mir so leid, Richard", sagte ich völlig geschockt.

„Richard?", fragte Kjell und blickte ebenfalls auf den Leichnam.

„Ja, das war Richard. Er muss mir nach Gotland gefolgt sein und jetzt ist er tot", sagte ich und drückte mich eng an Kjells Brust.

Plötzlich zuckte er zusammen und bäumte sich dann auf.

Ich blickte über seine Schulter und sah einen Ketaminpfeil aus seinem Rücken ragen. Kjell sackte in sich zusammen. „Kjell, nein", sagte ich, griff nach dem Pfeil und zog ihn heraus. Er war noch nicht vollständig entleert, trotzdem war Kjell inzwischen in

332

die Knie gegangen.

Wütend sah ich in Hjalmars Richtung, der gerade mit seiner Armbrust auf meinen Vater zielte.

„Vater, in Deckung!", schrie ich. „In den Pfeilen ist Ketamin!"

In dem Moment kam Helena durch die offene Tür gerannt und geriet direkt in die Schusslinie zwischen meinem Vater und Hjalmar.

„Mutter!" Kjell, mobilisierte seine letzten Kräfte und schleuderte eine Energiewelle durch den Raum, die uns alle zu Boden riss, bevor er bewusstlos neben mir zusammensackte. Hjalmar hatte es die Armbrust aus den Händen gerissen und mein Vater rappelte sich gerade auf der gegenüberliegenden Seite von der Wand auf.

Ragi war gegen Magnus geprallt und blieb benommen vor dessen Füßen liegen. Magnus nutzte den günstigen Moment und rammte die Klinge seines Kurzschwertes direkt in Ragis Hals. Wie Butter glitt sie durch das Fleisch und trennte den Kopf vom Rumpf.

„Vater! Du Verräter!" schrie Hjalmar. „Du machst gemeinsame Sache mit diesen Hunden!" Er hechtete in Richtung seiner Armbrust, bekam sie zu fassen, riss sie herum und zielte auf seinen Vater.

„Nein Hjalmar, er ist dein Vater", schrie Helena und kroch auf Hjalmar zu.

Der drückte trotzdem ab, verfehlte Magnus jedoch, da dieser sich gekonnt zur Seite rollte.

„Der Ring, Magnus, der Ring", rief Alrik.

Magnus tastete seine Taschen ab, fand aber nichts.

Ich blickte mich um und deutete auf den Boden, genau zwischen Helena und Hjalmar. „Helena, der Ring. Leg Hjalmar den Ring um den Hals. Du musst es tun", schrie ich.

Helena sprang auf, packte den Ring und bewegte sich auf Hjalmar zu. Dieser hob die Armbrust und zielte abermals auf seine Mutter.

In diesem Augenblick fiel mir der noch halb gefüllte Pfeil in meiner Hand ein. „Vater, hier fang!", schrie ich und warf ihm den Pfeil zu.

Er fing ihn auf, sprang auf Hjalmar zu und rammte ihm den Pfeil in dem Augenblick in den Rücken, als Helena die Arme hob, um Hjalmar den Wendelring anzulegen.

Hjalmar, der sich schon halb erhoben hatte, sackte wieder zusammen. Helenas Hände schlossen sich um seinen Hals und legte ihm den Ring an.

Hjalmar lag auf dem Rücken und kämpfte verzweifelt gegen die Bewusstlosigkeit an. Da er nur einen geringen Teil der Dosis abbekommen hatte, dauerte es viel länger als sonst.

Helena zog ihn auf ihren Schoß und strich im zärtlich über die Stirn. „Es tut mir so leid mein Sohn, aber so kann das nicht weitergehen. Das muss hier und jetzt ein Ende haben. Ich habe dir das Leben geschenkt, und nur ich kann es dir auch wieder nehmen", sagte sie, während ihr Tränen über die Wangen liefen.

Ein leises „Mutter, nein!" kam über Hjalmars Lippen, dann verlor er das Bewusstsein. Helena stand auf, bettete den Körper vorsichtig auf den Boden, dann legte sie die Hände an seine Schläfen und jagte die Kraft von tausend Blitzen durch seinen Körper. Augenblicklich ging sein Körper in Flammen auf.

Helena wich zurück. Sie war aschfahl im Gesicht. Magnus war sofort bei ihr und schloss sie in die Arme, während der Körper ihres Sohnes durch die

Macht des Feuers zu Staub zerfiel.

Kurze Zeit später saßen wir alle im Wohnzimmer des Hauses beisammen. Wir hatten den Kampf zu unseren Gunsten entschieden, doch zu welchem Preis? Richard war tot und Helena war gezwungen gewesen, ihrem eigenen Sohn das Leben nehmen.

Doch es musste irgendwie weitergehen. Alle Verräter mussten gefasst und wenn nötig beseitigt werden. Vater und Kjell besprachen gerade die weitere Vorgehensweise.

„In Ragis Büro findet ihr alle Unterlagen zur Organisation", sagte Kjell. „Die Standorte der Büros, Firmen, Clubs, Häuser, alle Mitglieder und deren Verbündete. Ragi war ein Workaholic, er hatte die Angewohnheit, immer alles schriftlich festzuhalten. Es wird eine Zeit lang dauern, aber wenn alle beseitigt sind, wird die Sippe endlich zur Ruhe kommen."

„Was dein Shooting betrifft, Annabell, ich glaube, das war alles von Hjalmar angezettelt. Er wollte dich nach Visby locken, um dich als Druckmittel gegen deinen Vater einzusetzen. Auch mein Auftrag für Swanson war eine Falle, um mich von dir wegzulocken", sagte er und schloss seine Hände fest um meine.

„Es gibt da etwas, dass ich dir noch nicht gesagt habe. Du musst jetzt stark sein. Als wir in Swansons Büro ankamen, war alles wie ausgestorben. Das ganze Gebäude war leer, doch der Geruch von Blut lag in der Luft. Ich folgte der Spur und was ich fand …", sagte er und stockte. „Ich fand Cécile. Annabell, er hat sie umgebracht."

„Nein, nein, nein! Nicht Cécile!", rief ich und griff nach ihrer Kette, die ich mir um den Hals gelegt hatte. „Nein", sagte ich gequält und fiel ihm weinend in die Arme.

„Es tut mir so leid, Annabell!", sagte Helena leise. Sie wandte sich an die anderen. „Alrik, ich wusste, dass Hjalmar von Hass zerfressen war, aber dass er und Ragi einen so kranken Plan ausgeheckt haben, davon habe ich nichts gewusst. Das müsst ihr mir glauben."

„Ich glaube dir, Helena", sagte Alrik. „Wir wussten, dass Ragi nach Magnus' Gefangennahme die Leitung der Organisation übernommen hat. Er war schlau genug, all seine Schachzüge gut zu verschleiern. Wir hatten wirklich Mühe, seiner Leute habhaft zu werden. Jetzt haben wir endlich die Möglichkeit, sie komplett auszurotten", sagte er und stand auf. „Ich muss auf dem schnellsten Weg zu Halfdan, um unser weiteres Vorgehen zu besprechen."

„Es wird Zeit, meine Geliebte, ich muss dich nun verlassen", sagte Magnus zu Helena. „Ich werde dich immer lieben, ganz egal, wo ich auch bin, denke immer daran." Er küsste Helena leidenschaftlich. Dann ging er auf Alrik zu und reichte ihm den Wendelring. Alrik starrte ihn an.

„Ich werde dich nicht mitnehmen, Magnus. Du bleibst hier bei deiner Familie und wirst uns helfen, alle Verräter ausfindig zu machen. Du hast deine Strafe mehr als beglichen."

„Was? Wie willst du dass dem Rat erklären?", fragte Magnus.

„Lass den Rat mal mein Problem sein, mein

Freund", sagte er und umarmte Magnus.

Helena sprang auf und schloss beide in die Arme. „Danke, danke Alrik! Das werde ich dir nie vergessen."

Ich trocknete meine Tränen. An Céciles Tod würde ich noch lange zu knabbern haben, doch zu hören, dass mein Vater Magnus endlich die Freiheit geschenkt hatte, spendete mir etwas Trost.

Ich sprang auf und fiel ihm um den Hals. „Danke, Vater", sagte ich und küsste ihn auf die Wange.

„Ich nehme mal an, du wirst nicht mit mir zurück nach Hause kommen", sagte Alrik. „Du hast hier noch ein paar Dinge für deine weitere Zukunft zu klären."

Er wandte sich an Kjell. „Pass gut auf sie auf und denke daran, dass ich ein Verlies und einen Wendelring habe, solltest du ihr wehtun", sagte er und schlug Kjell auf die Schulter. „Und Magnus, du hast mir gesagt, Annabell wäre wie eine Tochter für dich. Gratulation. Wie es aussieht, wird sie tatsächlich deine Tochter, deine Schwiegertochter", sagte er und im nächsten Moment hatte er sich wegteleportiert.

Magnus und Helena ließen uns allein im Wohnzimmer zurück. Sie hatten Jahre verloren und verdienten es, endlich etwas Zeit für sich allein zu haben.

Ich lag auf dem Sofa in Kjells Armen.

„Hast du von Anfang an gewusst, dass ich ein Vampir bin?", fragte ich ihn.

„Ja, schon als du den Garten betreten hast. Du hast

mich sofort verzaubert und ich wusste, du bist meine Gefährtin. Es fiel mir schwer, meine Tarnung vor Cécile aufrechtzuerhalten, und als wir uns dann vor deinem Hotel geküsst haben, war ich mir sicher, ich würde dich nicht wieder gehen lassen."

„Mir ging es ebenso. Ich hatte mich schon gewundert, wieso ich mich derart intensiv zu einem Menschen hingezogen fühlte. Dass du ein Vampir bist, erklärt so einiges. Du hast mir derart den Kopf verdreht. Selbst bei Richard war es keine Liebe auf den ersten Blick", sagte ich und seufzte. „Richard … Bei unserem letzten Treffen hatte ich ihm in deutlichen Worten gesagt, dass ich ihn nicht wiedersehen will, und jetzt ist er tot. Das hat er nicht verdient und Cécile, sie war der liebste und gütigste Mensch, den ich kannte. Cécile wird mir fehlen", sagte ich und ließ meinen Tränen freien Lauf.

Ich wusste nicht, wie lange wir so dalagen, aber eins wurde mir klar, er gab mir Geborgenheit und das Gefühl, dass mir bei ihm nichts geschehen konnte. Ich wusste, ich würde mein restliches Leben mit ihm verbringen.

Am nächsten Tag brachten wir mein Gepäck aus dem Hotel in Kjells Haus. Im Stockwerk über dem Studio befanden sich ein geräumiges Schlafzimmer und das Bad. Sofort fühlte ich mich wie zu Hause und richtete mich gleich häuslich ein, während Kjell für ein paar Besorgungen das Haus verließ.

In der Zwischenzeit führte ich ein paar Telefonate. Ich musste Entscheidungen treffen. Meine Wohnung in Paris würde ich behalten. Vielleicht würde ich weiterhin Aufträge für Shootings annehmen und an Aufträgen für meine Fotografien mangelte es auch nicht. Vielleicht würde ich mit Kjell zusammenarbeiten. Uns standen alle Möglichkeiten offen. Er konnte endlich seinen Vater kennenlernen und ich war froh, dass Magnus frei und in meiner Nähe war.

Wenn mir jemand vor einem Jahr erzählt hätte, dass ich mich in Magnus' Sohn verlieben würde, und das ohne zu wissen, wer er war, ich hätte ihn wahrlich für verrückt erklärt. Doch ich musste mir eingestehen, dass ich etwas für ihn empfand, etwas das tiefer ging als anfängliche Verliebtheit. Er war mein Gefährte, an ihn wollte ich mich binden, mit ihm die Ewigkeit verbringen.

Ich wusste, dass Richard mich geliebt hatte. Meine Gefühle für ihn waren jedoch nie so tief gegangen. Ich hatte immer gehofft, dass sich das bis zu unserer Hochzeit ändern würde. Doch dem war nicht so gewesen. Mit seiner ständigen Eifersucht und seinem immer stärker werdenden Kontrollzwang hatte er einen immer größer werdenden Keil zwischen uns getrieben.

Und jetzt saß ich hier, in Kjells wundervollem Garten. Mit einer Tasse Kaffee in der Hand genoss ich gerade die letzten Stahlen der untergehenden Sonne, als ich wieder das mir mittlerweile vertraute Knarren der Dielen vernahm. Ich drehte mich um und sah Kjell, wie er mich, lässig an den Türrahmen gelehnt, beobachtete.

„Stehst du schon lange da?"

„Lange genug, um mich an deiner unsagbaren Schönheit zu ergötzen", sagte er, kam auf mich zu und reichte mir die Hand.

Ich ergriff sie und landete in seinen Armen.

„Ich habe eine Überraschung für dich", sagte er und führte mich zur benachbarten Drotten ruin. Da sie zu diesem Zeitpunkt schon geschlossen war, zog er den Schlüssel aus seiner Tasche, öffnete das Tor und verschloss es hinter uns wieder. Er hielt mir die Augen zu und führte mich vorsichtig in den hinteren Teil der Ruine.

„Wow", brachte ich nur heraus, als er die Hände von meinen Augen nahm. In einer nicht einsehbaren Ecke hatte er ein gemütliches Lager aus Decken und Kissen errichtet. Um das Lager herum brannten unzählige Kerzen, die einen verführerischen Zauber über das alte Gemäuer legten. Neben den Kissen stand ein Korb mit Wein und Gläsern.

„Setz dich", sagte er und nahm neben mir Platz. Während er den Wein öffnete und eingoss, sah ich mich um. Die Atmosphäre war atemberaubend, die letzten Sonnenstrahlen waren den silbernen Strahlen des bereits hoch am Himmel stehenden Vollmondes gewichen. Vom nahen Kapitelhusgården drangen mittelalterliche Klänge zu uns herüber. Mein Blick fiel auf Kjell. Er reichte mir das Glas und stieß mit mir an.

„Auf uns, meine Geliebte", sagte er. „Ich kann dir gar nicht sagen, wie glücklich du mich machst. Selbst in New York bin ich nie jemandem wie dir begegnet. Vampire habe ich schon immer gemieden und selbst die schönsten Models haben sich an mir die Zähne ausgebissen oder besser gesagt, ich habe sie gebissen", sagte er und grinste mich an. „Ich kann es gar nicht erwarten, von dir zu kosten, meine Geliebte", sagte er, nahm mir das Glas aus der Hand, beugte sich über mich und küsste meinen Hals.

340

Er konnte es wirklich nicht erwarten, denn keinen Augenblick später vergrub er seine Zähne in meinen Hals. Ich bäumte mich auf. Das Gefühl, das mich erfasste, war so unglaublich, dass es mir die Tränen in die Augen trieb. Zu spüren, wie er mein Blut trank, entflammte jedes Nervenende in meinem Körper. Halt suchend, krallte ich meine Finger in seinen Rücken, gerade so, als versuchte ich zu verhindern, dass ich auf der Welle von Emotionen, die mich erfasst hatte, davontrieb.

Kjell drückte mich in die weichen Kissen. Er löste seine Lippen von meinem Hals und strich zärtlich mit der Zunge über die Wunde. Dann blickte er mir tief in die Augen und küsste mich.

Sein Kuss war leidenschaftlich und intensiv. Ich ließ meine Finger unter sein Shirt gleiten und versuchte es ihm über den Kopf zu ziehen, wobei ich mich jedoch ziemlich ungeschickt anstellte. Er setzte sich auf und zog das Shirt selbst aus. Mit nacktem Oberkörper kniete er vor mir. Mit seinen langen Haaren, den strahlenden Augen und den spitzen Fängen, die hinter seinen halb geschlossen Lippen hervortraten, sah er so animalisch aus, dass mich ein wohliger Schauer durchfuhr.

Ich wollte ihn. Jetzt.

Ich setzte mich auf, zog mein Kleid aus und ließ mich langsam in die Kissen fallen.

Sein Atem beschleunigte sich, während sein Blick gierig über meinen nackten Körper glitt und an meinem Slip hängen blieb. Er griff danach und zog ihn mir über die Hüften.

Dann öffnete er den Reißverschluss seiner Hose. Als er die Jeans über seine Hüften zog, sog ich scharf die Luft ein. Der Anblick seines nackten Körpers raubte mir den Atem. Er war so schön. Kniend und im höchsten Maße erregt saß er vor mir. Dieser Anblick war zu viel für mich.

„Kjell, bitte", brachte ich nur gequält heraus, fiel ihm um den Hals, zog ihn in meine Arme und zurück auf die Kissen.

„Annabell", flüsterte er an meinen Lippen und drang augenblicklich in mich ein. Unsere Körper und Münder verschmolzen zu einer einzigen Einheit. In nie dagewesener sinnlicher Ekstase liebte er mich. Abermals schlug er die Zähne in mein Fleisch und begann gierig zu trinken. Mit einer ruckartigen Bewegung drehte er sich auf den Rücken, sodass ich auf ihm zu sitzen kam. Mit flehendem Blick sah er mich an.

„Werde eins mit mir, meine Geliebte und vollende, was ich begonnen habe", flehte er mich an und neigte leicht den Kopf, um mir freie Sicht auf seine Halsschlagader zu geben.

Das Pochen unter seiner verschwitzten Haut zog mich magisch an. Sein Puls ging schnell. Immer schneller bewegte er seine Hüften unter mir und trieb mich an den Rand des Wahnsinns. Und dann biss ich zu. Er bäumte sich auf, krallte die Finger in meine Hüften. Der erste Schluck seines Blutes schoss wie pure Elektrizität durch meine Adern und setzte jeden Muskel meines Körpers unter Strom. Sein Blut verband sich mit meinem und wir wurden zu einem Individuum. Mit seinen immer schneller werdenden Bewegungen trieb er mich in nicht enden wollenden Wellen zum Höhepunkt unserer Lust, bis ich erschöpft aber glücklich in seine Arme sank.

Leise öffnete Adelina die Tür und trat ein. Alrik saß wie immer hinter seinem großen Schreibtisch und war damit beschäftigt die Geschäfte der Sippe zu führen. Sie schlich von hinten an ihn heran.

„Adelina, meine Liebste, du hast es in all den Jahren nicht geschafft, mich zu überraschen und es wird dir auch weiterhin nicht gelingen. Dein Blut ist untrennbar mit meinem verbunden, ich werde dich spüren, wo immer du auch bist."

„Ach, lass mir doch den Spaß", sagte sie, nahm auf seinem Schoß Platz und küsste ihn. „Ich habe mit Annabell telefoniert. Beiden geht es gut. Sie sind letzte Woche zu Magnus und Helena ins Sippenhaus gezogen. Nach den Umbauten können sie noch drei weitere Sippenmitglieder aufnehmen. Sie haben die letzten Verbündeten von Hjalmar und Ragi aufgespürt, zu denen übrigens auch Kjells Assistentin zählte. Hast du Neuigkeiten von Halfdan?"

„Ja, sie konnten eines der letzten Nester bei Heidelberg ausheben. In einer Nacht-und-Nebel-Aktion haben sie das Haus gestürmt. Wer nicht eliminiert wurde, wird derzeit von Halfdan verhört. Du kennst ja seine überzeugenden Verhörmethoden. Wie es aussieht, haben wir in den letzten Monaten fast die komplette Organisation zerstört." Er hielt kurz inne. „Zudem hatte Kara Besuch von Freya, die ihr mitgeteilt hat, dass die Asen Loki gefangengenommen haben und ihn ein für alle Mal einsperren werden. Von ihm droht also auch keine Gefahr mehr", sagte Alrik. „Es sieht aus, als hätten wir endlich Frieden in die Sippe gebracht."

„Apropos Frieden, ich habe Annabell gefragt, ob ich ihr altes Zimmer umgestalten kann, schließlich wohnt sie jetzt in Visby und braucht es nicht mehr", sagt Adelina und legte die Arme um seinen Hals.

„Annabells altes Zimmer?", fragte er. „Was willst du denn damit?"

„Du kannst dich doch sicherlich noch an unseren letzten Besuch in Gamla Uppsala bei Björn und Alva erinnern? An unseren Spaziergang zu den Grabhügeln und an deine Unbeherrschtheit mir gegenüber. Was zur Folge hatte, dass du meine Kleidung in dieser Nacht in ihre Einzelteile zerlegt hast. Du hattest noch angemerkt, dass uns niemand beobachten würde, da die Nacht so finster wäre", sagte Adelina neckend. „Sie war finster, sehr finster, denn in jener Nacht war Neumond", fügte sie hinzu und sah ihn schweigend an. Sie beobachtete ihn und wartete darauf, dass der berühmte Groschen fiel.

Adelina konnte buchstäblich sehen wie sein Gehirn arbeitete, dann weiteten sich seine Augen. „Bingo, der Groschen ist gefallen", sagte sie.

„Adelina, du bist schwanger!", sagte er, sprang auf und drehte sie überschwänglich im Kreis.

„Alrik, lass mich runter, mir wird schwindelig", sagte sie. Augenblicklich setzte er sie ab und zog sie in seine Arme.

„Ich liebe dich über alles. Du bist die Liebe meines Lebens. Für immer und ewig", sagte Alrik und küsste sie, als wäre es das erste Mal.

Ende von Buch 4

Glossar:

A:

Alrik / Rick Andersson:
- Alter – 1036 Jahre
- Alter bei der Wandlung 25 Jahre
- Geboren als Mensch im Jahr 980 n. Chr.
- Vampir der 1. Generation und Ratsmitglied.
- Vater – Eric Segersäll VIII., Mutter – verschleppte Sklavin Jondis, die ein Götterkind war
- Nachkomme eines Götterkindes – Weissagung durch Träume
- aschblondes langes Haar, blaue Augen
- Wohnort – Stockholm
- Tagwandler
- wurde durch Lokis Fluch zum ersten Vampir
- Anführer der Sippe – wodurch er stärkere Fähigkeiten als die anderen hat
- beherrscht lange Zeit als Einziger die Teleportation
- Gefährtin – Adelina Nordström

Adelina Nordström:
- Alter – 25 Jahre
- Mutter – Liv Nordström, Vater – der Gott Freyr
- lange rote Haare, grüne Augen
- Wohnort – Karlsruhe
- Tagwandlerin
- Götterkind
- Gefährtinnenduft – Patschuli und Magnolie
- Runenmale – am rechten Handgelenk Eihwaz, am linken Handgelenk Ingwaz
- Fähigkeiten – Psychometrie und Energieleiterin
- Sie trägt immer schützende Handschuhe
- Gefährte – Alrik Andersson

B:

Benedikt:
- Alter – 804 Jahre
- Geborener Vampir im Jahr 1212 n. Chr.
- Eltern – Elias und Ester, ein Götterkind

- Vampir der 3. Generation
- Nachkomme eines Götterkindes – Blutleser – kann Gefühle, Empfindungen und Erinnerungen im Blut von Menschen und Vampiren lesen. Er kann durch Kara teleportieren.
- Lange schwarze Haare, braune Augen
- Geht zu den Huskarlar nach Heidelberg
- erst Nachtwandler, dann Tagwandler
- Gefährtin – Kara

Blutrose:
- Durch Lokis List wurde Alrik mittels der Blutrose zum Vampir.
- Alrik besitzt eine Art „Tattoo" der Blutrose auf seiner Brust, deren Ranken sich über seinen Körper ziehen.
- Seine Nachkommen haben eine kleine Blutrose am Hals unterhalb des Ohres.
- Die Blutrosen, wie die Runenmale, leuchten in einem pulsierenden Rubinrot mit Silbersprenkeln.
- Die Zerstörung der Blutrose würde die Vernichtung der Sippe bedeuten.

Zusammensetzung der Blutrose:

Draugr-Blut:
Draugr, auch Wiedergänger, Untoter, von elbischem, teuflischem Wesen, der sein Grab bewacht, oder es des Nachts verlässt. Bei den Wikingern gibt es keine Trennung von Körper und Seele. Ein Untoter besaß weiterhin menschliche Sinne und Bedürfnisse! Er kann sich aber auch durch die Erde und Stein fortbewegen. Er hat übermenschliche Kräfte und kann sich in Tiere verwandeln. Der Draugr kann tagsüber eine temporäre, vorübergehende Dunkelheit erzeugen und kann Nebel herbeirufen. Er hat scharfe spitze Zähne, Klauen und fast weiße Augen. Sie können nur getötet werden durch Köpfen und Verbrennen!

Nidhöggs-Blut:
Nidhögg ist ein schlangenartiger Drache, der am Fuße Yggdrasils lebt und an dessen Wurzeln nagt. Er peinigt

die Toten und trinkt ihr Blut. Mit ihm leben mehrere giftige Schlangen *(welche auch Tora vergiftet, der Blutdurst kommt durch Nidhöggs Blut)*

Elfenblut:

Elfen haben helle Haut und sind Lichtgestalten
(Durch das reine Elfenblut sind Alrik und die erste Generation – seine Brüder – Tagwandler)
Freyas heimliche Zutat in der Rose!
Sie sind unsterblich.
Elfen beherrschen die Teleportation.
Sie besitzen Heilkräfte, auch große Selbstheilungskräfte.
Elfen können über weite Entfernung sehen, riechen und hören. Sie können Menschen hypnotisieren und ihnen falsche Erinnerungen geben. Sie können Gedanken lesen und verstehen die Sprache der Tiere.

Quellen: Wikipedia, verschiedene Sagas und Erzählungen

Björn und Alva Delling:
- Adelinas menschliche Freunde
- arbeiten beide im Museum von Gamla Uppsala
- Björn hat mit Adelina studiert

C:
D:
E:

Elias und Ester:
- Elias – Alter – 984 Jahre
- Geborener Vampir im Jahr 1032 n. Chr.
- Eltern – Oddur und Rakel
- Vampir der 2. Generation,
- Ester – Alter unbekannt
- Ester ist ein Götterkind
- Runenmal – Laukaz
- Fähigkeiten – Gedankenlesen
- Eltern von Benedikt
- wohnen mit Alrik in Stockholm

F:
G:

Götterkinder:
Götterkinder sind Menschen mit magischen Fähigkeiten, bei denen ein Elternteil ein Gott oder eine Göttin ist und der andere ein Mensch. Sie verfügen über ein oder mehrere Runenmale an ihrem Körper, welche sie mit verschiedenen Fähigkeiten ausstatten.

Gefährtinnenduft:
Jede Gefährtin genauer gesagt jedes Götterkind hat einen unverkennbaren Duft, der einen Vampir in seinen Bann ziehen kann. Eine Bindung zwischen Vampir und Götterkind ist äußerst stark und meist vom ersten Tag an ein unzerstörbares Band.

Geborene Vampire:
Im Blute verbundene Paare können in einer Neumondnacht Kinder zeugen. Dies aber auch nur alle 9 Jahre nach der letzten Geburt. Nur so wird ein sicheres Aufwachsen der jungen Vampire gewährleistet, bis sie im Alter von 9 Jahren selbstständig jagen können. Das Altern kommt mit 25 Jahren zum Erliegen, kann aber jederzeit angepasst werden.

Gamla Uppsala:
Gamla Uppsala ist bekannt für seine drei Hügelgräber, die auf das Geschlecht der Ynglinger zurückgehen oder aber auch Thor, Odin und Freyr geweiht waren. Neben den drei großen Hügelgräbern gibt es Bootsgräber aus der Wikingerzeit und weitere Grabfelder aus der Eisenzeit. Es gibt einen Thinghügel, auf dem die Wikinger einst ihre Rechtsprechung (Althing) hielten und eine kleine Kirche mit Glockenturm, die angeblich auf dem alten Tempel von Uppsala steht. Zudem gibt es ein Freilichtmuseum, das Gamla Uppsala Museum und das Restaurant Odinsborg.

Quellen: https://de.wikipedia.org/wiki/Alt-Uppsala
http://www.raa.se/upplev-kulturarvet/gamla-uppsala-museum/

Götzenburg:
In Anlehnung an Goethes Drama „Götz von Berlichingen" wird die Burg Jagsthausen auch

„Götzenburg" genannt. Der historische Götz von Berlichingen lebte jedoch nur wenige Jahre seiner Kindheit auf dieser Burg. Heute finden in dieser wunderschönen historischen Burg die Burgfestspiele Jagsthausen statt. Die Burg beinhaltet ein herrliches Schlosshotel mit Zimmern in der Haupt- und Vorburg.

Quellen: https://de.wikipedia.org/wiki/Burg_Jagsthausen
http://www.goetzenburg.com/hotel/hotel-hauptburg/

H:

Halfdan Dahlberg:

- Alter – 1044 Jahre
- Alter bei der Wandlung 33 Jahre
- Geboren als Mensch im Jahr 972 n. Chr.
- Vampir der 1. Generation und Ratsmitglied.
- Lange rotblonde Haare, Henriquatre mit Zöpfen und Perlen, stechend blaue Augen
- Chef der Huskarlar mit Sitz in Heidelberg
- Tagwandler
- durch Livs Blut – Fähigkeit zur Teleportation, schnelle Heilung bei sich und anderen, Gedankenlesen bei Mensch und Vampir, Verschmelzung mit Livs Gedanken, spürt Livs Herzschlag in seinem Blut
- Gefährtin – Liv Nordström

Helena:

- Alter – 28 Jahre
- Vater – ein Mensch, Mutter – die Göttin Hel, wodurch sie Lokis Enkelin ist
- lange schwarze Haare, blaugraue Augen
- Wohnort – Heidelberg
- Tagwandlerin
- Götterkind
- Gefährtinnenduft – Kokos
- Runenmal – Hagalaz am Oberschenkel
- Fähigkeiten – Schutzmagie, Verteidigung und Angriff. Bannen von unerwünschten Fremdeinflüssen.
- Gefährte – Magnus

Heiligenberg bei Heidelberg:

- Ruine des Stephansklosters mit Heiligenbergturm
- Das Heidenloch
- Überreste eines alten keltischen Ringwalls
- Überreste einer keltischen Siedlung mit alter Kultstätte
- Thingstätte
- Michaelskloster mit Überresten eines römischen Mercuriustempels

Quelle:
https://de.wikipedia.org/wiki/Heiligenberg_(Heidelberg)

Huskarlar:

- Die Huskarlar sind die Soldaten der Sippe, die unter Halfdans Kommando für die Sicherheit der Sippe sorgen. Sie leben in der Zentrale in Heidelberg oder in den Sippenhäusern um die Sippe vor Ort zu Schützen.

(Huskarls-von altnordisch húskarlar; auch Huscarl waren Krieger der persönlichen Leibgarde von skandinavischen Adligen und Königen. Der Name stammt aus dem Altnordischen und setzt sich aus den Elementen hús (Hausstand) und karl (freier, waffenfähiger Mann) zusammen.

Quelle:
https://de.wikipedia.org/wiki/Huscarl

I:
J:
K:

Kara Hansen:

- Alter – 23 Jahre
- Eltern – die Götter Odin und Freya, wodurch Kara eine Göttin ist
- schwarze lange, gewellte Haare, Aquamarin-Augen
- Wohnort – Düsseldorf
- Tagwandlerin
- Götterkind
- Gefährtinnenduft – Sandelholz

- Runenmal – Berkana, Peord und Kenaz
- Fähigkeiten – Weissagung durch Träume.
  Beherrscht das Feuer, kann es formen und leiten.
  Kann Wesen der Anderswelt erkennen
- Sie trainiert Tai-Chi mit Saxmesser.
- Gefährte – Benedikt

Kräfte der Vampire:

Alrik:
- Er hat die stärksten Kräfte. Durch die direkte Kraft der Rose hat er noch zusätzliche Fähigkeiten wie:
- teleportieren (Elfen)
- nahezu unsterblich – Alrik ist nur durch die Zerstörung der Rose zu vernichten (Elfen)
- durch Erde und Stein gehen (Draugr)
- kann sich in Tiere verwandeln (Draugr)
- schnellere und bessere Selbstheilungskräfte (Elfen)
- Gedankenlesen (Elfen)
- Kontrolle über Schlösser und Alarmanlagen an verschlossenen Türen

Die Kräfte der anderen:

- Alriks Brüder und deren Nachkömmlinge sind nicht unsterblich! Sie können durch Enthaupten und Feuer getötet werden!
- Nur, wer Alriks Blut trinkt, oder die Blutrose benutzt, wird Tagwandler – alle anderen werden mit jeder Generation lichtempfindlicher als z. B. Oddurs Frau. Sie kann tagsüber ein paar Stunden in die Sonne, die Kinder immer weniger.
- Können sich schnell fortbewegen oder springen, auch entgegen der Naturgesetze z. B. an der Hauswand hoch
- können die Gedanken von Menschen kontrollieren, aber nicht Gedankenlesen
- Gute Selbstheilungskräfte, je nach Art der Verletzung. Feuer und Sonne brauchen lange, um zu heilen.
- Die erste Generation kann andere Vampire aufspüren.

L:

Liv Nordström:
- Alter – 42 Jahre
- Mutter – Elfe aus Alfheim, Vater – ein Mensch, Liv ist somit eine Halbelfe.
- Mutter von Adelina
- langes honigblondes, gelocktes Haar, veilchenblaue Augen
- Wohnort – Frauenalb
- Tagwandlerin
- Gefährtinnen/Elfenduft – Vanille und Honig
- Heilpraktikerin für Pflanzenheilkunde, TCM, Ayurveda, Massagen Aromatherapie, autogenes Training, Hypnose
- nach ihrer Wandlung Ausbruch der verborgenen Elfenseite – Teleportation, Sprache der Tiere, Heilkräfte verstärken sich, Gedankenlesen bei anderen und Verschmelzung mit Halfdans Gedanken
- hat einen Kater namens Tesla
- Gefährte – Halfdan Dahlberg

Loki:
- Loki ein Gott der nordischen Mythologie, der immer zu einem Schabernack bereit ist oder auch seiner Gehässigkeit freien Lauf lässt.
- Er tötet Tora, da sie ihn abweist und verflucht Alrik.
- Loki ist auch der Gott des Feuers. Er rettet Magnus aus den Flammen, um dann seine Rache gegen Alrik zu schüren.

M:

Magnus:
- Alter – 1002 Jahre
- Geborener Vampir im Jahr 1014 n. Chr.
- Eltern – Einar und Gerda
- Vampir der 2. Generation
- schulterlanges schwarzes Haar, grüne Augen
- Wohnort – momentan Heidelberg
- erst Nachtwandler, dann Tagwandler

353

- Feind der Sippe – verbrannte angeblich im Jahr 1050 n. Chr. in Haithabu. Wurde von Lǫki gerettet und angestiftet, die Sippe zu vernichten. Hat die Absicht, alle Sippenmitglieder auszulöschen und sich die Menschheit zu unterjochen. Mithilfe der Blutrose will er Tagwandler schaffen.
- Gefährtin – Helena

N:

Nachtwandler:
- Nachtwandler, können sich je nach Generation ab dem späten Nachmittag mehr oder weniger lange im Sonnenlicht aufhalten, ohne Schaden zu nehmen.
- Alrik und seine acht Brüder sind vorerst die Einzigen, die sich ungestört im Tageslicht aufhalten können, ohne Schaden zu nehmen.

O:
P:
Q:
R:

Ratsmitglieder:
- Die Sippe setzt sich aus den neun Ratsmitgliedern, deren Familien und neu erschaffenen Vampiren zusammen. Die Ratsmitglieder sind neben Alrik seine acht Brüder: Einar, Sollvar, Gilling, Oddur, Ragi, Borka, Yngvarr und Halfdan

Ragi:
- Ratsmitglied, Sippenhaus in Rom. Verräter, der mit Magnus gemeinsame Sache macht.

S:

Sippenhäuser:
- Die Ratsmitglieder leben mit ihren Familien und neu erschaffenen Vampiren in Sippenhäusern, die sich über verschiedene Städte verteilen: Alriks Sippenhaus ist in Stockholm, Einars in London, Sollvars in Paris, Gillings in Reykjavík, Oddurs in Alesund, Ragis in Rom, Borkas in Portland/Maine,

Yngvarrs in Vancouver/Kanada und Halfdans in Heidelberg. Die Zentrale der Huskarlar befindet sich ebenfalls in Heidelberg. Diese leitet und bewohnt Halfdan als ihr Sicherheitschef, mit seinen Soldaten um die Sicherheit der Sippe zu gewährleisten.

T:

Tagwandler:

- Jahrhundertelang waren Alrik und seine acht Brüder die einzigen Tagwandler. Sie können sich ungestört im Tageslicht aufhalten, ohne Schaden zu nehmen. Durch Magnus oder die Gefährtinnen der Männer wurden neue Tagwandler geschaffen.

Tora:

- Alriks Zwillingsschwester
- wird durch Loki vergiftet, da sie ihn abgewiesen hat
- In Toras Grab findet man die Schriftrollen

Tesla:

- Livs griesgrämiger Norweger-Kater. Mit einer Dose Thunfisch kann man ihn allerdings gut bestechen.

U:
V:

Vanja:

- Alter - 20 Jahre
- lange rot schwarze, gelockte Haare und eisblaue Augen
- Wohnort – erst Uppsala, dann Heidelberg
- Nachtwandlerin
- Götterkind
- Gefährtinnenduft – Wacholder
- Runen Mal – Peord, hinterm Ohr
- Fähigkeiten – Weissagung durch Runen und Kartenlegen, Handlesen
- wurde von Magnus gefangen und gewandelt

W:
X:

Y:

Z:

Zentrale:

- Die Zentrale der Huskarlar befindet sich in Heidelberg. Halfdan leitet sie als der Sicherheitschef der Sippe. Mit seinen Soldaten, den Huskarlar, leitet er von hier aus die Einsätze gegen abtrünnige Vampire oder die Männer von Magnus. Die meisten Huskarlar sind ungebunden. Es gibt jedoch auch im Blute verbundene Paare in der Zentrale, wie Halfdan und Liv und Matthias und Ellen.